新しい
韓国の
文学

13

アンダー、サンダー、テンダー

チョン・セラン＝著

吉川凪＝訳

The『アンダー、サンダー、テンダー』is published under the support of
The Korean Literature Translation institute, Seoul

アンダー、サンダー、テンダー

私は人生で最も秘めやかな真実を、ビビンククス[*1]を通して学んだ。ふざけているのではない。うちは自由路《チャユロ》[*2]のどん詰まりでビビンククス屋をしていたから、ククスを食べるお客さんたちの姿が、私の記憶にある最初の光景だと言っていい。

店の名前は「北窓《プクチャン》ビビンククス」。

故郷を失った人たちは、うちの店でせっせとククスを混ぜた。生まれ故郷に戻れないという大きな悲劇の前で黙々と、しかしとてもリズミカルにククスを混ぜる人たちを見て育ちながら、私は自然に学んだ。人は、その内面にどうしようもない空洞を抱えていても、生きていけるということを。悲劇と同じくらい、ククスの薬味や調味料も重要なのだということを。

お客さんたちの気づいていないことが一つあるとすれば、それは、立地からしてうちの店は「北窓ビビンククス」の本店みたいに思われるけれども、実は支店だということだ。私がそのことを教えたくなりかけた頃には、常連客の大部分は既にこの世を去っていたし、生きていても、ククスを食べに来られないほど弱っていた。もうそんなことは気にしなくていい時代になったのだ。いや、ひょっとすると、気にしなくなったのは、私自身だったのかもしれない。女子高生になるというのは、そういうことだ。お客さんに話しかけるのもいやなら、ビビンククスは見るのもいやになった。

祖父は北の出身に違いなかったから、本店ではなくとも、まったくの詐欺というわけではない。東京留学[*3]の経験もあり、当時エリート中のエリートだったという祖父は、たった一人で三十八度線を越えて南にやって来た。家族を北に残してきたために再び結婚するしかなかったというが、どう見てもエリートとはほど遠い祖母を配偶者に選んだ。もともと年が離れていたので、祖父が亡くなって十年近く過ぎた今でも祖母はピンピンしている。北窓ビビンククスでククスをゆでているあのパワフルなおばあちゃんが、実は朝鮮半島でも最南端の地方出身だというのは、もう一つの皮肉である。

祖母は当初、話しかけてくるお客さんにそのことを話していたらしいが、やがてそれとなく故郷喪失者のふりをし始めた。商売上の演出というより、いちいち説明するのがめんどうになったようだ。

祖父は亡くなる一年前、「離散家族再会」[*4]を果たした。生涯あまり幸運に恵まれなかった祖父が晩年になってなぜかツキに恵まれ、年長者優先の基準が適用されたこともあって何とかチャンスをつかむことができたらしい。ふだん祖父は、いつもぼんやりとつまらなそうな顔で奥の部屋の籐椅子に腰かけていた。籐椅子はもともと庭用だったのを、祖父専用の椅子として室内に置くことにしたものだが、こっそり座ってみたところでは固くて座り心地はあまりよろしくなかった。祖父はひがな一日その椅子に、世の真実を見つめる「楊柳観音図」[*5]の観音様みたいに座っていた。人生はただ流れゆく、思い通りにはならんものだ。顔と身体でそう語っていた、とでも言おうか。そんな祖父が、会いたい家族を一番から三番まで決める数日間は、そわそわして居ても立ってもいられないようすだったことが思い出される。実際に会えたのは、ずっと年下で他人行儀な、一番下の弟だけだったけれど。祖父がその弟に抱きついて慟哭したから、付き添っていた父はちょっと驚いたと言う。あんなふうに号泣できる人だったなんて、実の息子ですら知らなかったのだ。その時は再会場所が金剛山《クムガンサン》[*6]ではなく平壌《ピョンヤン》高麗《コリョ》ホテルだったが、四方からじっと見られているので妙に興奮したり、気まずくなったりしたそうだ。父の話では、祖父の弟の、あまり気乗りのしないような表情が、祖父そっくりだったという。

祖父の弟はその時、特別なおみやげを持ってきていた。祖父が婚礼の際に着た上着があちらに残っていたというのは、実に、胸にしみる話だ。その上着をずっと大切にしていたあちらの家族の気持ちは、想像もつかない。新郎[*7]であった祖父、青年というより少年に近かった祖父の上着は、私が着てもちょうどいいくらい小さかった。祖父は、ほころびかけた上着を差し出しつつ、彼一流の淡々とした表情で、自分が死んだらこれを一緒に埋めてくれと言った。祖母はそうすると答え、後に、ほんとうに棺に納めてあげたが、このことで祖母は完全にすねてしまった。

それより前、祖父が生きていた時にも、祖母はよく怒りを爆発させていた。生涯を幽霊のごとく、いるかいないかわからないみたいに暮らしていたくせに、れっきとした本妻である自分を後添え扱いにするなんて厚かましいにもほどがある、と怒りに震えた。時には祖父の面前でも爆発した。

「これ、*8雄宝香《オタカラコウ》かな」

祖父が、夕食の食卓にのぼったフキの葉のナムルを見てうっかり間違えると、「耄碌《もうろく》したね。フキだよ、フキ。雄宝香とフキの区別もつかないなんて、とっととあの世に行っちまいなさいよ！」。祖母はそう言って、ふくれてしまった。

実のところ、他の家族たちも雄宝香とフキを間違えることがときどきあったから、ぎくっとした。祖父は、ううむとつぶやき、祖母の今さらながらの怒りを平然と受けとめた。亡くなる時も長患いはせず三、四日寝ついただけだ。呼吸がゼンマイ仕掛けのタイマーみたいに速くなったと思ったら、止まった。祖父が亡くなった時、私はふと、祖父の存在感があれほど薄かったのは、こちらとあちらに分かれて存在していたからではないかという気がした。

「あたしが死んでも、絶対、同じお墓に入れないでよ」

祖母の断固とした遺言だ。しかし当分は死にそうもない。

父はあまり祖父には似ていない。祖母のようにいつも怒ってもいなかった。どちらかというと常に楽しそうだった。楽しんではならない時にまで楽しそうなのが問題ではあったけれども。父はずっと小さなボールに興味を持って生きてきた。最初は卓球、その次にバドミントン、スカッシュ、ビリヤード、ゴルフ。子供の頃はもうちょっとで卓球選手になれたと言うが、お腹や腰にやや脂肪がついた今はゴルフに熱中していて、私をパク・セリのようなゴルフ選手にしたがった。

「どうせ勉強はだめなんだから、お前もゴルフをやろうよ」

最近は優れた選手が少なくないけれど、父がそんな大それた計画に胸をふくらませていたのは、パク・セリの人気がピークだった一九九八年だ。私は二カ月ほど適当にゴルフを習って父に調子を合わせ、それから必死に逃げ出した。ひとり娘である私は、父の小さなボールコレクションのうちの一つなのだ。父が習うスポーツは、私も有無を言わさず習わされた。始める時には選択権が与えられなかったから、適当な頃合いを見計らい、うまいこと言いくるめて逃げ出す必要があった。勉強という最高の口実があったのにも関わらず、不幸なことに成績はやっとクラスの真ん中くらいだったために、どうにかしてほかの言い訳を探さなければならなかった。

とにかく店の地下と屋上は父の空間で、店は母と祖母が切り盛りした。ちょっと分別がつきだした頃、母に聞いたことがある。

「ママ、たいへんじゃない？　おじいちゃん、おばあちゃんと同居するのは」

　すると母がクールに答えた。

「あたしは運がいいほうよ。＊9祭祀《チェサ》も少ないし、パパの親戚は一人もいないし。こんなに楽だとわかってれば、友達みんなに、北から来た人の家にお嫁に行きなさいって勧めてあげたのにね」

　母が冷水でしめてからぐるぐる巻いて玉にしたククスは、大きさも形も完璧に近いほど均一だった。いつかひどく時間を持て余すようなことがあれば、ひと玉が何グラムあって何本のククスでできているのか、計ったり数えたりしてみようと思っているのだけれど、まだそれほど暇になったことはない。

0001.MPEG

私　髪の色、かわいい。
ソンイ　（笑）
私　あんた、前からその色に染めたがってたじゃない。オレンジブラウンに。
ソンイ　（うなずく）

ソンイのクローズアップ。ビスケット色の髪の毛先が、首に幾重にも巻きつけたニットスカーフの内側に揺れる。スカーフにはいろんな色のふさが、小さな鐘のようにぶら下がっている。

カメラをちょっと下げ、ソンイの手。フォークを握っている。種類のよくわからない小さなベリーの実をフォークで押さえる。赤い汁が皿に広がる。

＊　＊　＊

このカメラは、あくまでも作業に必要な資料を収集するために買ったものだ。デジタル一眼レフではあるが、普及型で、国内だけでも十三万人が持っている。

でも私は映画業界で働いているせいか写真は撮らず、もっぱら動画を撮る。思っていたよりも画質ははるかによい。最近はテレビだって小さなカメラで撮影するというけれど、なるほど、それだけのことはある。

人は大きなカメラを見ると一瞬緊張するが、ちょっと下に降ろして台に置いてしまえば、すぐその存在を忘れ、動画を撮っているとは想像もせずに自然な表情で笑ったり話したりする。カメラをテーブルの脇か余った椅子に置き、服やカバンなどで角度を調整すればいいのだ。私はたいてい家族や友人を撮って動画ファイルに保存した。それで何をどうしようという考えは、実はなかった。撮影しているとは誰にも言わなかったし、たまに友達が気づいたとしても、何回か軽く追及されただけで終わった。私が何もする気がないことが、直感的にわかるらしい。
ソンイを撮ったファイルの音声は、主に私の声だ。表情は豊かでも口数の少ないソンイのファイルがいちばん多い。

十代を過ごすというだけでも楽なことではないのに、世紀末に十代を過ごすというのは、いっそうきつい経験だった。絶望と無力感、悲観的展望が異常なほど私たちを覆いつくし、私たちはそれを忘れるためにやたらとピアスの穴を開けた。もちろん今だってピアスをしている人はたくさんいるけれど、その当時はレースやパフスリーブの服を着た女の子たちまでが、見さかいもなく耳の穴を広げるのに血眼になっていたのだ。女の子たちは主に透明なアクリルの拡張器を入れたのだが、ふと振り返ればその穴から空が見えた。ピアスの穴から空がのぞいていた子たちは今、どうしているだろう。おそらくあんなふうに広げた穴を元どおり塞ぐ方法を、美容外科の医者たちが見つけただろうが。ピアスだけではない。私たちは長い休みに入るたびに髪をいろんな色に染めた。あまりに流行し過ぎてみんなが飽きてしまったため、派手なヘアカラーが再び流行するまで十年近くかかった。

私は常にガイコツのイラストがついたTシャツを着ていた。制服を着ない時は、いつも。オーソドックスなガイコツに始まって、眼窩がハート形になっているガイコツ、スパンコールのガイコツ、ミッキーマウスのガイコツ、点みたいに小さなガイコツ、名画のパロディーのガイコツ、キャンディーをくわえているガイコツ、ウサギのガイコツ、王冠をかぶったガイコツ、ピンク色のガイコツ、真珠の首飾りをかけたガイコツ、顔の半分がマリリン・モンローになったガイコツ、網のような紗《しゃ》のガイコツ、蛍光塗料のガイコツ、バラの花を挿したガイコツ……。古着が多かったからゴキブリの卵がくっついていたのか、ときどき大きなゴキブリが出現して、母に背中をどやされたりした。

Tシャツも好きだったが、いちばん好きだったのはガイコツのストッキングだ。黒地に白い脚の骨がプリントされていて、プリーツスカートの下にはくと愉快な気分になれた。靴を脱げば、足指の骨まで精巧に描かれていた。女子高生のファッションにしては過激だったけど、それが容認される雰囲気でもあった。私は色が黒く、男の子のようにお尻がぺちゃんこで、足首のくびれがないまっすぐな脚をしていた。今その当時の写真を見ると、ちょっと恥ずかしくもあるけれど、結構似合っていたと自負している。ストッキングは輸入品だから弘大《ホンデ》[*10]前まで行かなければ買えなかった。弘大までの道のりはとても遠くて、出かけるのに一大決心を要した。弘大近くの駐車場の通路には、よくNo Brain[*11]のメンバーたちがたむろしていた。

たいていはソウルまで行けなかったから、しかたなく近所で放課後を過ごした。当時の坡州《パジュ》[*12]には私たちが大人の目を盗んで遊べる空間がじゅうぶんにあった。そんな空間のおかげで十代の出産率がちょっと上がったんじゃないか、なんて冗談を言う人たちもいる。でも幸いなことに私は、恋愛よりも近隣のアトリエに興味があった。今でもあるけれど、当時、貧しい彫刻家たちがグループで坡州にアトリエを構えていた。アトリエといっても暖房もないスレートの倉庫で、夏は暑いし冬は寒い、劣悪な空間だ。私はリスみたいにキョロキョロしながらあちこちのアトリエをのぞきこんでいるうち、偶然ひと組の夫婦と親しくなり、そのアトリエによくお邪魔した。

チャンヨン兄さんとイニョン姉さんのアトリエの匂いが思い出される。ストーブの匂い、木の匂い、インスタントラーメンの薬味の匂いが六対三対一くらいで混じっていた。彫刻家たちの中でいちばん親切で、もっとも古株に属していたこの二人は、よそ者を嫌う町の老人たちにまで気に入られていた善男善女の夫婦だった。私は家に帰りたくない時は、いつもそこにいた。迷惑だったろうに、二人はちっともそんなそぶりを見せなかった。母はときどき、何も聞きもせずアトリエにククスを届けてくれた。うちは出前はしないのだが。しかし私はアトリエに積まれていたカップラーメンのほうが好きだった。遠慮などしなかった。

「お前みたいな娘がいたらいいな」

今の私よりちょっと年上だっただけなのに、チャンヨン兄さんが時折そんなことを口にすると、イニョン姉さんは冷たく無視した。まだ数年は創作に没頭したかったのだ。芸術家にとってもキャリアの断絶はマイナスになるだろうし、のみや石切のみ、のこぎり……いまだに全部は名前がわからない、危険な工具類の間で赤ん坊を育てるのは無理だったのだろう。子供はもちろんのこと、ペットすら飼えない環境だった。だから姉さんは姉さんなりに、町の動物みたいな、でもほとんど育ってしまった私を座らせて前髪を切ってくれたり、マニキュアを塗ってくれたりしながら、何かを育てたい欲求を解消していた。解消した、というのも変な言い方だけど。

天井が高く、いつもおがくずと石膏のかけらと石の粉が舞い散っていて、肺にとっては最悪で、しかし美意識にとっては極めて有益な日々だった。どこからか拾ってきたとおぼしいソファにもたれて姉さんと兄さんの作業を眺め、たまに簡単な道具を貸してもらって彫刻の真似ごとをしてみたり、マンガを読んだり、垂れた腹のようにたわんだ本棚の画集を見たりした。うちに文化的な土壌など皆無であったのにも関わらず、私が映画美術の道に進んだ理由の一つには、彼らの影響がある。私が特に好きだったのはジャコメッティの作品集だ。お尻のない彫像に感情移入をしたのかもしれない。胸もお尻もない、がりがりに痩せた彫像たちが、一度も実物を見たことがないのに好きだった。本物を見たのは、ずっと後のことだ。

空気はなかなか上のほうまで暖かくならなかった。

0002.MPEG

出版団地のベンチで。ジャージの上下を着たジュヨン。映画館で買った大きなコーラのカップが置かれている。

ジュヨン　このコーラ水っぽい……。あたしが思うに、願いごとはほんとに気をつけてしないといけないみたい。

私　どういうこと？

ジュヨン　坡州に出版団地が造成されだした頃、建物がとてもきれいだったじゃない。

私　うん。今みたいに古くなる前は、もっときれいだった。

ジュヨン　家からも近いし、あそこで働ければいいな、よく口に出してそう言ったの。なんでそんなことしたんだろう。あたしバカだった。

私　もともと本が好きだったじゃない。あんたの家に本がたくさんあったのを覚えてるわ。あんなに本棚のたくさんある家は初めて見た。うちには一つしかなかったよ。それもあたしの背丈くらいの、子供向けのやつ。

ジュヨン　本が好きなのとは別の問題よ。うちの親だって、あたしをこんなふうにするために本を買ってくれたわけじゃないし。坡州から出られないなんて、信じられない。

私　最初、坡州に来た時もたいへんじゃなかった？　慣れるのが。

ジュヨン　とってもたいへんだった。ハゲタカが飛び回ってるし。ハゲタカだなんて。ソウルから二時間しかかからないのに、ハゲタカよ。私と同じくらいの大きさの頭を持ったハゲタカと、目が合ったんだから。海外旅行に行く必要なんかない。

私　そう、ここが異国なんだ。

＊　＊　＊

2番バス。

あのひどいバスのことを話さなければならない。あのバスを抜きにしては何も語れない。一時間に一本、それも発車時刻がばらばらのバスが、一山《イルサン》ニュータウンにある高校に通う唯一の手段だった。ほかの路線は私たちを巧妙に避けるようにして通っていた。私たち六人は病気で今にも死にそうにならない限り、毎日同じバスに乗った。一人でも欠けていると不安になった。バスを逃したら車で送ってくれるほど教育熱心な親を持った子は、いなかったから。あのバスを逃すと二、三回乗り換えなければならなかったし、学校に着いた時には一時限目が半分過ぎているか、運が悪ければ二時限目だった。

バスはとんでもなく曲がりくねった道を通ったので、胃の具合が悪いと吐きそうになった。そもそも車体が古く、ことに前のドアは鉄板の隙間から、走っている道路の地面が見えた。バスって、ほんとに薄い鉄板でできた箱なんだと実感しつつ、なるべくその隙間を見ないようにしていたけれど、やたらと目がそこに行った。いくら学校が大事だとはいえ、こんなお粗末な板切れに乗せるなんて。あきれていたのは私だけではなく、ジュヨンもときどき頭にきていた。

「こんなバス、インドにも売れやしない」

ジュヨンが怒りをぶちまけると、私は逆に落ちついた。

「運転手さんに聞こえるよ。それよりインド人が聞いたら、もっと気分を悪くする」

「あたしインドに住んでたんだから、いいの。インドのバスもこれよりずっとましだ」

しかも、雪が降るとバスは必ずと言っていいほど動けなくなった。もともと雪の多い地域なので順調に走れない日のほうが多く、たまにはバスが横倒しになる珍風景も繰り広げられた。大都市や大通り以外の道路事情がどれほど悪いものか、知っている人は知っているだろう。バスが立ち往生すると私たち六人は雪道をかきわけて歩き、もっと大きな道に出ようともがいた。スニーカーはいつもびしょ濡れだった。今思ってみても、足の指が凍傷になってもげてしまわなかっただけでも運がよかった。そんな経験が私たちをつくりあげた。2番バスでなければ、私たちはこんなふうにならなかったはずだ。1番も3番も4番も5番も、わが町を通らなかった。2番だけが通った。時には、2番以外のバスが実際に存在しているのかどうかすら、疑わしく思えた。2番は、それほどまでに絶対的な番号にしては、ちょっと間の抜けた感じだ。短すぎるバス停の名前は「商店前」だの「水タンク前」だの「倉庫前」だの、たいていでたらめだった。商店や水タンクが一つしかなかったわけでもなく、倉庫なんかあちこちにあったのに。

今でも2番バスは走っているし、停留所の名前もそのままだ。

最もバスに不満を抱いていたのはジュヨンだったが、彼女は当初からのメンバーではない。オリジナルメンバーは私、ソンイ、スミ、ミヌン、チャンギョムだ。ジュヨンは学期の終わり頃に転校してきて乗り始めた。私がそのことを言うとジュヨンはあまりいい顔をしない。よそ者扱いされているように感じるらしい。でも私にとっては、ジュヨンが来る前と後では世界ががらりと変わったから、それははっきりとした節目なのだ。記憶のその地点に、旗が立っている。

ソンイ、われらがソンイは、ほんとうに流行の最前線を走っていた。それに気づかないでいた私たちが、ダサかったのだ。スキニージーンズが流行する気配もなくブーツカット全盛だった時も、ひとりジーンズを細くしてはいていたし、誰もレインブーツを履かなかった時に、どこで手に入れたのか水玉模様の長靴を履いて歩き、何より編み物の天才だったから自分でミュウミュウ[*13]風のマントを編んで着ていた。私もスミもジュヨンも、ソンイがいなかったら編み物の実技をパスできなかったと思う。私は表編みと裏編みから先は、もう何が何だかわからなくなってしまったが、ソンイは習いもしない（ソンイの言うところによると、ひょっとしたら誰も知らないかもしれない）編み方まで考案して、私たちがめちゃくちゃに編んだ手袋や帽子を見事に直してくれた。間違った部分をたどってゆく指には、神聖なものすら感じられた。制服に、カラフルなトナカイを編みこんだレッグウォーマーを何気なくはいて歩くのが、ソンイだった。ノルディック模様が流行するより、十年も前だったのに。トナカイ模様なんて、ほんとうに珍しかった。たまに腹を空かせて山から民家に下りてくるキバノロ[*14]を見ることはあっても。

ソンイはもともと、どんな服でも着こなしてしまうほど体つきがきれいだった。ソンイだけでなく、ソンイのお姉さんたちや妹も、すらりとしてとびきりプロポーションがよかった。ソンイは四人姉妹の三番目だったが、姉妹だけではなくお母さんまで、コピーしたみたいに顔がそっくりだったから、初めて見た時は、実のところ、ちょっとショックだった。ソンイの顔に関して言えば、柔らかく細い髪の下に文字通り卵型の顔、切れ長の日、小さくてちょっと上向きの鼻、歯並びのよくない歯が、何とも言えずオバケか妖精のようなものを連想させた。確かに愛嬌のある顔ではあるのだが、妖怪的愛らしさとでも言うか。ソンイのお父さんを見た時は、内心思わず感嘆した。五匹の妖怪と暮らしているにしては、ひどく幸せそうな顔をしてるな、と。

ソンイの両親は四人全員に歯の矯正をしてやることは不可能だと判断したのか、公平に誰にも矯正をしなかった。そのためかソンイたち姉妹は、格別口数が少なかった。あまりしゃべりもせず、笑う時も口を閉じて声を出さずに笑った。それでも、よく犬歯のようなものが突き出た。あの家でおもしろいことが起きれば遊びに来たお客さんだけが笑い、家の人たちはシャーシャーとホワイトノイズのような音を立てた。それはそれで愉快だった。

ソンイはお金を稼ぐようになるとすぐに二重まぶたの手術をし、さらにお金が貯まると歯の矯正をした。何とも言えないユニークな顔は消え、今は標準的な美人に近い。そのうち、微妙に上を向いた、溌剌とした感じの鼻まで整形してしまうのではないかと心配になるが、お母さんや姉妹たちと区別のつく顔になったことは別の意味で自然な気がするので、何も言わずにおくことにした。あんなに同じ顔だらけなのより、むしろ今のほうが自然だということだ。

子供の時も今も、ソンイはよく、黙ってとんでもないことをやってのけた。中学の時のことだ。その頃はまだ頭髪検査[*15]が普通だったから（どうしてあんなことが普通だったのだろう?）、月曜の朝、運動場の隅っこには切られた髪の毛の束が散らばっていた。雨水の水路を覆ったコンクリートブロックの上に、まるで西部劇で転がっている枯れ草のように。ソンイも一度、髪を切られた。私は列の後ろのほうから見ていたのだけれど、ソンイは発作でも起こしそうに身体を震わせたかと思うと、履いていた靴を両方とも脱いで生徒指導の先生に投げつけた。そして靴を拾いもせず、ソックスだけで家に帰った。イスラム圏では靴を投げる行為が侮辱のしるしだということを、誰も、当事者であるソンイも知らなかった頃だから、まったく衝動的な行動だったわけだ。私は靴を拾って下校後に届けてあげた。中学校は近かったからよかったものの、ソンイのアパート[*16]に行く道は、ソックスだけで帰るのには決して楽な道ではなかった。

　ソンイのお母さんは当然呼び出しを受けたが、学校に行きソンイそっくりののんきな妖怪顔で、頭髪検査がなぜそんなに重要なのか理解できない、ああいう髪にしたからどうだと言うのだ、うちの子がちょっとおしゃれしたらいけないのか、と言って生徒指導の先生をいっそう激怒させた。結局ソンイは卒業するまでその先生と戦争をしなければならなかった。状況が悪化するにつれ、ソンイのファッションもこれ見よがしに過激になった。あの時はほんとうに変だと思ったけど、最近のアイドルたちがみんな当時のソンイみたいなファッションをしているのだから、ソンイが時代の最先端を走っていたのは確かだ。

「蛍光色をもっと着ておくんだったな。おかしな服は、全部着てみるべきだった」

　この間ソンイがそう言った時、私たちは全員、首を横に振った。

「あんた、じゅうぶんおかしかったよ」

ソンイと同じアパートにはチャンギョムが住んでいた。田畑の真ん中にぽつんと一棟だけアパートがあるなんて、大都市の人たちは変に思うかもしれないが、意外にありふれた光景だ。チャンギョムのうちはそのごたごたした外廊下型アパートで最も静かだったし、チャンギョムは私たちの中で最も成績がよかった。

短く刈った髪はちっともおしゃれではなく、太っていたので制服のズボンが今にも破れそうだった。背丈も体格も大きくないくせにただ太っていて、しかも肌が妙にピンク色がかっていたから、みんなはいつもチャンギョムのことを子豚だと言ってからかった。わざと息を吸いながらブーブー鳴いてみせ、飽きもしないらしかった。それがからかいのレベルを超え、もっと暴力的で悪意を帯びてくると、当事者ではない私がむかっ腹を立て、ついにその子たちの机を蹴り飛ばした。机にみぞおちをぶつけた子が呻き声を上げ、私は、今は思い出すことすらできない言葉で罵倒した。中学の時までは男の子たちと腕力の差があまりなかったとはいえ、思い返してみれば怖いもの知らずだったようだ。その時以来、チャンギョムはちょっと不安になると私の近くをうろついて私の友人たちと仲良くなろうとした。ソンイと私は、この賢くてまるまるしたピンク色の男の子を気軽に仲間に入れてやった。あまりにも空気を読まずに割りこんでこようとした時は、追い出すこともあったけれど。後にチャンギョムが告白したのだが、彼の両親がわざわざ学校を訪ね、私やソンイと同じクラスにしてくれと頼んだらしい。

当時、京畿道《キョンギド》は非平準化地域*17だったから、チャンギョムが私たちと同じ高校に進むとは思ってもみなかった。トップ校に行くだろうとみんなが信じていたのに、チャンギョムは大きな試験には弱かった。大学入試の縮小版とも言える連合考査*18で大きなミスをいくつかしてしまい、ソンイや私と同じ、真ん中よりほんのちょっと上の高校に進学した。幸い高校に入るとチャンギョムは痩せ、髪も伸ばしたから、以前のようにからかわれることは少なくなった。失敗の経験が生きたのか、大学修学能力試験はよくできて、歯学部に入った。そしていっそう痩せたかと思うとレーシック手術まで受け、今では町の代表的な癒し系男子、かつマスコットの「ド*19ブ龍」となっている。女の子を持つ母親たちは、「あんた、あの時にあの子の良さを見抜けなかったの」と娘を責めるが、私たちは誰もチャンギョムをわかっていなかった。ただ振り返れば、いつもそこにいる、ピンクの生命体みたいな感じだった。

ピンク色だけは、どうしようもない。だが今ではそれすらも、合コンなどの席において「貴族的な肌」だと評されているそうだ。

0003.MPEG

ミキサーにサイダーとアイスクリームを入れて回す。気持ちのいい音に続き、爽やかな色と、とろっとした感じをアップで撮る。
チャンギョム　学園祭の時、クリームソーダがとてもおいしかった。家で作ると絶対あの味にならないんだ。作っていた子に、わざわざ聞いたんだけどな。ほんとにこれしか入ってなかったんだって。

＊
＊
＊

スミはバスの中で私たちと親しくなった。スミは、高校は定員割れで補欠合格したのだと、さも自慢げに言って私たちを笑わせた。いつも楽天的で穏やかな顔をしていたけれど、実は、彼女の置かれている状況のせいでほかの子たちが気まずい思いをしたことも、少なくない。チュ・スミ。どう考えても「イイダコ《チュクミ》」とあだ名される運命にあった。しかし見た目はイイダコとは何の関係もなく、ワラを思わせるパサパサの髪と角ばった顔、笑うたびにのぞくキシリトールガムみたいに大きな前歯が特徴で、ひどく不器用な人が作ったカカシみたいだった。制服が、幅を縮めようとして失敗したみたいな格好だったために、よけいそんな感じがした。

スミと弟のスホは、お母さんの実家に居候していた。その家は典型的な密集型工場式養鶏場をやっていた。たった一度だけ、その養鶏場の中に入ったことがある。スミの家で遊ぶことはあまりなかったから、ラーメンに入れる卵を採りに行ったその時だけだ。今ではスーパーで動[*20]物福祉卵を見かけることも珍しくはないが、少し前までは、誰も鶏たちの福祉など考えなかった。卵屋だから卵がたくさんあるだろうと思って入ったものの、何段にも重なった狭苦しい金網に閉じこめられ、くちばしがゆがみ羽がなかば抜けてしまった鶏たちの地獄絵図を目撃して、そのまま出てきた。戸を閉めた後も、目が見えなくなり、狂った鶏たちの凄惨な匂いと鳴き声につきまとわれた。結局スミが卵を持ってきたのだが、私はその日、ラーメンもろくに喉を通らなかった。しばらくは卵も鶏肉も見る気がしなかったことを覚えている。母は、私がスミの家に遊びに行っていなければ、背がもう何センチかは伸びていたはずだと言う。

　スミの叔父さんはいつも怒っていた。そんな人だから養鶏場が特にひどかったのかもしれない。彼は常に世間から不当な扱いを受けていると信じていて、誰とでも喧嘩をする用意ができていた。憂鬱かつ好戦的な目つきも目つきだが、どう見てもローションも何も塗っていない、ざらざらと荒れた皮膚が、あの鶏たちを連想させた。町で誰かが喧嘩をしたというと、片方は必ずスミの叔父さんだった。もう一方は毎回違ったが。スミのお母さんとはだいぶ年が離れた、まだ独身の若い人だったのに、スミは怖がっていた。

　スミのお母さんがたまに帰ってくる日には、雰囲気がいっそう険悪になった。スミのお母さんはかなり問題のある人物で、職業も問題だったらしい。

「他人の噂なんかするものじゃないわ。女が三人寄れば、息子のうち一人は泥棒で、娘のうち一人は浮気女だって言うからね」

母の教え通り、私は詳しいことを知ろうとはしなかった。スミのお母さんは多い年には年に四回、少ない年なら上半期下半期に一度ずつ坡州に戻ってきた。スミはその時期になると怒ったり喜んだりもしたが、たいてい、いらいらしていた。

「昨日、ばあちゃんが母ちゃんのほっぺたを叩いて、母ちゃんが倒れたの。なのに叔父さんが母ちゃんの首を絞めた」

そんな怖ろしい話を聞いたのは生まれて初めてだった。うちで起こるもめごとなんて、祖母がへそを曲げるくらいがせいぜいだけど、そんなのとはまるで比べものにならない。そのうえ、そんなことを打ち明けるスミが、あまりにも平気な顔をしているので、何と答えていいものやらわからなかった。そんなことに慣れっこになってはいけない、できるだけ早くそこから逃げ出さなきゃと忠告できるほど、私はしっかりしていなかった。平穏な狭い世界で育った私が言えることは、何もなかった。

「家族だからといって、必ずしも愛する必要はないさ。まったく愛さなくてもいい」

スミにそう言ったのはミヌンだった。まるで、「あの歌手のアルバムは全部聴く必要はないさ。好きな歌だけ聴けばいい」というような、軽い言い方だった。ミヌン以外の誰も、そんなふうには言えなかっただろう。そんな言葉、人を救う言葉をさりげなく言えるのが、ミヌンだった。

とにかく、愛することのできない家族は愛さなくてよいという新しい指針は、スミにかなりの衝撃を与えたらしい。一種の解放感を得たスミは、解放されたすべての愛をミヌンに向け始めた。気が重くなりそうなものなのに、ミヌンはちっとも気にしていなかった。それもそのはず、当時はみんながミヌンのことを好きだった。ミヌンは何も警戒せずに誰でも近づけたから、彼の周りにはいつでも人だかりができていた。ミヌンはみんなの憧れの的だった。私やソンイですら、ミヌンと同じバスで通っているということを、ときどきちょっと自慢したくなったほどだ。汚れた緑色のストライプ模様のバスは、坡州の王子様が乗る馬車だった。

0004.MPEG

チャンギョム　あ、ミヌンが来た。
ミヌン　遅れてごめん。
チャンギョム　景気はどうだ？
ミヌン　年寄りみたいなこと聞くなよ。

ジュヨン　台風の被害はなかった？　ひどかったじゃない、[*21]秋夕《チュソク》の前。
ミヌン　それを見越して、リンゴを半分くらい早生種に替えておいたんだ。採り入れはすんでたよ。残り半分はちょっと傷んだけどな。
私　ちょっと痩せたみたい。
ミヌン　顎のラインがきれいになっただろ？
ソンイ　うっ。

＊　＊　＊

人より早く大人になってしまう男の子たちがいる。ミヌンがそうだった。やんちゃな従兄《いとこ》たちについて歩いているうちにそうなったのだろうけど、小学校を卒業する頃には、もう大人っぽい顔になっていた。

口が大きくて、笑うと両端に深い三角形の隙間ができた。満面の笑みを浮かべれば、片方の頬にだけ縦長のえくぼができた。面長で、睫毛が下を向いていて、両目がふぞろいだった。よくよく見るとたいした顔ではないのに、誰もが男前だと思っていた。首が太く、よく響く低音の声という強力な武器を、早くから備えていた。走り高跳びでは学校の代表選手で、[*22]道《ド》の大会で四位入賞を果たした。子供の頃から果樹園を手伝っていたので、生来の肌の色はわからないけれど、いつも日焼けしていた。本人は、お尻は白いと主張するが、確認するすべはない。

「あの子、金持ちみたいにきれいに焼けてるよね」

後にジュヨンがそう言った時、全員が同意した。祝福された人間は、日焼けだって貧乏たらしい焼け方はしない。大枚払って日焼けサロンで焼いたみたいに焼ける。

小学校三年生の時だったと思う。ミヌンの従兄たちが町の子供たちを軽トラックに乗せ、造成され始めたばかりの一山《イルサン》ニュータウンに出かけた。年上の従兄といっても高校生なので免許はない。トラックは果樹園内で使う車だからナンバープレートもなく、錆びたレールドアも、もともとついていた物ではなくて、どこかにあったのを持ってきて継ぎ合わせた物だった。開け閉めするたび、指がちぎれて破傷風になりそうな気がした。私は、ついてこなければよかったと思いつつ、はらはらしていた。シートの下のスプリングがしきりに背中や腰に当たってちくちくした。あんなにたくさんの子供たちが、あんな危険を冒して一山まで行ってきたのにバレなかったなんて、今でも信じられない。おそらくニュータウンにまだほとんど人が住んでいない時期だったから、そんなことも可能だったのだろう。

新しくできた信号機は背が高く、青いビニールでぐるぐる巻きにされていて、一つも電気がきていなかった。車もほとんど通っていなかった。私たちは開通していない八車線道路の真ん中にトラックを止め、ぞろぞろと降りた。みょうちきりんな光景だった。見慣れない大きな道路が、あんなにがら空きというのは。ミヌンは浮かれていた。あの年頃の男の子たちにとっては冒険だったのだろう。

日が暮れて帰る頃には、地面を深くえぐったいくつもの工事現場の間にある、ほかの団地より先に造成されたアパートに、半分くらい電気がついていた。狭い道の両側は深い溝になっていることが多かったから、まるで絶壁の間に道がついているみたいだった。住宅団地はその道の果てにあって、ほとんど未完成だった。後にたくさん人が入居してからも、一山ニュータウンと言えば、あの荒涼とした奇妙な風景が思い浮かぶ。一山に住む友人たちは、坡州のほうが荒涼としていると言うけれど。

ミヌンは坡州のアイドルとして育った。ストレスが溜まれば夜更けに一人でトラックを走らせ、走り終えれば、早く覚えた煙草を吸った。プラスマイナスすると身体にいいのか悪いのか。当時流行っていた太い白線のついたジャージを着てトラックに乗ったミヌンが誰かに目撃されると、女子の間にその話が広まった。熱心なファンはポカリスエットか何か持って行ったらしいが、おそらくミヌンはありがたく受け取って飲んだだろう。

坡州は一見何もないように見えて、実は、ちょっとうんざりするほど生命力のある土地だ。植木の手入れをする予算が足りないということもあるのだろうが、草木は危ないほど道路にはみだし、建物を脅かしている。雨が降れば数千、数万匹のカタツムリが大きな道にも小さな道にも出てきて人間や車に踏みつぶされ、ぺちゃんこになったカタツムリは、タンを吐いた痕みたいにそのまま残って地面に点描画を描いた。三十センチにも育ったミミズは蛇みたいだし、虫たちは基本的にソウルの三倍くらいの大きさだ。蛇や野ネズミやミミズクを見かけることもそう珍しくはない。臨津江《イムジンガン》は、ナイル川でもあるまいに、一年おきに氾濫した。ヴィーナスのように海の泡から、とまではいかなくとも、その黒い土からミヌンが誕生した。うごめく生命力が、最も素敵な形につくりだした作品だった。ミヌンはそんなふうに、坡州のアドーニス[23]であり、[24]ジュリアーノ・デ・メディチだった。

バスでは、次のような順で座った。

運転手のすぐ後ろには、チャンギョムが金属パイプに英語の単語帳や参考書などを立てかけて座った。バスはひどく揺れたから、視力を悪くしただけだったに違いない。

次に私とソンイが前後に座った。隣に座ってもよかったけど、どうせそれぞれ音楽を聴いていたし。気に入った曲があれば、ときどきお互いに聴かせあいっこした。私は当時一般的だったＭＤプレーヤーを使い、ソンイは十二曲くらいしか入らないＭＰ３を使っていたが、そういう点でソンイは確かにトレンドの先端を行っていた。ＭＰ３が主流になるなんて、当時はほんとうに想像もつかず、ＭＤの時代が十年、二十年続くと思っていた。でも聴き飽きた歌はすぐに消去しなければならなかったから、ソンイは結構忙しかった。

私とソンイの後ろではミヌンが窓際に座り、その横にスミが必ず座った。スミはたいていミヌンの好きなお菓子を持って乗っていた。二人はお菓子を食べ、スミは主に前日見たテレビの話をした。

夏にはときどきお腹をこわしたチャンギョムがバスから降りた。田畑と倉庫の間でどうやってトイレを探したのか、気になったけれど聞く気にはなれなかった。

0005.MPEG

ミヌン　あの家に一人で暮らして、怖くない？
ジュヨン　使っていない部屋はドアを締めきっているから、別に。ワンルームに住んでる気分よ。
ミヌン　でも、もの寂しいじゃないか。
ジュヨン　今に始まったことじゃないわ。いつだってそうだった。

＊　＊　＊

もの寂しくなかった時もあった。そのことを指摘したかった。あの家がグリニッジ天文台のように基準であり、中心になっていたこともあるのだ。そう反論しかけて、かろうじてこらえた。私の今までの人生を集約する単語は、「かろうじて」ではないだろうかと、かろうじて考えた。

二十年以上空き家だった幽霊屋敷が壊され、新しい建物を建て始めた時、誰もそれが人間の住む家になろうとは想像せず、物流倉庫か小さい工場か何かができるのだとばかり思っていた。しかし少しずつ姿を現し始めた建物の輪郭は、異様だった。打ちっぱなしのコンクリートに木材と鉄骨、全面ガラスが組み合わせられた家は、今でこそ珍しくないが、当時はまだ、人々の注目を集めた。

「あれ、すごくない？」

私は浮き浮きしてチャンヨン兄さんとイニョン姉さんに尋ねた。その家は、ちょうどアトリエからよく見えた。

「安藤忠雄[*25]風だな」

チャンヨン兄さんは興味がなさそうだった。アンドータダオの建築など見たことも聞いたこともない私は、それでもめげずにその家に関心を寄せ続けた。大きな骨組みが建てられ、内装の仕上げをするために夜遅くまで明かりがついていた時も、ずっと眺めていた。チャンヨン兄さんは、いっそ望遠鏡を買えよとからかった。でも私は、自分がその家に足を踏み入れる日がこようとは、思ってもみなかった。

今では同じような建物が雨後のタケノコのごとく増え、あの家は坡州の典型的な建物に過ぎない。でもあの家を遠くから見ただけで、胸の真ん中が締めつけられる。古くなり、手入れされていないために美観が失われた今でも。あるいは、それだからよけいに。

その点で、アイアンマン[*26]はかなり正確なわけだ。心臓は胸の真ん中にあって、ほんのちょっとだけ左に寄っている。心臓が止まりそうになったら、心室を刺激するため左の胸を圧迫する。それで多くの人は、心臓は左にあると錯覚しているけれど、実際には真ん中だ。だから私たちがある喪失感のせいでみぞおちが痛むなら、胃や、そのほかの所が痛いのではなく、ほんとうに心臓が痛いのだ。私は傷心という言葉を、日々新たに噛みしめている。

その家に、私と同じくらいの年頃の女の子が引っ越してきた。その家の人たちは近所に引っ越しの挨拶の餅も配らなかったし、挨拶回りすらしなかったのに、どうして知ったのか、会う人ごとに私に言った。あんたくらいの女の子が来たよ、と。まるで友達になりなさいと強要されているみたいだった。ロマンスグレーの紳士と年齢不詳の美貌の夫人がラッシー[*27]みたいな犬を連れて来るのではないかと期待したが、平凡な夫婦が私くらいの年の女の子を連れて来た。

親しくなることはないだろうと思ったのに、その子が2番バスに乗った。同じ学年であることは、すぐにわかった。上の学年ならもっと早いバスに乗るはずだし、下ならもう一つ後のバスに乗るはずだから。その子が、笑わず悲惨な顔をしていたのに好感が持てた。笑いたくない時に笑わない人なら、仲良くなれそうだ。ジュヨンはそうして2番バスの仲間になった。

初めてあの家に入った時、最もショックだったのは、玄関から奥まで本棚がずらりと並んでいたことだ。蔵書の質ではなく、あくまでも視覚から来る衝撃だった。後に数えてみたところ、大型の書棚だけでも十六あった。落ち着きのある分厚い天然木の書棚で、そのうちいくつかは埃《ほこり》よけのガラス戸がついていた。ハードカバーとペーパーバックの英語の本が多く、私には理解不能な順序で並んでいる本の前には、ところどころエキゾチックな装飾品が置かれていた。おそらくインドの物だったのだろう。

うちには私の背丈くらいのファイバーボード製の本棚が一つあった。四段で、八つに区切られたみすぼらしい子供用の本棚は斜めに歪み、側面には子供の時に貼った変身妖精のシールや、ピザのクーポンなどがべたべたくっついていた。しかもそれは私専用のものですらなく、家族全員の本棚だった。祖父が読んでいた日本語の小さな本、母の卒業アルバム、父の道路地図帳、私の問題集、ほとんどファンシー文具みたいな、十代の子の好きな本が何冊か。父の道路地図帳ときたら、一九八六年発行の本だ。この間の大掃除の時、私が、道路がだいぶ変わってるでしょと言って捨てようとすると、父が怒った。

「でも何だか、本棚が一つしかない家で育った人は、頭の中が健康なような気がするな」

ジュヨンが変な羨ましがり方をした時、初めはいったい何を言っているのかわからなかったし、後になってそれも一理あると思い直したけれど、結果的にジュヨンも私も頭の中の健康を保つことは、かなわぬ願いになってしまった。何よりジュヨンは、どのみち本棚一つでは、とてもじゃないが間に合わなかっただろう。最初から不可能だったが、出版社に勤めだしてからは、いっそう遠い夢になった。増殖する本を見れば、月給代わりに本を支給されているのは明らかだった。

ともかく、正直なところ、あの家を初めて訪れた時に私がいちばんはっきりと感じたのは、渇きだった。読むことのできない本、手にしたことのない文化に対する渇望。そこに立って小さな象の彫刻に嵌めこまれた宝石を指先で動かしつつ感じた、逆流する胃酸のような熱い思いを何と名づけるべきか、思いつかなかった。渇きであると自覚していたなら、あれほど欲しがらずにすんだのだろうか。なぜか、あの家に出入りしていると、すぐには母に告げられないでいたのだから、無意識のうちにわかっていたようでもある。私が享受できないでいるものを、知らず知らずのうちに、切実に欲していたことを。

「うちもたいしてお金持ちじゃないよ。ほんとうにお金持ちだったら、坡州に来るはずないもん。インドに行く前に住んでいた町に帰ったはずよ。再開発計画が取り消された、ソウルの小さなアパートでは荷物が全部入らないから、坡州に来たの。たいしたことないんだってば」

たいしたことないというジュヨンの言葉は、かえってたいしたものに思えた。私はただ単に裕福なことに感嘆したのではないのに、ジュヨンにはそれがわからない。玄関に初めて足を踏み入れた瞬間から、ある切実な渇きのようなものを感じ続けている私は、きちんと説明する機会を持てないでいた。

ただ、めんどうな宿題を一緒にやろうと思って行っただけだ。暇だったので早めに行ったら、換気しているのか、窓も玄関も開いていた。坡州の人たちは、泥棒もこんなへんぴな所には来たがらないと信じていたけれど、その思いはよく裏切られた。戸締りについて注意してやらなければと思いつつ、音のする部屋に向かった。床の振動をたどってゆくと、行き着いたのはホームシアターだった。本棚より少し幅の狭い棚にはビデオとＤＶＤとテープとＣＤが並んでいた。考えてみれば、あんなにいろいろなメディアを併用することは、もう二度とないような気がする。

ほかの窓は全部開いていたのに、その部屋は違った。さらに暗幕まで垂らされていて、昼間から突然夜に足を踏み入れたような気がした。壁に向いたプロジェクターの光の中で埃が不規則に動いていた。韓国人の体格には似つかわしくない大きなソファが見え、ジュヨンの頭のてっぺんがのぞいていた。ジュヨンは髪の色が薄茶色だった。生来の色なのか陽射しで色褪せたのか、色素の抜けた色だ。驚かせてやろうと、わざと大声を出して横にどっかりと座り、片方の脚をジュヨンの膝にのせた。横で息を呑む音がしたから笑いながら顔を見ると、ジュヨンではなかった。

男の子だった。相当驚いたらしく、座ったまま十五センチくらい飛び上がった。顔にある穴がすべて開いたような表情をしていた。ひっかけた脚を元に戻した私も、おそらく同じような表情になっていたはずだ。ぎょっとするほど似ているからきょうだいに間違いないのだろうが、どうして誰も教えてくれなかったのだろう。いや、イニョン姉さんから聞いたことがあるにはあった。イニョン姉さんが、この家のバルコニーに男の子が立っているのを見たと言った時、それは私の友達だ、胸がぺたんこだから男の子に見えたのだ、と言ったのを思い出した。長めの髪が耳を覆っている男の子だった。

「ジュヨンはキャロラインに行って、まだ帰ってないんだけど」

ちょっと落ち着いたのか、男の子が私に説明してくれた。キャロラインは趣味のいいおじさんがやっている、一山《イルサン》市内のレコード屋で、ジュヨンはそのおじさんに認められた、数少ない高校生のうちの一人だった。おじさんはちょっと音楽がわかりそうな子たちに特別なレコードを勧めてくれることで知られていた。ジュヨンはあまり気にかけていなかったようだが、キャロラインのおじさんと親しいというのは、みんなの間で微妙に名誉なことだったのだ。そこに行っていて帰りが遅れているらしい。中途半端に大きいだけで固いソファから立ち上がろうとした時、冷静さを取り戻した男の子が言った。

「一緒に見ながら待っててもいいよ」

改めて聞いてみると、その子の声はシンセサイザーを連想させた。声変わりなのか、割れるような電子音だ。なのに、あまり聞きづらくはなかった。

たまにジュワンのことを話したりすると、どんな感じだったのか説明しろと誰もが要求する。そんな時、私はポール・マッカートニーとロジャー・テイラーを混ぜたような顔だったと答える。するとビートルズファンはビートルズファンなりに、クイーンのファンはクイーンのファンなりに、独特の美男子だったんだね、と反応する。両方のファンが聞いたらあきれるだろうけれど、実のところ私はジュワンに会った当時、ポール・マッカートニーもロジャー・テイラーも知らなかった。知っていたら似ていると言ってあげられたし、そうしたらたぶん喜んだだろうと思うのだが。上の世代の音楽を自然に共有する幸運は、思ったより得難いのだ。それは、若い金持ちが国税庁に内緒で相続した遺産に似ている。

しいてどちらかを選ぶとすれば、ポール・マッカートニーに近い。ビートルズをよく知らなかったから、マッカートニーは私の興味の対象外だった。いわば、時たま海外の芸能人ゴシップに出る、しょっちゅう結婚するイギリスの変なじいさん程度の認識しかなく、先に音楽に接することができなかった。私がポール・マッカートニーを見たのは、最初の夫人であるリンダ・マッカートニーの写真集だ。

そして、その写真集は、遥か遠くの書店の、とても背の高い本棚にあった。

0006.MPEG

ジュヨン　ときどき、ヤギ《ヨムソ》みたいな気分になる。

チャンギョム　ヨムソって、ハロゲン元素の塩素《ヨムソ》のこと？　それともメエメエ鳴く動物？

ジュヨン　普通、メエメエを先に思い浮かべない？

チャンギョム　日常、実際によく使うのはハロゲン元素の塩素だよ。動物のヤギなんて、年に何回見る？　塩素は薬品、爆発物、酸化剤、漂白剤、消毒剤としても使われるし……。

ソンイ　どうして気分がヤギなのよ。

ジュヨン　みんなが善良なヒツジのようにおとなしく従順で愛らしいのに、あたし一人ヤギみたいに意地を張ってあれこれ自分で決めようとするんだ。

ミヌン　そういうことなら、お前、黒ヤギだ。（笑）
ジュヨン　ひどい。黒いのはあたしじゃなくて、この子でしょ。（私のほうを見る）
私　あたし何も言ってないのに！

＊＊＊

誰もが私に、旅行に行くのがいいだろうと言った。専門家も専門家でない人も、私のことを大切に思っていてもいなくても、みんな。温かい忠告から、冷徹な指示まで添えて、旅行をしろと言った。わずか数年前なのに、私は今より他人の言うことを素直に聞いたらしく、ほんとうに旅行をした。あの人たちの言うことは間違っていたようだと思うことが多かったけれど、正しかったと思うこともあった。

ソンイは私に、ヨーロッパに行こうと言った。計画はもう立ててあるから、ついてくるだけでいいと言うソンイの言葉を信じた。ところが、私の思う計画と、ソンイの計画は意味が違った。ソンイの計画というのが航空券と[*28]ユーレイルパスの二つだけだということを知っていたら、ついて行きはしなかった。それに、ソンイがパリで出会ったドイツの男の子と恋に落ちたせいで、誰もが南へと向かう夏に、私たちはいつの間にかドイツ北部の海岸に来ていた。

「ドイツに海があったっけ？」

ここまで話すと、よくそう聞かれる。あるのだ。しかも、美しい。北の海に特有の美しさだ。坡州の美しさにも通じるような。

　クリスチアンがソンイを持ち上げて海にほうり投げたりしてふざけている時、私は散歩したり、本屋に行ったりしていた。宿はあまり居心地がよくなかったから、とりあえず外に出る必要があった。本屋には座り心地のいい、高級そうなバウハウス[*29]風の長椅子が置かれ、客たちが眠っていた。本をお腹にのせている人が大部分だったが、本を持っていない人も少なくなかった。寝るために本屋に来るのか、寝ても誰も起こさないのか、聞きたくとも、ドイツ語はまるでできない。私も椅子を一つ占領して座り、韓国に輸入されれば値段が二倍にはね上がるアート関係の書籍を見た。紀元前から昨春までの作品が年代順に並んでいた。ときどき抜けている時代もあったものの、小都市の本屋であることを思えば、結構な品揃えだ。言葉の壁があるからほかの本は見られない。一日中そんな本を見て、刺激を受け過ぎたと感じたら、カレンダーのコーナーに移動した。新年までにはだいぶ待たなければいけない夏だったのに、ほとんどワンフロアがカレンダー売り場になっていた。犬や猫中心だったが、そのほかにもまあまあかわいい動物たちを写真に撮ったカレンダーが、それぞれ一つずつ作られているらしかった。

　リンダ・マッカートニーの写真集は、帰国の前日に見つけた。

最後に開いた本だったという理由で、私の内部の、ある中心部に克明な印象を残したのだとは思わない。その写真集は特別だった。ポール・マッカートニーのファンではなかったのに、本を開いた瞬間、私は恋した。音楽を知らずに一目惚れなんて、バカな話だ。ジュワンに似ていたからだけではない。

ユーモラスな表紙とアニー・リーボヴィッツの序文に続き、一九六〇年代のエッセンスが詰まった写真を、軽い感嘆を覚えつつ眺めた。リンダ・マッカートニーは『ローリングストーンズ』誌の表紙写真を撮った最初の女性写真作家だ。ミック・ジャガーやジャニス・ジョプリン、ジミー・ヘンドリクスとアレサ・フランクリンとボブ・ディランとサイモン&ガーファンクルのところまでは、ただ見事な写真だったが、ビートルズのページに至って、写真はプライベートなものになった。大胆と言っていいくらい、私的な写真だった。

ポールとリンダ。二人は結びついていた。目から目に、鎖のようなものがついているような気がするほど、結ばれていた。微笑ましいと言えば微笑ましくもあり、ぞっとするとも言えるような連結コードだった。ポール・マッカートニーがカメラのこちら側にいるリンダを見る視線は、今私たちが見てもぎくっとするほどだから、実際はもっと強烈だったはずだ。リンダとポールが恋愛する前の写真からも、後のことが予感させられる。レンズも時間も存在しない。暗い所にいる撮ってから三、四十年たつ写真なのに、すべての感情は損なわれていなかった。

ポール、光を浴びているポール、ほかのメンバーと一緒にいるポール、一人でいるポール、ステージ上のポール、リゾート地のポール、あごひげを生やしたポール、メイクしたポール、帽子をかぶったポール、泡風呂につかったポール、近くにいるポール、遠景のポール、そして二人の子供たち、厚いセーターと毛むくじゃらのペットたち。

後になって知った。リンダ・マッカートニーが一九九八年、私がジュワンに会う一年前に死んで以来、ポール・マッカートニーが彼女に似た女性たちと何度も結婚しなければならなかった理由を。賢明な選択ではないのにも関わらず、子供たちがずっとポールを支持し続けた理由を。彼らの美しい子供たちが世界に残しているさまざまな痕跡を。二人のような関係は、一生を支配する。そんな愛は終わっても終わらないけれど、取り戻すことはできない。

そんなふうに変な順序で私はビートルズを聴き、ソロアルバムを聴き、ウィングスを聴いた。「ロング・ヘアード・レディ」[*30]ではリンダ・マッカートニーの声が聞こえた。

0007.MPEG

接写した私の古いＣＤプレーヤー。回っている。汚れたピンク色のケーブルの先にはＭＤプレーヤー。

＊　＊　＊

その家が好きになったのか、その家に住む男の子が好きになったのかよくわからなかったが、ともかく私が自然に近づくためには、ジュヨンを利用するしかなかった。

「ハジュ、ＣＤコピーさせて」

私はハ・ジュヨンもハ・ジュワンも同じように「ハジュ」と呼んだ。ヨンだろうがワンだろうが、ハとジュは同じだったから。一度、ジュワンを「オッパ」[*31]と呼んでみたものの、外国育ちのせいか、反応はいまひとつだった。年子なのでジュヨンですら、お兄ちゃんと言ったり、「ねえ」と言ったりしていたから、「ハジュ」のほうがまだましだった。

「何を持ってこようか？」

「ううん。あたしがあんたんちに行く。自分で見て選びたいし、学校でコピーしたらＣＤが揺れるし」

ＭＤにコピーする時はＣＤが揺れないようにするのが重要だったのだが、衝撃吸収機能の弱い私のＣＤプレーヤーは、誰かが触ったり机が揺れたりすると台無しになった。みんなが狭い机の間をやたらにぶつかりながら通るからコピーはひと仕事で、たいていはロッカーの上や窓の敷居のような所に置いた。

「めんどうでしょ。持ってきてあげるから、家でやったらいいじゃない」

「CD借りてケースに傷つけたりしたらいやだし」

私は、ジュヨンが透明で完璧な状態のCDケースをどれほど大切にしているか、よく知っていた。それもそうだ、と納得した表情のジュヨンに、とどめを刺さなければ。

「あんたがまず、何枚か選んでよ」

音楽を一緒に聴いたり、選んでやったりしたがる音楽マニアたちの性質を、私はじゅうぶん把握していた。

きわめて自然な理由によって、私はジュヨンとジュワンの家に出入りした。その時コピーしたMDが七十枚を超える。何枚かは聴くふりをしたし、ある時からはしばらく忘れ、また発見したりした。歌は初めて聴いた時も、二回目でも聴き慣れない感じだ。ジュヨンの音楽のセンスになじめなかったのかもしれない。もしも私がMDユーザーでなかったなら、私は別の方法や言い訳を探さねばならなかっただろう。だから私にはその機械がたいせつだった。機械自体もかっこよくて、自由を感じさせた。私の薄いピンク色のMT66[*32]が、どれほど素敵だったことか。思えば、私はあの時もMDレコーダーにマイクをつけて友人たちの声を録音したりしていた。結局、大人になればすごいことができるようになるのではなく、もともとやっていたことを本格的にするようになるのだろう。

ハジュの家の重厚な家具は、しきりに揺れる私のCDプレーヤーを完璧に支えてくれた。飴色の小さくて四角いカートリッジに入ったMDに曲がコピーされる間、ジュワンと一緒に映画を見た。映画を見ている途中、ちょっと待って、あたしちょっとCD替えてからまた見る、と言いながらさっと席を立ったりしたものだ。

初めて会った時にジュワンが見ていた映画は、どうやらウッディ・アレンの「ある真夏の夜のセックスコメディ（邦題「サマー・ナイト」）」だったらしい。その時はタイトルがわからなかったから後で探すのがたいへんだったけれど、派手なのはタイトルだけで、なぜか癒されるような内容だった。その次に行った時も、ずっとウッディ・アレンの映画だった。

「今週はずっとウッディ・アレンの映画を見るつもりだ。だから……」

ジュワンは最後まで言わなかったものの、私はそれが招待であることを理解した。その時までに出たウッディ・アレンの映画は二十九篇。そのうち十七篇があった。韓国語字幕のない映画のほうが多かったが、ジュヨンとジュワンが交代で素早く翻訳してささやいてくれた。

何回かは映画が始まった後に行ったけれど、いつからか私を待っていてくれるようになった。ジュヨンとジュワンが並んで座っている時もあったし、ジュワン一人の時もあった。待っていたよと言っているみたいなジュワンの表情が、好きだった。

夏にはうちの店で冷たいコングクス[*33]が一番よく売れたから、私は母に見つからないよう、ククスと冷たい豆乳と刻んだきゅうりを別々に包んでハジュのうちに運んだ。私にしてはなかなかの気遣いであったし、それがその後の食材泥棒の始まりだった。行く途中でイニョン姉さんにばったり出くわし、どうして遊びに来ないのかと聞かれて、ちょっと恥ずかしかった記憶がある。

ハジュ兄妹は何でもよく食べた。外国に長く暮らしていたから食べ物の好みが変わっていてもよさそうなものだが、何を食べさせても喜んだ。二人とも料理はまったくできなかった。

「インドではいつもお手伝いさんが三、四人いたから」

私が何か持っていかなければ、ご飯の上に油漬けのオリーブなどをのせてくれた。オリーブは缶の臭いがした。

「こんなのおかずにならない！」

私が悲鳴にも近い声で文句を言うと、なだめるようにジュワンが言った。

「オリーブでもあれば上等さ。それもなけりゃ、チートス[*34]をのせるんだぜ」

「ご飯に？」

「これが意外と合うんだ」

「チャガルチ[*35]もおいしいよ」

育ちざかりの二人の食事は、ちょっと放置されている感があった。週に二度来る通いの家政婦がおかずを作っておくとそれを食べたが、おかずはすぐになくなった。料理を習えばいいのに、二人ともまったく興味も意欲も持っていなかった。

「ここが変なのよ。飲食店がこんなに少ない町は初めてよ。韓国に帰ると言った時、とってもうれしかったのに、こんなことになるなんて」

その夏、私はハジュたちのお母さんを、二度だけ見た。初夏に一度、夏休みの終わり頃に一度。美人だけれど髪の量が少なく、疲れたような顔だった。夏の終わりには兄妹の両方とかなり親しくなっていたので事情を聞いてもよかったのだが、聞かなかった。スミのうちの例から、他人の家のことはなるべく聞かないほうがいいということを学んでいたから。スミのうちのように殴ったり首を絞めたりすることはないにしろ。

だいぶたってから、ジュヨンが教えてくれた。お父さんは帰国せず、そのままインドネシアに行ったそうだ。

「インドとインドネシアって近いの？」

「近くない」

もともと公営企業に勤めていたのを辞めて錫《すず》の輸出入と加工を手がける先輩の会社を手伝ったりしていたというが、なかなか韓国に帰って来る時間がないらしかった。だからお母さんは二つの家を維持するため、行ったり来たりして疲れたのかもしれない。でも率直に言えば、それ以前の、若くて健康だった時でも疲れたような印象を与える美人だったのだろうと思う。有史以来、ときどき出現した、眉をひそめた美人のごとく。

私も料理が嫌いだった。子供の時からそればかり見て育ったから見よう見まねで何となくできるだけで、料理とはなるべく遠ざかっていたかった。火も湯気も台所の匂いも嫌いだった。手を乾かす暇がなくて手の甲がひび割れる生活をしたくなかった。私がじゅうぶんに嫌えば、その生活が私を避けていくだろうと信じ、いつもそう意識していた。それなのにハジュたちがとてもおいしそうに食べるから、せっせと食材をかすめて持って行っては見事な包丁さばきを披露して二人を惑わし、火を弱めたり強めたりして料理が得意なふりをしていた。満腹感から来る愛情であれ、享受したかったのだ。

あの家のひんやりした倉庫を開けると、棚ごとに保存食がぎっしり詰まっていた。コンビニの倉庫を連想させたけれど、それより大きくて、缶詰、乾物、密封されたガラス瓶、ポテトチップにソーダの缶などがずらりと列をなしていた。さらには異国の文字が派手派手しく書かれた風船ガムまで三段重ねになっているのを見て、肝を潰した。冷蔵庫よりも大きい冷凍庫を開ければ、肉がびっしり入っていた。

「……なんでまた、こんなに買いだめするの？」

「インドにいた時の習慣で」

牛肉を食べないインドで、韓国人たちは牛肉入りのわかめスープを食べたがった。インドでも牛肉が買えないわけではないが、どこで屠殺され流通しているのかわからない肉がほとんどなので、韓国に一時帰国した際には、みんなが食べる牛肉を巨大なアイスボックスで持って帰ったのだそうだ。そんなふうに、ある家族が韓国に行って戻って来るとほかの人たちも牛肉が食べられるという、一種の互助が行われていた。

「休みには韓国に帰って塾に通ったり親戚に会ったりしてたの。その時はいいんだけど、インドに戻る時がいやだった。移民用の大きなカバンいっぱい韓国の食べ物が入っているのを、私やお兄ちゃんにも持たせるのよ。あたしたちの体重と同じくらいの重さなのに。飛行機は一人あたりの重量制限があるから、最大限持たせたのね。運ぶのに死ぬほど苦労したんだから」

「牛肉はアイスボックスに入れたとして、じゃあ豚肉は?」

「豚肉はシンガポール産を買ってた」

そうは言っても、ハジュ兄妹はあまり肉を食べなかった。何度か解凍して料理してみたものの、冷凍庫には、氷河の下のマンモスのごとく大量の肉が残った。誰も解凍しようとしなかったあの肉は、どうなったのだろう。

ジュヨンは最近ベジタリアンになった。体調がすぐれない時などたまには肉食もするけれど、もうあの家に肉は貯蔵されていないはずだ。巨大な冷凍庫は電源が抜かれてからっぽになっているだろう。

0008.MPEG

ミヌン　知ってる歌を聴きたい時があるだろ。
私　うん。
ミヌン　そんな時にはＭＡＸ３[*36]が最高だと思う。
私　クックックッ。
ミヌン　ポータブルカセットを持ち歩きながらプールサイドでも聴いたし、雪合戦する時も聴いたよね。
私　今でもカセットテープ聴いてるの？
ミヌン　まさか。ポータルサイトに全部あるのに。

＊　＊　＊

その夏休み、ミヌンとスミはアルバイトを始めた。一山市内のマクドナルドだ。ミヌンが先に始め、すぐにスミが続いた。ミヌンは遅番だったから帰りが夜中の十二時や一時になりがちだったが、スミはいつも待とうとしていた。スミの叔父さんがなぜ決まった時間に帰らないのかと一度叱ってからは、さっさと坡州に帰るようになった。

ミヌンの帰宅はたいへんだっただろうと思う。バスがあればいいが、バスの時間が終わってしまうと近所の盛り場にいた従兄たちの軽トラックに乗せてもらった。順番に兵役を果たすために四人から八人まで人数が増えたり減ったりしていた従兄たちは、誰も定職を持たずに街をうろついていた。ミヌンに似ていたけれど、ミヌンほど美形ではなかったり、あるいはあまり似ていない従兄たちは、深夜の軽トラでミヌンに知らなくてもいいことをあれこれ教えた。それでも軽トラに乗れた時は、まだ楽だった。それすら乗れない時には駅前の自転車置き場から、いちばん古い自転車を盗んで乗ってきたりしたそうだ。それはどう考えても泥棒だと指摘すると、持ってきた自転車は絶対にワイヤーをつけず、必要な人が乗って行けるように放置するのだと言った。一人で自転車を循環させて、いったいどうしようというのだろう。そしてそんなふうに苦労して帰ってきたミヌンの手には、いつもチキンバーガーのパティの袋があった。

なぜチキンバーガーのパティだったのかと言えば、冷めてもおいしく食べられるからだ。それはまるで、大きなチキンナゲットのようなものだった。ミヌンは学校が始まってもチキンバーガーパティを学校に持ってきたから、もともと人気者だったのが、人気は最高潮に達した。

ミヌンのクラスはもちろんのこと、両隣のクラスの子たちまで飽きるほど食べた。いや、永遠に飽きなかったというほうが正しい。みんなはまずい給食の代わりにミヌンが分けてくれる巨大なナゲットを呑みこみつつ太ってゆき、太りつつミヌンをほめたたえた。油の匂いをさせながらいい気分で伏せて寝ているミヌンの姿勢まで、彫刻のようだった。そのためにスミは常に不安げだった。

「同じクラスの子とつきあったらどうしよう。アルバイト先で誰かとつきあうかも。彼女ができちゃったら、あたしどうしよう」

泣き顔でスミが言ったけれど、私たちはスミを慰めることはできなかった。起こるべきことは起こるのだろうし、スミにはどうすることもできないのだ。

「あたし、ミヌンに新しい知り合いができるのはいやだ」

スミはミヌンと同じクラブ活動をし、同じ塾に通っていたが、やめて、結局アルバイトも一緒にしているのだった。そんなスミにいら立ったり気詰まりを感じたりしそうなものだが、全然そうではなかったところがミヌンらしく、私はなぜかそれがいっそう気に入らなかった。説明しづらい残忍さのようなものが、そこにあったのではないか。今になってそう思う。そうして一緒にいても、二人がつきあっていると疑う人はいなかった。誰が見ても片思いだったから。むしろミヌンが距離を置いてくれれば、それで周りの子たちがスミをいさめたり、少なくともからかうくらいはしていれば、まだよかったのではないか。バーガーパティを一番よく食べていたスミは、制服のスカートがパンパンになっても、性懲りもなくミヌンを崇拝していた。みんながその崇拝は危険であると知っていたのに、放置していた。

「あたしあれ食べ過ぎたらニキビができる」

そう言ったソンイが、まだしも正直だった。


実のところソンイは、スミのことを心配する余裕はなかった。あの時教えてくれていたらよかったのに、私たちが知らないうちに、ソンイはクラスでいじめられていた。今でも確かな理由はわからないが、おそらくいろいろな要因が混ざっていたのだろう。

他人の目を気にしないソンイの性格も、人によってはイラッとさせるようなところがあったし、妖怪っぽかったけれど、けっこう愛嬌のある妖怪だったから、意外に人気があったのも理由の一つだった。目立つ服装やナイスバディ、クラスの女子たちが好きだったすらりとした学級委員長が連続してソンイの隣の席になったこと、ミヌンがそのクラスによく遊びに行ったのも問題だったし、クラスの女子のグループのいずれにも特に加わろうとしないのは致命的だった。

ソンイはその学期に学級日誌を担当した。字は、おそらく全校でいちばんきれいだったと思う。几帳面にきれいに書いたからと先生がコピーして、各クラスの学級日誌担当者に回したりもしたそうだ。日付と天気、その日の週番、朝礼と終礼の内容、全校行事と学級行事、授業の時間割などがびっしり書かれていたのが思い出される。そんなものがどれほど重要な記録だったのかは知らないが（ほんとうに重要なら、生徒に任せたりはしないはずだ）、デジタル化以前の時代だったからか、学級日誌と各種の日誌がいっぱい並んだ大きな木の棚は、厳重に管理されていた。

ソンイが気に食わなかった子たちは、その学級日誌をこっそり持ち出して捨てた。教室の後ろのゴミ箱ではなく、学校全体のゴミ置き場に。一度だけではない。四、五回しつこく無断投棄が続いた。ゴミ置き場を管理していた技術の先生が、何度も学級日誌を持ってきてソンイに渡した。

「これ、どうして何度も捨てられるのかな」

先生も知らないわけではなかった。そう尋ねる先生の言葉に、不憫に思う気持ちがにじんでいたとソンイは記憶している。学級日誌をゴミ置き場に捨てていた子たちも、破ったり燃やしたりするほど大胆ではなかった。そうしたら問題が大きくなると知っていたのだろう。ソンイは捨てられ探してくるプロセスに、ちょっとうんざりしたものの、つとめて平気な顔で対処しようとしていたようだ。ひどい時には机の中に入れておいた問題集や筆記ノートも一緒に捨てられたりしたけれど、ソンイは最後までバスの仲間たちに打ち明けることはなかった。それぞれひと癖あったから、口を出されると問題がややこしくなると思ったのか、一人で解決するつもりだったのかはわからない。

誰が先頭に立ってソンイを隅に追いやったのか、ソンイにもはっきりとはわからなかった。すれ違う時に低い声で悪口をささやかれても、それが自分に向けられたものなのかどうか、判断しにくかった。親しげに証明写真やプリクラをくれと言った後で、掃除の時間の前にそっと床に捨てる子もいた。机を寄せてほうきで掃けばゴミは後ろへ行くが、最後のゴミ捨て当番はソンイだった。床に落ちた自分の顔を拾いつつ、もう誰にも写真をやらないと心に誓った。むしろおおっぴらに攻撃してくれれば反撃もできるのに、じわじわと陰湿だった。

秋が深まる前に、いじめの対象はほかの子に移った。それでもソンイは相変わらず机の中に何も置かなかったし、ロッカーには最も頑丈な鍵をつけた。上履《うわば》きもいつも持ち歩いた。

ただ、はんだ付けの名人になった。技術の先生がいつも学級日誌を探してくれたのがありがたくて、全校でいちばんきれいで完璧なはんだ付けをやってのけた。私たちの中で唯一、ソンイのラジオだけが作動した。そのラジオは今でも持っているそうだ。

暗いセット。数人が残って作業をしている。ドリルの音が聞こえ、遠くに壁が造られる。煙草を吸いに外に出ていた監督が戻って来る。

監督　金魚鉢の匂いがしないか？
助監督　え？
監督　セット全体から金魚鉢の匂いがする。ほったらかしにされた金魚鉢の。
助監督　水道水みたいな匂いのことですか？
私　雨が降り続いたからでしょう。
監督　そのせいかな。町全体が匂ってるような気もするし。俺たち、汚い金魚鉢の中にいるらしい。

＊　＊　＊

ジュワンは週単位で映画を見た。監督、俳優、国、シリーズ、テーマ、時代、ジャンル、原作というふうに、その週ごとに決めてスケジュールを組んだ。そんなふうに映画を見ると、それぞれの情緒にどっぷりとつかることができた。私はジュワンに従ってこの池、あの池と棲息地を移した。効率的なやり方だったが、集中力を失う時もあった。

「あの犬たちは?」

マリリン・モンロー週間だったかスヌーピー週間だったか忘れた。映画を見ていると思ったのに、ジュワンの視線は私を通り越してカーテンの隙間から原っぱを見ていた。ジュワンが見たことのある映画を私のためにもう一度上映している時、そんなことがよくあった。二回目だと聞かされていたわけではないものの、母鳥が消化した餌をヒナに与えるような行為であることを、雰囲気から感じ取っていた。ジュワンがゆっくりと身につけた映画や文化に対する知識や価値観の体系を、私はギターをあわてて習うパンクミュージシャンのように、一度に受け入れていた。

ジュワンの視線をたどらなくとも、どの犬たちのことを言っているのか、私はすぐにわかった。

「ああ、前からムク、キナ、チビ、デカよ」

あくまでも、私が勝手につけた名前だ。町の人たちはそれぞれ好きなようにその犬たちを呼んでいた。おそらくムク犬系統らしいムクは、むくむくとした毛が目を覆っているからムクで、キナは中くらいの大きさの黄色い犬だった。チビはシーズー犬の血が入った雑種らしいが、四匹の中でいちばん小さかった。デカは[*37]珍島《チンド》犬系で、キナよりも大きく、ムクよりもわずかに小さかったけれど、とにかく大きい犬だった。

「ひどく雑な名前だな。どこの犬？」

「飼い犬じゃないの。みんなで飼ってるとでも言うか。うろうろしながらあちこちで餌をもらって、あちこちで寝てる」

「犬は普通、そんなことしないだろ」

母も祖母も犬たちが店の近くに来るのを怖がっていたから、私は犬の生態についてあまりよく知らなかった。

「野犬かな。いや、それともちょっと違うな。ただ、うろうろする犬。ここではもともと、そうなのよ」

ジュワンは「もともと、そう」であることを受け入れられなかった。ひょっとすると、野犬で合っていたのかもしれない。しかしそんな野性的な呼び方が似合う子たちではなかった。二車線道路も怖がって、道を渡る時は四匹が並んで渡ったし、学校の帰り道に見かけた時など、日当たりのいい場所で、ほとんどカーペットのように平べったく伸びてお腹を日に当てていた。そんなだらしないやつらだから、野犬と呼ぶのはちょっとふさわしくない。

「いつも四匹なのか」

「うん、ここ一、二年はそうね。その前はもう一匹か二匹いたようだけど」

犬たちが遠ざかって見えなくなる角度に入ると、ジュワンはまた映画に目を戻したものの、たいして注意を傾けているようには見えなかった。

「近くで見てみたい？」

チャンヨン兄さんたちのアトリエの裏にも餌用のたらいと使わなくなった毛布などが置いてあったから、犬たちがよく立ち寄っていた。何日か通ってみれば、出会えるだろう。ジュワンはいざとなると少しためらっているようだった。私はその時まで、ジュワンが外に出かけるのを見たことがなかった。彼は新学期が始まってもずっと学校には行かなかった。理由を聞きたかったけれど、たぶん[*38]ホームスクーリングのようなことをしているのだろうと推測するだけだった。

横から見た、躊躇するジュワンの姿を思い浮かべると、世の中にあれほどニットが似合う男の子がいるだろうかという気がする。胸もお腹も出ていないから目の細かいニットがすっと垂れるのが、とても素敵だった。ただのガキみたいな男の子にそんなに見とれるなんて妙なことだけど、今でもニットはそんな体型に似合うのだと思っている。

行こうか、と玄関に下りたジュワンはサンダルを履いた。浴室やベランダで履くようなサンダルだ。

「ハジュ、それ履いてくつもり？」

もう、サンダルで歩くには寒い季節だった。自分でも気づかないうちにジュワンの足をずっと見つめると、足の指が恥ずかしげにもぞもぞと内側へ丸まった。背はたいして高くないくせに、足の指がなぜあんなに長かったのだろう。手足が大きくなってから身長が伸びるのというのは、実は常識だが、その時はそれが不思議でしきりに見ていた。見るなよ、とジュワンが言ったが、それでもからかい続けた。

「靴が全部小さくなったのに、買いに行く暇がなかったんだよ」

それを聞いて、スニーカーを買ってあげたいと思った。サイズの見当をつけようと、いっそうしつこく足を見つめた。私の視線を振りきるために、ジュワンは古いサンダルを履いたまま走り出した。

0010.MPEG

ジュヨン　あの頃は遠くに出かけるのがいやで、髪も自分で切ってたんだから。新聞紙を広げて、鏡の前に立って。

私　ほんと？　後ろは？

ジュヨン　後ろはあたしが切ってあげた。

私　だからめちゃくちゃだったのね。

ジュヨン　いや、結構上手だったよ。あたしを怒らせないで。どこかに写真があるはずだけど。

＊　＊　＊

ジュヨンがぶつぶつ言いながら犬の餌を注文してから、ジュワンは私と一緒によくチャンヨン兄さんのアトリエに行った。たらいに餌を入れておけば、ときどき犬たちに会うこともあったし、会えないで餌だけが減っていることもあった。ジュワンは毛がからまった汚い犬たちを気軽に触り、一緒に遊んだ。私は犬を飼ったことがないからなかなか手が出なくて、ジュワンが犬と戯れている間、チャンヨン兄さん夫妻と過ごしていた。私をかわいがってくれたようにジュワンも受け入れてくれるだろうと思ったのに、そうはいかなかった。とくにイニョン姉さんが嫌った。姉さんは守りに入るタイプの人だった。あくまでもよい意味での、守りだ。

「うちの奥さんは、俺の横にいても酔っぱらわない」

自慢のように、不満のようにチャンヨン兄さんが言っていた。乱れることのない人。言ってみれば、なかなか反応しない、安定した化合物のような人で、さらには反対の性質を持ったものを感知する能力まで備えていた。だから姉さんが私を座らせて話を切り出そうとした時、何を言おうとしているのかが予測できた。実は、話しづらいことがある時、姉さんがどんな顔になるのかくらいのことは、私も知っていた。

「あたし、あの子が……どこか危なっかしく見える。子供は子供らしい表情でなければならないのに、そういうところがない」

姉さんは私と気まずくなるのを覚悟して話していたから、私は幼心にもちょっとありがたく感じていたと思う。

「あんたがもったいないってこと」

姉さんが私の頬をつねった。

「彼氏じゃないの。何でもないのよ」

たぶんそう答えたと思うが、前半はほんとうで、後半は嘘だった。


チャンヨン兄さんやイニョン姉さんが耳打ちしたのではないはずだ。母親というのは、もともと勘が鋭いものなのだ。おそらく、厨房から二、三人分の食料がしょっちゅうなくなり、私が顔を上気させて、何を聞かれても即答できなかったのが、ヒントになったのだろう。

母のやり方は意外なものだった。私はねだりもしないのに、生まれて初めて携帯電話を持たされた。買いに行く日には、かなりうきうきしていたと思う。薄緑に見えたり薄い紫に見えたりするパールの入ったフリップ式で、小さな液晶画面は蛍光色のグリーンだった。今思えばおかしな気がするほど小さな画面だ。悲しいことにその液晶は二週間もしないうちに、遅刻して塀を越える際にポケットから落ちて、ヒビが入ってしまった。

ハジュの家に行った日、母はときどき理由もなく電話をかけてきた。友達とも長電話などしない人だったから、よけいに変だった。母から電話がくるとすぐ立ち上がってジュヨンの部屋に走りこんだ。ジュヨンはたいてい本を読んでいたり、そのままの姿勢で突っ伏して寝ていたりしたが、私がそっと揺さぶると電話に出て、寝ていたような気配は出さず、まるで声優のような受け答えをした。賢い女生徒専門の声優のように。母もそれに負けじと、教養のある台詞を吐いた。

「うちの子がいつもお邪魔ばかりして、ごめんなさいね。一人っ子だから寂しいらしいの。晩御飯はお刺身にするつもりなんだけど、食べに来ない？」

そんなふうに招待された時には、ジュヨンと私だけがうちで食べた。ジュワンは一度も一緒に来なかった。私は好きな男の子を家族全員に見せるのはいやだったから、ほっとした。

0011.MPEG

母　（洗濯物を干しながら[*39]密陽《ミリャン》アリランを歌っている）私を見て　私を見て　ちょっと私を

見てよ　冬の花を見るように　私を見て　アリアリラン　スリスリラン　アラリガナンネ　アリラン峠を越えさせて　好きな人が来るのに　挨拶もできず　エプロンをくわえて　口だけにっこり。

私　ママは密陽とは縁がないのに、どうしていつもそのアリランを歌うの？

母　いつも不思議だったの。好きな人に、なんで挨拶ができないのか。

私　不適切な関係だったに決まってるでしょ。男が出かけている間に、ほかの男と結婚してしまったとか何とか。

母　ああ、そんな感じだねえ。（母が手を止めて突然私のほうに振り返る）あんた、だからそんな仕事してるのね。

＊　＊　＊

母が「そんな仕事」と呼ぶ映画美術は、実際に従事している当事者ですら、どういう仕事なのかうまく説明できないものだ。ほんとうに、たいがいのことはやってしまうから、私のように視覚デザインを専攻した人もいれば、建築や舞台美術を専攻した人もいるし、全然関係のない分野を専攻した人も多い。どういうきっかけでこの世界に入ってきたのか、私たちはお互いの経歴がいつも気になった。仕事をしていても、自分の仕事が最もつまらなく思える時もあり、最も重要だと思える時もあった。つまらなく思える時は、私をこの世界に送ったジュワンが恨めしくなった。

私の師匠は、青写真を文字通りの青写真で写していた時代の美術監督だった。祖父くらいの年代というとちょっと大げさで、父親よりだいぶ年上の伯父さんくらいと表現するのが妥当だろう。毛のチョッキと腕抜きから、私の知らない時代の匂いがした。この几帳面な上司に仕事を習えたのはラッキーだった。仕事を始める時、ちゃんとした師匠に出会うことほど重要なことはない。

「何を最も上にすべきか、わかるか？」

「装飾用の小物ですか？」

「そういう話をしてるんじゃなくて、何を優先すべきかってことだ」

「芸術性？」

「ノーノーノー。予算。予算だよ」

さらに仕事を覚える過程で、どんな映画も最初に決められた予算内では終わらないことに気づき、せめてそれに近い金額で収めようとすれば、絶えず予算のことを気にしていなければならないことも学んだ。手首の内側に「예산（予算）」という文字を、ハングルで書くのが露骨す

ぎるというなら、漢字か英語のレタリングででも入れ墨しておきたい気になったりした。

すぐにのこぎりや金槌《かなづち》など、さまざまな道具を使いこなせるようになった。最初もそうだったし、最も多かったのは小道具の担当だ。私は世の中にあれほどいろんな種類のレンタルショップがあるとは知らなかった。家具に始まってありとあらゆるファブリック、由来のわからない骨董品、中身がからっぽの、ニセの家電製品、何度も再使用されるセット、門の扉、今ではあまり使われなくなった背景写真……。私はかなり優秀なレンタル係だった。撮影スケジュールに合わせて最小限の費用で借り、期限内に返却する。どんな物もなくしたり傷をつけたりしない。傷がつけば、できるだけ目につかないように修理する。世の中に借りられない物はないような気がした。

もちろん、中にはどうしても買わなければならない物もある。映画の仕事をするたびに荷物が増えたが、幸い両親は私がいろいろなガラクタを保管することを黙認してくれた。私は奇怪な物で地下室と屋根裏を埋めていった。梨泰院《イテウォン》の家具通りで見れば魅力的でも、家に置くにはちょっと派手すぎる物が多かった。

「こんな、霊がとりついていそうな粗大ゴミに、わざわざお金を出すなんて」

母と祖母はうんざりしていた。

監督たちはどうしようもないほど視覚的な動物なので、私が気の利いた小道具を持っていけば、作品を貫く重要な象徴として採用したりした。小さな豆電球のついた回転木馬のオルゴールや、うっかりすると皮膚をすりむいてしまうような、うろこ状の錆びが出ている鉄のベッドのような物だ。そんな物が映画でクローズアップされ長回しされれば、評論家はそれを見て監督の精神世界を分析した。小道具担当がラッキーだっただけですよ、とウィンクしてやりたい心情だった。

大作の仕事をする時には砂漠や平原、にわかごしらえの廃屋などのセットを造ったりもしたし、短編映画では、ふだんは私の仕事ではないことまでやった。たとえばニセの血を作ること。もしそれが俳優の口もとに少し流れる程度なら扮装担当が作るが、セット全体に撒く分量なら私が作る。適当な粘度と赤みを調節するには経験が必要だ。私は水飴や小麦粉でつくった糊に色素を混ぜながら、自分はここでいったい何をしているんだろうと思った。おびただしい流血を欲しがる監督の時は、特に。場合によってはたった数滴の血のほうがすごみがあるのに、それが理解できないらしい。

「どうしてそんなに俳優に興味がないんだよ？　こんなに興味を示さない人は初めてだぞ」

作業に没頭していると、そんなことまで言われたけれど、そうではない。俳優はほんとうに素敵な存在だと思っている。ただ、自分の仕事が、俳優を除いたすべてのものに関係しているために、自然と気が向かなくなってしまう。

0012.MPEG

ソンイ　ザック・スナイダーの熱狂的なファンとつきあうのはたいへんみたい。
ミヌン　誰、それ？
ジュヨン　「300《スリーハンドレッド》」の監督。
チャンギョム　「ウォッチメン」は悪くなかった。「エンジェルウォーズ」はひどいよ。
私　それより、どうして？
ソンイ　あたしがミニスカートをはいている日にはすごく親切だし、おしゃれしてない日には何の反応もない。
ジュヨン　わかるような気がする。
チャンギョム　まさに視覚的な動物だな。

＊　＊　＊

チャンギョムはその年にいいことも悪いこともあった。実力よりだいぶ下の高校に入ったために、最初の中間テストでは順当に一番になった。休み時間にも勉強するやつだから、私たちのうちの誰も、チャンギョムのクラスにはあまり遊びに行かなかったと思う。試験前はバスでいつもミニ講義をしてくれた。チャンギョムの予想した問題がそのまま出題されて得をしたこともある。

しかしみんながチャンギョムを好きだったわけではない。オートバイに乗った二人組が角材でチャンギョムを襲うという事件があった。わが校の生徒だという説もあり、ほかの学校の生徒が無差別に襲ったのだという説もあったが、ついに明らかにならなかった。幸いチャンギョムがうまく腕で防御したので腕が折れただけですんだけれど、右腕だったから、それも深刻なことだった。よりによって期末テストの一週間前だ。

「たいへん。もうすぐ試験なのに」

みんなで心配したのだが、期末テストの成績が発表されると、私たちはあきれて開いた口が塞がらず、心配して損した、と言いたくなった。チャンギョムは左手で試験問題を解いても全校で一番になったのだから、ちょっとバケモノみたいだった。生まれつき頭のいい人には勝てないなと溜息をつきつつも、チャンギョムが頭をケガしなくてよかったという気がした。

夏じゅうずっとギプスの匂いをさせていたチャンギョムは、二学期になって急に背が伸びた。ほっぺたの肉が落ちて手足が長くなり、特徴だったお尻が小さくなった。そうなってみると、体格は小さくとも均整が取れていた。肌は相変わらずピンクだったものの、血色がいいと言うこともできるから、それでも構わなかった。最高の人気者になったのではないが、もう、からかわれることはなくなった。自信を得たチャンギョムは、何と学校で一番きれいな子に告白して、もちろん即座に断られた。

学校で一番きれいな子の話をしなければならない。同学年の子はもちろん、一年上と一年下で同時期に学校に通っていた人たちは、どこであれユジンという名を聞けば、みんなあの子のことを思い浮かべるに違いない。同じ名前を持つ人がきれいでないと変な気がするほど、ありふれた名前を完全に独り占めしてしまうほど、きれいだった。私は*40ピンク・マルティーニの「ヘイ・ユジーン（Hey, Eugene）」という曲を聞いても、あのユジンを思い出した。

クラスは違ったけれど、合同の体育の時間にイ・ユジンを間近に見たことがある。毛穴が光っていたので、驚いた。ドッジボールの後だったのだが、老廃物が溜まることなど許せないとでもいうように、じんわり滲んだ汗が鼻筋に光っていた。描いたような眉、睫毛、目、鼻、口ももちろん完璧だったが、私を感嘆させたのは毛穴だった。美人は毛穴のような小さな単位で決まるということを、その時に知った。

黒ずんだ毛穴など一つもない、誰もが認める学校一の美人に、チャンギョムだけでなく、おおぜいの男子が告白し、断られていた。先輩たちやほかの学校の男子まで含めれば、いったい何人になるのか想像もつかない。

「あの子、頭よかったよ。俺と一緒に科学サークルに入ってた」

チャンギョムが回想すると、成績優秀だったジュヨンがちょっと首を傾げた。韓国地理と漢文さえなければ、ジュヨンの成績はチャンギョムと同じくらいになったはずだ。正規の教育課程を受けていないと、抜け落ちる部分が、確かにある。

「イ・ユジン？　たいして賢くもなかったよ。真面目だったの。賢いのと真面目なのとは別よ」

ジュヨンはそういった評価には冷静だ。

学校一の美人。そのうえ真面目だったイ・ユジン。ミヌンですら、あのイ・ユジンとつきあえるだろうとは、誰も思っていなかった。一番の美人と一番人気の男の子がつきあうのは、一見当然のようだが、そうでもなかった。イ・ユジンはそれほど近寄りがたかった。

不器用な告白などはなかった。ミヌンはただ、学校に伝説を残しただけだ。

秋の体力テストの日。体力テストは学校行事のうちで最もロマンチックではない行事と言えそうだが、どこからそんなことを思いついたのだろう。イ・ユジンのクラスの女子が持久走を始めた時、突然ミヌンが自分のクラスから離れて、一緒に走り始めた。

「あいつ、何やってんだ？　見ろよ」

体育の先生があきれてミヌンに叫んだり手で合図したりした。ミヌンは体育の先生たちにかわいがられていたから、一度走ったのにまた走るなんてバカじゃないかと言われつつも、結局そのままほうっておかれた。ミヌンはスピードを出さずに走った。先生たちも生徒たちも、ミヌンが誰に合わせているのか気がついた。イ・ユジンだった。

イ・ユジンは真面目だったが心肺機能はあまりよくなかった。持久走は、走り終わると血の味の咳が出るほどきつい種目だったから、横でミヌンが一緒に走るのが気になっただろう。ミヌンがイ・ユジンに何か言っているのが見えたので、最初は歓声だか野次だかを叫んでいた子たちも、唇の動きを読み取ろうとして静かになった。男子は嫉妬に燃えたものの、それでもまさかイ・ユジンが傾くものかと話し合い、でもミヌンなら敗北を認めてもいいな、と微妙な肯定に至った。女子のうち数人はトイレに行って泣いた。スミは最後まで二人を見ていたと、後でソンイが教えてくれた。

最後の二百メートルで、ミヌンはイ・ユジンの袖をつかんで一緒に走り、残り百メートルになると、イ・ユジンの肘をそっと持って押していた。いきなり手を握ったりするような下手な真似はしなかった。そんなふうにして、ミヌンはイ・ユジンとつきあい始めた。

みんなは一生懸命スミを慰めたけれど、私は内心、ジュワンが学校に通っていないのがとてもうれしかった。世の中にイ・ユジンみたいにきれいな女の子が何人いるのだろう。一つの学校に一人ずついれば韓国だけでも何人になるのか考え、ちょっとほっとしていた。
好きな男の子がひきこもっているのを望んだのだから、私はまさに十代の女の子だった。

0013.MPEG

ニンニクをつぶしていた祖母が、ふと顔を上げる。カメラを見て、何か言いたくなったようだ。

祖母　友達にお金を貸してくれと言われたら、「ない」と「知らない」だけ言えばいいの。ほかのことは言わなくていい。ないとか知らないとか言われたら、どうしようもないだろ。
私　おばあちゃん、友達の中で、あたしが一番貧乏なのよ。
祖母　人相からして、あんたはお金に縁がなさそうだ。福がないね、全然。（ため息）
私　おばあちゃん、昔、*41頼母子講《たのもしこう》のお金を取られたこと、そんなにくやしかった？
祖母　あたしのお金を持ってった人に、バス停で出くわしたことがあるよ。
私　いつ？
祖母　十年くらい前かねえ。

私　何て言ったの？

祖母「人のお金を横取りしておいて、無事に暮らせるとでも思ったの」と言うつもりだったのに、いざ会ってみると、「お金を横取りしたくせに、そんなに貧しくてどうするの」って言ってしまったよ。

＊
＊
＊

お金を貸してくれと言う友達はいなかった。それどころかネズミ講に入った友達ですら、私を抜かして電話を回した。映画業界で働くと、たまにはいいこともあるのだ。一番かわいそうなのは映画労働者だということが広く世間に知れ渡っているおかげで、困った立場に立たされずにすんでいた。フィンランドの映画人たちは仕事のない月には失業手当が出るというけれど、そこまで高望みはしなくとも、報酬を踏み倒されなければ、それでじゅうぶんだ。

友達が連絡してくるのは、たいてい、今、来てくれという頼みがある時だ。おそらく映画の仕事がない時は暇だと言ったからだろう。身軽さと、自由に使える時間。貧乏だけど、それがあるだけ、まだましなのだ。

今夜はジュヨンが私を呼んだ。携帯メールで、胃の薬があったら持ってきてくれというので、[*42]活命水《ファルミョンス》と[*43]ベアジェに、漢方薬まで揃えて出かけた。坡州の暗い夜、ひび割れた歩道ブロックを歩くのだが、ここではうっかりすると足がはまってしまう。夜も危険だし、大雪が降った時も危ない。そして霧がかかった日は歩道も車道も危険になる。霧というより、川が陸にまで広がってくるような感じだ。私はこんな近くにいたんだよ。不吉な川の霊みたいなものが、そんなことを言いながら密着してくるのだ。匂いからして、身体によくない霧であると確信できた。

なぜ、門が開いていると思ったのだろう。門の取っ手が回らなくて、まごついた。

「ハジュ」

妙な意地で、呼び出しチャイムは鳴らしたくなくて、門を叩いた。だいぶたってからジュヨンが這って出て来た。

「全部吐いちゃった」

うがい薬の匂いが鼻をついた。そんな最中にも、うがいをするジュヨンがけなげだった。私はポケットいっぱいの薬を出してちょっと迷った。結局、「胃もたれ」とか「嘔吐」と書いてあるのを全部リビングのテーブルに並べたけれど、いざとなるとジュヨンは薬に手を伸ばそうとはしなかった。

「水まで吐いてしまうと、ちょっと楽だね」

たいして苦しくなければ、呼びつけはしなかったはずだ。他人に頼りたがる人も、自分が他人に頼ることも、ジュヨンには耐えられなかった。

「会社がたいへんなの？　最近、内視鏡検査受けた？」

「春に……。実は、[*44]ホットウィング食べたのがよくなかったんだ」

「菜食じゃなかったの？」

「鶏の呪いだよ。食べないと言ってたくせに、よく食えるな、思い知れって」

家全体がひんやりしていたから、積んであった毛布を一枚出してきた。そろそろ冷気が上がってくる季節だ。

「暖房つけたらどう。寒いから具合が悪くなるのよ」

「まだ、暖房はちょっと早いよ。秋なのに。変じゃない？　あたし、確かにこの町に来て春も夏も過ごしたはずなのに、秋と冬の記憶しかないの」

「あたしも。ここで生まれたのに。[*45]葦と雪しか覚えてない」

ジュヨンの着ているTシャツの濃いベージュやチノパンのカーキ色が、この町の色彩のような気がした。ジュヨンがソファの肘掛けに腰を下ろし、仏頂面で言った。

「……あたし、このままいったら、出版団地にある全部の会社に勤めることになっちゃいそう」

やはりホットウィングより、会社のほうが問題だったらしい。私が会社の問題に関して助言できることは、あまりない。会社なんてアルバイトでしか働いた経験がなかったし、その後は映画業界で契約の仕事を渡り歩いた。

「今日、何を言われたと思う？」

私が首を横に振ると、ハジュは私のよく知らない人の真似をしだした。どうやら、以前話していた、年寄りのチーム長のようだ。

「ハ・ジュヨンさん、あなたがそんなふうにくだらないと考えている韓国社会には、気に入らなくともしなくてはならないことがあるんです」

「チーム長が言ったの？　その人らしいね」

「とても理解できない。納得できなくても命令されれば従い、我慢しなくてもいいことを我慢するから、ずっとくだらないままなのよ。ちっともよくならない。そうじゃない？　いやなことは、やらないほうが健全じゃないの？」

体制に順応することなどとうていできない友人の背中を、しばらく叩いてあげた。アメリカンスクールに通ったジュヨンの中のアメリカ人がふと顔をのぞかせるたび、たいへんだろうなとも思い、なぜか羨ましくなることもあった。

「今度は何を断ったの？」

「社長の娘の英語討論大会の台本を書けって。バカじゃない」

私も思わず、おやまあ、と溜息が出た。それでは断りたくなるのも無理はない。旧態依然なのは、映画も出版も同じだ。こんなに時代遅れだから、よそで職業について語るのがいやなのだ。

「あたしはまだましなの。マーケティング部の先輩たちは社長の引っ越し荷物も運ぶし、家のリフォーム工事にも呼ばれるよ。なんでまた、あんなにしょっちゅう引っ越すんだろう。退屈しのぎに人をクビにしておいて、自家用車はだんだんいいのに買い換える。そのうちバットカー[*46]に乗るね」

「あんたんとこの社長、昔、有名な進歩派だったんじゃなかった？」

「だからよ。変質した人のほうがひどい」

「汚いな」

「もっと汚いのが何かわかる？　同期の子が、適当に書いてやれって言うの。あたしが融通が利かないせいで、みんなが気まずくなるって」

「融通の利かないところがハジュの魅力なのに、それに気づかないんだ」

それを聞いたジュヨンが、私をそっと抱きしめた。肩の骨に当たる顎が、ジュワンの顎のような気がした。

「腹が立つことに一緒に腹を立ててくれなければ、友達じゃない。そうよね」

「辞めなよ」

「辞める。辞めてこの家も売っちゃう。この頃、親もめったに帰ってこないし。ときどき、この荷物が全部、とてもいやになる。自分が石のヘ[*47]テみたいに荷物の番をしているような感じ」

ジュヨンがこの家を一人で守っていることに、改めて気づいた。昔も今も、ジュヨンが一人で責任を負っていた。ちゃんと維持しているかと言われれば、そうでもなくて、家は古びて狭くなった。狭くなるような家ではないのに、もともとあった本に加えて出版社に勤める間に増えた本が、家をジャングルにしていた。

「本をちょっと片付ければいいね」

「うん。全部捨てる」

私は胃の悪いハジュが食べられるものがあるか見ようと、キッチンの明かりをつけた。三つある照明のうち、一つだけがついた。思ったとおり、何もなかった。ゴキブリも住めないような台所だ。お粥でもつくろうと米びつを揺すってみると、お米もほとんどなくなりかけていた。次は薬ではなく米を持ってこようと思っているうちに、ジュヨンがトイレでまた吐く音が聞こえた。

一握りの米を水に浸し、ジュヨンが口をすすぐ音を聞きながら、ジュワンの部屋の前に行った。ジュヨンに聞こえないように注意しながらドアを押してみた。開かない。でも今度は、開かないだろうと思っていた。開けておくわけがない。耳を当てて部屋の中の気配をうかがおうとした。私の知っているその部屋の風景を、そんなふうにして確認できるかのように。しかしまさか、コウモリでもあるまいし。

0014.MPEG

屋上のオレンジ色の洗濯ヒモ。

私のガイコツTシャツ二十枚が風に吹かれている。私はできるだけカメラがぶれないように気をつけながら、一枚ずつクローズアップで撮る。

再び遠くから撮ると、屋上が海賊船みたいだ。

私 （ナレーション） しかし、ずいぶん前からこれらのTシャツは着ていない。あからさまではなくとも死の匂いがするものは、敢えて着る必要はない。ある年齢を過ぎるとガイコツのTシャツは捨てた。友人たちはそうとも知らず、世界各国のガイコツTシャツをおみやげに買ってくる。

＊　＊　＊

スミは何日か学校を休み、次に登校してきた時は、机に伏せていた。ふだんは私たちが起したり巻きこまれたりする事件にあまり関心を示さないチャンギョムまでが、スミに気を使った。

「いっそタレントを好きになったほうがましだよ。ミヌンがそんなにものすごい美男なのかよ？」

かなり無神経な慰め方だとも言えるけれど、意外にもその言葉にヒントを得たのはソンイだった。ソンイはスミがミヌンの次に好きだったアイドルグループのメンバーを思い出した。それからスミをそそのかし、七時限目をさぼって汝矣島《ヨイド》＊48、コンサートやファンミーティング、そのアイドルの両親が経営するという飲食店、プロダクションの前、レッスン室、ホテルなどにせっせと出かけた。一山から出かけて坡州に帰るから、決して近い距離ではなかった。

実のところスミは、アイドルを追いかけたというより、ソンイについていったのだ。いつのまにか熱を上げだしたのは、むしろソンイだった。ソンイのように人並み外れたセンスを持った子が、どうして袋みたいな格好のビニールの服を着て、噴水みたいな髪型をしたアイドルにはまったのか、いまだに疑問だ。

派手なスニーカーやバックパックのせいなのか、あるいはユニークな顔のせいなのか、何回か行くと、そのアイドルもソンイの顔を覚えたようだ。

「君、勉強できないだろ？　成績が上がるまで来ちゃだめだよ」

アイドルの冗談交じりの言葉に、再びソンイの奇跡が起こった。ソンイはむかつきつつも、半分はほめられたい一心で、いっとき勉強に邁進し、その次の試験で堂々の三番になった。もちろんクラスで三番だったが、いつもの成績を考えればたいへんな飛躍で、そんな成績は二度と取れなかった。それなのに、いざその成績表をアイドルの前に広げて見せたところ、こんなことを言われたそうだ。

「これ、自分で作ったんだろ。嘘つくなよ」

その日を境に、そのアイドルはファンを一人失った。いや、二人だ。ソンイが追っかけをやめると、スミはまた一人で沈みこんだ。

そのアイドルは後に各種の詐欺事件に巻き込まれてスキャンダルになった。スキャンダルを起こすにはまだ若すぎた。信じるべきものを信じないで、とんちんかんなものを信じたのに違いない。

ミヌンもスミのことを、まったく気にしないわけにはいかなかった。ミヌンはなるべく前と同じように接しようとしたけれど、スミは日常的な話すら、ろくにできなかった。ただ、学校で一番きれいな女の子とつきあっているというだけなのに、ミヌンは罪人みたいになってしまった。スミはミヌンをそんなふうにしてしまった自分自身が、いっそういやになった。そうでなくとも気まずいバスがいっそう気まずくなり、座る席が変わった。

チャンギョムは相変わらず運転手のすぐ後ろでプリントを見ながら座っていて、ミヌンも、もともと座っていた二人がけの席の窓側に座った。ただ、ミヌンの横は空席で、スミが座っていた場所に、ミヌンはカバンを置いた。いつも口が半開きになっているカバンだった。その対角線に私とジュヨンが座り、その後ろにソンイとスミが座った。

ひと月ほどそんなふうに座っていただろうか。突然スミが一番後ろの席に行った。乗り心地のひどく悪い2番バスの、最後部なんかに座るくらいなら、立っていたほうがましだったろう。しかしソンイは黙って従い、私とジュヨンも一つ後ろに移った。後ろから二番目の座席だ。スミがミヌンからできる限り離れたかったのか、もっと高い所からミヌンを見ていたかったのかは、よくわからない。

私は内心、罪を犯したのでもないミヌンがかわいそうだと思ったり、無神経なふるまいをしていたんだからいい気味だと思ったり、日ごとに考えがころころ変わった。

キャベツのケチャップ和えサンドイッチを作ってあげたら、ジュワンがTシャツにケチャップを垂らした。着替えるべきかどうかちょっと迷っていたが、一時停止ボタンを押して自分の部屋に行った。私も思わずついて行った。

「着替えるのに、なんでついてくるんだ」

「部屋を見に。一度も見たことがないから」

「特に何もないよ」

しかし、何もないことはなかった。家具のほとんどない部屋の壁はすべて、メモで覆われていた。私はメモボードならぬメモ壁を前に、目をそらすことができなかった。私の手が届かない高さから膝の下くらいまで、べたべたとコピー用紙の裏紙が貼られていて、半分くらいは英語だった。A４一枚に小さな文字がぎっしり書きこまれたものもあり、いい加減にちぎった紙に単語一つだけ書いたものもあった。メモ用紙とメモ用紙が、乱暴に引かれたマーカーの線でつながれているのもあった。上手とは言い難いスケッチも少なくなかった。私の知らない都市の風景もあったし、動物の絵もたくさんあった。

「ハジュ、あんた変わってるわね。こんなことして怒られないの？」

「次に壁を塗り替える時に取ればいいだろ」

「せめてもうちょっときれいなの貼ったらどう。ポストイットという偉大な発明品を知らないの？」

「ジュヨンがたくさん裏紙を作るからだよ。学校の宿題をすると言って」

「何が書いてあるの？　内容は関連してるの？」

「そういうのもあるし、関連のないのもある。ほかの人が見てもわからないさ」

振り返ると、私がメモ壁を見ている間にジュワンはもう服を着替え終えていた。リラックスしているようなふりをしていたけれど、そんなはずはなかった。ジュワンがそわそわしていようがいまいがおかまいなく、私は今度は洋服掛けを探索し始めた。いろんなトーンの無彩色の服が掛かっていた。白から始まって黒で終わっていたが、ほとんどはグレーだった。グレーに温かみがあったり冷たかったり、明るかったり暗かったりするだけだった。

「どうして全部こんな色なの」

「気を使わなくても上下合わせやすいから」

私はTシャツを一枚一枚見ていった。Tシャツコレクションは、その人について非常に多くのことを教えてくれる。ジュワンのTシャツの中には、欲しくならない物はなかった。すべて同じように見えていたグレーのTシャツが、それぞれ手ざわりが違い、フィット感が違い、洗練されたディテールがあるということに気づいた。さらに、胸のあたりに小さなガイコツマークのあるTシャツまで発見した。いつかあのTシャツをくすねてやろうと心に決めた。

たぶん、ちょうだいと言えばくれただろうけど、そんな気恥ずかしい要求はできなかった。

着ていたTシャツを交換する間柄には、ものすごい親密さが必要なのだが、私たちの親しさについて口に出して言っても大丈夫だという確信が持てなかった。

その日家に帰って、私もメモ壁をつくった。壁紙を貼ってから十年にもなるから何をやっても怒られないだろうと思ったが、いざ何か書いたり貼ったりしようと思うと、気が弱くなった。ひとまずハジュのうちで見た映画のタイトルを整理することにした。タイトルを書いておけば記憶に残るだろうし、そうなればその作品を所蔵しているも同然だと思ったのだ。「太陽がいっぱい」を貼りながらも、私は自分がジュワンの真似をしていることについて、あまり深く考えてはいなかった。

何を重ねて貼りつけても、ジュワンのメモ壁のような沸き立つ感じは出なかった。今しも生まれ出ようとするアイデアたちの、危険な空気のようなものがない。メモたちが不穏な生命力によって羽のごとく鱗《うろこ》のごとく、いっせいになびいていたジュワンの壁を撮影したい。ジュヨンがあのドアを開けてくれるなら。部屋があの時のままなら。

だけど、あのメモたちは消えてしまっただろう。

0015.MPEG

父がコンピュータの前に座っている。古くてのろいコンピュータ。画面に広がっているのはグーグルマップ。

私　パパ、何見てるの？
父　土地を探しているんだ。
私　どんな土地？
父　うちの土地。
私　うちに土地があるの？
父　北に。よかった。廃棄物処理場をつくったと言ってたけど、うちの土地じゃないね。
私　それがどうしてうちの土地なのよ。
父　将来、返してくれるかもしれないじゃないか。
私　まさか。

＊
＊
＊

スニーカーを買いに、チャンヨン兄さんと一緒に徳耳洞《トギドン》へ行った。坡州に華やかなアウトレットができるまでは、徳耳洞が最高だった。今でもなぜか、徳耳洞のほうが好きだ。妙にこてこてしたアウトレットよりは、倉庫の立ち並ぶ風景が気楽だ。

「どんなのを買うんだ」

チャンヨン兄さんが聞いた。イニョン姉さんは来なかった。姉さんは相変わらず私を心配していたから、賛成できないという意思表示だったのかもしれないし、ほんとうに、ただ忙しかったのかもしれない。

「彼、グレーが好きなの。でも靴までグレーってのは、ちょっとね」

最終的に選んだのは、ネイビーの地に赤いロゴの入ったナイキのコルテッツと、クリームベージュの地にグリーンの三本線が入ったアディダススーパースターだった。どっちがいいか、なかなか決めかねた。私もチャンヨン兄さんも優柔不断なところがあって、しばらく悩みながら、やっぱりイニョン姉さんが来るべきだったということにだけ同意した。

結局ジュヨンに電話をかけた。

「あのね」

どうしてあんなに照れくさく、話しづらかったのだろう。ジュヨンは全部わかっていたはずなのに。

「ハジュにスニーカーを買ってあげたいんだけど。そろそろ足の指も冷たくなるし」

「うん」

「二つ選んだけど、どっちにすればいいのかわからないの」

「言ってみて」

ジュヨンはスーパースターを選んだ。そしてこうつけ加えた。

「お兄ちゃんを散歩させてよ」

まるでレトリバーを一匹預けるような言い方だった。そんな何気なさを装いつつ、私たちのことをそっとしておいてくれたのだ。


ジュワンはとても喜んだ。受け取るやいなや、ものすごい物をもらったみたいにステッチや靴底の斜線を一つ一つ確かめ、気に入ったと言った。あのありふれたモデルのスニーカーを、あんなにすみずみまで点検するとは、ご苦労なことだ。もっとも、すぐに気に入ったと言うよりは、信憑性があった。スニーカーのヒモを三回ほど結んだり解いたり、きつくしたりゆるめたりしていたかと思ったら、その日の夕方はずっと室内で履いて歩いていた。ソファやベッドの上にスニーカーを履いたまま上がっている姿が、外国人みたいだった。当時の私のおこづかいからしても、それほど高価な品ではなかったのに。もしエアの入ったスニーカーなんかを買ってあげたのなら、私だってもうちょっと恩着せがましいことを言っただろうけど。

「履いて出かけようよ」

「いやだ」

「上履きでもないのに」

「上履きだ」

「あのねえ」

「明日」

そんなふうに一週間が過ぎた。それ以上は待ってあげなかったから、結局スニーカーに泥がついいた。いくら気をつけていても、つかないはずがない。それをまた、歯ブラシで払っている姿が貧乏たらしかったが、また買ってあげるからやめろと言っても、言うことを聞かなかった。

「新品とわかるのがダサい、適当に古くなって身体になじんだのがきれいだって言ってたくせに」

「でもスニーカーは汚れてないのがいいんだ」

「今度は黒いのを買ってあげる。靴底までブラックの」

私はうれしい一方で、いらいらした。

その頃の私たちは、散歩というより犬たちを追いかけていたと言うのが正しい。ムクは年をとって目に見えて衰えてゆき、チビはどうやら妊娠したらしかった。

「父親は誰だろう」

「デカか、キナだろ」

「意外と、よその町の犬かもしれない」

「生まれてみないとわからないね」

ムクとチビだけでも、ゆっくりさせてやりたかった。チャンヨン兄さんのアトリエでもいいし、ハジュのうちの庭でもいい。しかし犬たちは約束でもしていたかのように、決してじっとしていなかった。脚をひきずり、垂れた腹で、のろのろとではあったが、歩き回った。

「ほんとに変じゃないか？　世話してもらって一カ所で暮らすことを、なんで拒否するのかな」

「自分たちだけでいたいっていうんだから、しかたないじゃない」

それで私たちも遠い所まで犬たちに従って行ったものだ。そうして歩いていると、靴もズボンの裾も泥だらけになった。ブーツカットのズボンは今より長めにできていたから、よけい汚れた。ジュワンはスニーカーが元の色に戻る可能性がほとんど失われた後でも、家に戻るとすぐに使い古しの歯ブラシで泥を落とした。みじめったらしくもあり、かわいくもあった。

ある日、スニーカーのヒモを編んで作ったブレスレットを差し出した。

「何、これ」

「余ったヒモはどうせ使わないから作った」

私が学校に行っている時間、ハジュが一人でスニーカーのヒモを編んでいる姿を想像すると笑えた。敢えて聞かなかったけれども、ヒモは二本余っていたから、もう一つ作ったはずだ。じゃあ、ペアのブレスレットだ。私は耳が熱くなった。

耳が熱くなった夜は、パーカのフードをかぶって寝た。秘密が漏れないように、頭の中の温かい空気が漏れないように。

[*49]ウォン・カーウァイ（王家衛）週間だった。[*50]王菲《ワンビ》が踊っていたけれど、私の全身にある神経細胞の束は、すべて横を向いていた。たくさんの小さな矢印のように、ジュワンのいるほうを示していたはずだ。

「君、あの女優にちょっと似てるね」

突拍子もないことを言われて驚いた。私が動いたはずみにジュワンがむせんで、飲もうとしていたウェルチのグレープジュースを噴き出した。

「お気に入りのTシャツなのに」

「そんなら、なんで噴き出したりするのよ」

その時私は唐突に、[*51]申師任堂《シンサイムダン》でものり移ったかのように、ハサミを貸してくれと言った。

そして用心深く、Tシャツに心臓形の穴を開けた。ハート形ではなく、ほんとうに左心房、左心室、右心房、右心室に分けて切り取った。そうしたらおもしろいだろうと思ったのだが、実際にやってみると、結構それらしくなった。グレープジュースが染みたところが全部なくなるように、ハジュが着たままで。どこを残し、どこを切り取るべきかがわかった。グレープジュースの匂いがする息を前髪で感じた。私がもう少し色白だったら、顔が赤くなっていたかもしれない。

「重ね着したらきれいだろうな」

ジュワンが喜んでいる間、私はハサミを持ったまま彼にキスした。私ではなく、私の中の小さな矢印たちが、あっという間にやってしまったのだ。ジュワンは、私がハサミを手にしているからよけい、動けなかったはずだ。ウェルチと王菲を見ると、私はいつも、ファーストキスを思い出す。幸いなことに、ウェルチと王菲を一緒に見る機会はあまりない。王菲は今ではフェイ・ウォンと呼ばれているから、私は今度は[*52]「カウボーイビバップ」のヒロイン、フェイ・ヴァレンタインを思い出す。フェイという名の女性は、どうしても好きになってしまう。ジュワンはその時、そっと私の肩をつかんだ。そして私がキスできない角度に首をひねった。ゆっくり押されたような気もする。

私が傷つく前に、ハジュが言った。

「僕、……マルファンクションなんだ」

不幸なことに、英単語をあまり勉強しなかった私は、何のことだかわからなかった。

「壊れてるんだ。ちゃんと機能しない。よくない。君に対してよくないと思う」

翻訳機のように話すジュワンの目が近づいた。あと十五センチ離れていたら、見ることができなかっただろう。私はその目の中に、私を拒むものを何も見つけられなかった。ただ、あるぎりぎりの節制だけが見えたから、両手を振り払って二回目のキスをした。

母の言葉は正しかった。男の子と二人きりになるのは危険だ。

男の子ではなく、私が危険だった。

帰り道で、スミの弟スホに会った。高校生には遅い時間ではなかったが、小学生が出歩くには遅い時間だった。学校から帰ってカバンも家に置いてこなかったらしく、背負ったままだった。それまでスホに会っても話しかけたことはなかったのに、その日、私はひどく興奮していた。

「家に帰らないの？　お姉さん家にいる？」

スホは聞こえないふりをしてそのまま通り過ぎて行った。あいつめ、と思ったけれど、そんなことができるのも才能の一つだと思い、それ以上話しかけなかった。そんなに近くで話しかけても表情一つ変えないでいるには、訓練が必要だ。私はスホが経験してきたその訓練のプロセスを、想像したくはなかった。

どのみち、ほんとうにスミに電話しようとしていたわけではない。誰かに話したい気はしたが、やはり話せないような気がした。ジュヨンにもスミにも言えないことだった。打ち明けるとすればソンイだろうが、短縮番号に指を当てても、押せなかった。ゼリーみたいなキーパッドが沈んでまた浮かび上がる時の音と、その上に浮き彫りになった数字たちのかすかな感触をすべて覚えていると言うなら、どう考えてもその記憶はニセモノである可能性が高いだろう。

0016.MPEG

私が使っているハサミたちを写す。接写で、焦点を変えながら。
文房具のハサミ、左手用のハサミ、セラミックのハサミ、ピンキングバサミ、まゆ毛用のハサミ、裁縫用のハサミ、鋳物《いもの》のハサミ、爪切りバサミ、ドイツのハサミ、アメリカのハサミ、日本のハサミ、手術用のハサミ、握りバサミ、美容師用のハサミ。

私　（ナレーション）二百万ウォン分のハサミたち。飴切りバサミも欲しかったけれど、買えなかった。私は実用を重んじる女なのだ。

続くクリップは、私がいろいろなハサミを使う場面。私は切り抜き、突き刺し、くり抜き、ばらばらにし、裂き、ねじり、締め、こすり、つつき、切断する。

私（ナレーション）私はその日、初めてのキスをしただけはなく、手になじむ道具を一つ発見したのだ。それまで私は自分がハサミをそんなふうに扱えることにまったく気づいていなかった。ホラー映画のセットを造るのに、一枚のカーテンをせっせとハサミで加工して以来、みんなが私のことを「ハサミ女」と呼んでいることに、後になって気づいた。

＊　＊　＊

牧歌的な風景や、優しい雰囲気の、かわいい部屋のセットだってちゃんと造れるのに、どういうわけだか刺激的で暗い内容の映画の仕事ばかり入ってきた。最近引き受けた映画は、二人の姉妹が登場するサイコスリラーだった。内容はというと、とびきりの美人だけどなぜか運が悪く、性質《たち》の悪い男にばかりたぶらかされてしまう姉のために、ムン・グニョン[*53]とペ・スジ[*54]に続く「国民の妹」と言われている女優が妹に扮して、子供のような顔で残忍な復讐をするというものだった。姉は今まで自分を虐待してきた男たちを、ピュアな思い出の中の初恋の人がこっそりと殺しているのだと思っていたけれど、最後になってそれが妹の仕業であることに気づく。姉妹は映画の中盤で劇的な対面を果たすのだが、まさにその場面の撮影を前にして、監督が無理な要求をしてきた。

「手がいる」

「手ですか？」

シナリオを見ると、妹が姉に追及され、冷凍庫の中で凍っている、自分が最後に殺した男の手を取りだして食べると書いてあった。

「えーっ……。こんなの、特殊メイクの会社に外注してくださいよ。私、そういうのが得意な会社の社長をよく知ってます。私がうまく頼んでみますから」

「血の質感を求めているんじゃない。わかるだろ、この映画の雰囲気。シルエットがあればいいんだ。具体的に言えば、シャーベットみたいな感じだ。食べる時にシャリシャリと凍りかかったような音が出ないといけない。君が作ってみてくれよ。どうせ暗くするから、たいして見えない。音だけ気を使ってくれればいい」

「どうしたって人間の手からそんな音は出ませんよ。音をかぶせてください。それより、凍らせちゃったら固くて食べられないでしょ」

「そういうのは、映画的に許されるんじゃないかい。シャーベットで頼む」

どうやら、予算を節約したいらしい。シャーベット？　よく言うよ。悪態をつきながらも、作らなければならなかった。パーティー用品の店で売っているゴム製の手の上の部分を切り取って、色をつけた氷の粒とシロップを詰め、ゼラチンで覆った。色を塗ってみると、それなりに手らしくなった。国民の妹は監督の要求に従い、ほんとうにシャーベットの音を立てて手を食べ、カメラを真っ直ぐ見据えて台詞を言った。

「お姉ちゃん、あたしが憎い？」

カメラのこちら側でスタッフが、声を出さずに口の動きで返答した。いいえ。憎いはずがない。私は、こいつら集団で狂っていると思ったが、満足できる場面ではあった。いくつか余分に作ってあった手を使うことなく、OKが出た。今度こんなことをあたしにさせたら、ただじゃおかないよ。毎回毒づいているのに、いざ頼まれるとやってしまう。

女優が手を下ろして、「甘いのね」とつぶやくのを聞いた。甘いよ、そりゃ。甘いもので作ったんだから。

予想どおり女優の評判は上がったものの、どんなに取り繕ったところで、人肉を食べる場面があるのだから、興行的に成功するはずはなかった。

監督たちとはいつも、あまり仲がよくなかった。仲が悪いと言うより、情が移らない。監督たちはたいてい、一緒にいると疲れる人たちだけれど、私があまり権威に反応しない人間であるという理由のほうが大きい。いい大人はあまり権威を表に出さないし、悪い大人は表に出すべき権威がない。だから権威に関しては、それがほんものかどうか、じゅうぶんに検討する必要がある。そう考えている私は大人を、監督を怖れなかった。

外国ではどうか知らないが、タテ社会のわが国において、監督たちに対する私の冷たい態度は、ほかのスタッフたちに好感をもたれるほどだった。節《せつ》を枉《ま》げない、おべっかを使わない、実力で勝負する人。そんな評判が立った。実のところそれは、いざとなればやめて母や祖母と一緒にククス屋でもやろうというういい加減な気持ちからきているもので、実力とはあまり関係がないのだが。どっちにせよ映画の仕事でもらうお金はあまりにも少なかったから、遅れて受け取るたびに苦笑した。ピンハネされなければ幸いといったようなギャラのために、それでなくとも象のように大きい監督のエゴをさらに大きくしたいとは思わなかった。おべっかを使わない人間が一人くらいいれば、少しは威張らなくなるだろう。

評判というものは、だんだん一人歩きして、いつしか経歴になる。ほかの人たちもそうしているようだから、私も黙っている。ほんとうに実力派であるかのようなふりをして。

ある時、一緒に仕事をしていた監督から、こんなことを言われた。

「醜悪な物から目をそらさないような感じだ。君の仕事を見てると。誰に習った？」

あなたから。

世間から。

そう答えたかったが、やめにした。監督たちが無能だとしても、もっと悪いのはプロダクションであり、投資家であり、配給会社だ。あなたも私も、この泥沼の中にいる。そう思って言葉を呑みこんだ。

「なんであたしだけ、平凡な会社員になったのかな」

いつだったか週末、私とジュヨンとミヌンだけでいる時だった。ジュヨンがそう言った。私の肩にもたれ、「あんたはちょっと楽しそうね」と。

「ジュヨンも楽しそうに見えるよ。頭のいい人たちに会えるんだろ」

私の代わりにミヌンがジュヨンを慰めた。

「そうよ。文章でだけ知っていた人たちに実際に会うのは、おもしろそうだけど」

私も加勢したが、ジュヨンはしきりに首を横に振った。

「本だけ読んでいるほうがずっといい。実際に会うとがっかりする」

「それは監督もそうだし、俳優もそう。貧乏揺すりしたりして、だらしない感じの人が多い」

「みっともなく虚勢を張って、お酒を飲めば、あたしが自分たちの女だって言うんだ。どうしてあたしがあいつらの女なのよ。あいつらが威張り散らすから、編集者はあたしだけが残ったんだけど、あたしがあいつら数人に飲ませてるんだから、よく考えたら、あいつらがあたしの男じゃないか」

「自分の男にしたいの？」

「……リビドーが口にだけ溜まっているおっさんたちを相手にしたいわけないでしょ」

「リビドーって何だ？　どこかで聞いたことがあるけど」

ミヌンが大きな口を開けて笑いながら聞いた。ジュヨンはうつ伏せのままでさっと説明した。

「性欲エネルギー。フロイトっていう変なおっさんが作った言葉よ」

説明が気に入らなかったのか、ミヌンがスマートフォンで検索していたかと思ったら、また笑った。

「ああ、おもしろいね。その人たちは主に口で騒ぐんだね」

「あたしが言いたいのはね、ワイ談を考える暇があったら、締め切りを守れってこと」

「でもリビドーが人目につくようなタイプは、健康なんだよ。内にこもる人が問題を起こすんだ。外に吐き出すやつは、大きな問題は起こさない」

三人ともうなずいた。

「何かになると思ってた」

ハジュの片方のまぶたが震えた。最近明らかになったところによると、ミネラル不足ではなく、ストレスが原因なのだそうだ。

「何が」

「こんなんじゃなくて、ほかのもの。人の女だと言われない、もっとほかのもの」

「でも」

昔と変わらぬ、輝くような微笑で、ミヌンが言葉を続けた。

「何かになると思っていたのに、一番ならなかったのは、俺だよ」

すぐリアクションすべきだったのに、私もジュヨンも遅れた。何か言ったけれども、完全にタイミングを逃してしまった。

0017.MPEG

三脚を据えて、店の屋上から午後の湿地帯を撮る。雲の動き、揺れる葦、飛んでゆく鳥の群れ……そんなありきたりの風景を。

私（ナレーション）こういった風景は、ずっと撮り続けて早回しにすれば、結構それらしく見えるのではないだろうか。

しかし残念だ。湿地の端にアウトレットができてからは、湿地が昔ほどではない。環境を保全する施工をしたとは言うが、それでも目に見えない何かを変えてしまったのに違いない。巨大な虫たちを生み出す湿地にはうんざりすることもあったが、だからと言って衰退することを願っていたのではない。

＊　＊　＊

もしイ・ユジンがあの季節に坡州に来なかったなら、もしそうだったら、それ以後の事件は起こらなかったのだろうか。

学校でいちばんきれいな女の子が、私たちと一緒に下校した。正確にはミヌンと一緒に下校したのだけれど、とにかく私たちと同じように、あのバスに乗ったのだ。スミはその日バスに乗らなかった。ソンイが先に耳打ちをしたから、ショッピングモールに寄って一時間後のバスに乗った。

最初はデートにでも出かけるようなうきうきした雰囲気が、苦々しくも私とソンイ、ジュヨンにまで伝わってきた。しかし、交通が渋滞し、窓の外に流れる風景が期待はずれなものになってくると、イ・ユジンの肩がこわばってくるのが見えた。後ろから見ていたから表情はわからないが、肩がこわばった。細くまっすぐな、バレリーナのような肩が。

ミヌンは何を考えていたのだろう。リンゴの採り入れが終わった果樹園は、あまり美しくはなかった。もっと言えば、リンゴが実っている時でもたいして素敵な風景ではない。後に『嵐が丘』を読んだ時、物語の背景として坡州のような風景を想像してみたところ、違和感がなかった。おそらくイ・ユジンは、ほかの人の話ならともかく、自分自身の物語にはしたくない世界に足を踏み入れてしまったような感じを受けたはずだ。

ニュータウンやアウトレットができる前のわが町は、手つかずの自然とみすぼらしい生活が、霧のかからない日には、あまりにもはっきりと見えてしまう所だった。包装材と青黒いビニールが乱雑に置かれた果樹園で、イ・ユジンはミヌンのことを考えなおしたのだと思う。高校生だったからまだ将来を約束する間柄ではなかったとはいえ、女の子たちの心の底には警報装置のようなものがある。いわば、祭日ごとに祭祀の食べ物を用意する親戚の大人たちの顔に浮かんだ、不幸の斑点のようなものに反応する警報装置だ。どんな男だってたいした違いはないのだから、金持ちを選べと言う時の、あきらめに混じった、不快な油の匂い。冷めればよけいいやな、油の匂い。

そう、人間って、ちょっとしたことで簡単に落ちぶれてしまう。いや、落ちぶれないでいるのは、なかなか難しいことなのだ。

女の子たちはそう怖れながら育ち、ごく小さな信号にも過敏に反応するようになる。がさごそと音がしただけで逃げ出す、食物連鎖の下位に置かれた動物のように。避けたい人生があっという間に襲ってくることを知っているからだ。おそらくそんな恐怖がその日、イ・ユジンの気持を揺さぶったのだろうと私は想像している。坡州を一度訪れてすぐミヌンと別れてしまった、私の生まれ育った場所を嫌ったその子が、私は憎らしく恨めしかったけれど、今では理解できる。

まるで[*55]ヒヤシンスのように天真爛漫で楽天的な性格のミヌンだから、あんなに軽率に招待することができたのだ。円盤に額をぶつけて死んでしまうことになるのにも気づかず。ヒヤシンスでなくとも、悲劇的なギリシャ神話に登場するほかの少年たちと同じような無知により、ミヌンは招待すべきではない人を招待し、それによって多くのことがねじれていった。

そしてギリシャがどうのと言っている私は、ほんとうに、ハジュの外付けハードディスクかクラウドのバックアップファイルみたいなものだ。魂をバックアップしようとすれば、好みをバックアップすればいい。全部ではなくとも、かなりたくさんの部分が問題なく保存できるはずだ。

私はバックアップファイルだ。

認めればたくさんのことが楽になるというが、ほんとうだ。

0018.MPEG

ソンイ　スミが名前を変えたんだって。
チャンギョム　何て？
ソンイ　リラ。チュ・リラ。
チャンギョム　なんでまた、よりによって……あ[*56]いつ、これ以上何をくれてやろうっていうんだ。

＊　＊　＊

ミヌンとイ・ユジンが別れたという噂を聞いた時、私とソンイとジュヨンはスミの顔を見ていた。スミは表情を変えなかった。それなのに、それはすべての表情を浮かべているような感じがした。スホとは違って、スミは無表情でいることはあまりなかった。スホとスミは似ているけれど、スホが常にガマガエルみたいに重苦しい表情だったのに対し、スミは大きな目鼻立ちで顔文字のようにはっきりとした表情を浮かべていた。生まれてからずっとあらゆる暴力的な場面を目撃したり暴力を受けたりしながらも、その顔を維持してきたのに、たった数週間つきあった十代のカップルが、スミの表情を消してしまったのだ。ほかの友達が心配していたミヌンの絶対性が、憂慮していた通りに副作用となりつつあった。

スミはすぐに夜間自律学習[*57]を申し込んだ。自律学習は二年生から必修で、一年生は選択だったので、申し込まなければならなかった。私たちに対しては冷静な表情を保ててもミヌンの前ではつらいだろうから、私はスミがちょっと利口になったことがうれしかった。

しかしその賢明な選択は、一週間のあいだ役に立たなかった。ミヌンはイ・ユジンと別れた直後、一週間家出をした。それがショックだったのは、ミヌンが学校をたいして重視していないくせに、出席率だけは相当プライドを持っていたためだ。

「兄さんたちも、俺も、皆勤賞は一年も欠かさず貰ってるんだぞ」

よくそう言っていた。そんなミヌンが学校で一番きれいな女の子にふられて、一週間姿を消した。無断欠席しただけではなく家からも姿を消したから、心配しないわけにはいかない。高校ではたくさんのことを習うけれど、結局は拒絶されることを学ぶのだ。きれいな子から拒絶され、勉強、才能や未来からも……。ミヌンはそれまで、拒絶されるということを知らなかった。坡州はミヌンの王国だったし、王国がまるごと否定される経験は初めてだった。私たちの王子様は、完全に挫折して姿を消した。

携帯電話は電源が入っていなかった。かと言って公園や、できたばかりの商店街でミヌンを探したところで、見つかるはずがない。ミヌンのほかの友達の電話番号を一番たくさん知っているのはスミだったけれど、スミはこの捜索活動に熱意を見せなかった。私たちのうちで、誰よりも胸を痛めていたはずなのに。

「ちぇ、かっこわりぃ」

ミヌンの従兄たちもミヌンを探しはしていたらしいが、たいしたことではないと思っているようすが、ありありとうかがえた。たいした事件ではなかったのだろうか。一番年下の従弟が一週間いなくなったのに。その時は不思議な一族だと思ったけれど、今考えれば、深刻に考えまいと努力していたのではないかという気がする。その時の彼らは、今の私たちより幼かったのだから。

ともあれ、驚いたことに、ミヌンを探して家に連れ戻したのはチャンギョムだった。チャンギョムは感情を消耗する事件にはできるだけ関心を持たないようにしていたが、危機が訪れた時、もっとも賢明な判断を下すのもチャンギョムだった。だんだん脚が長くなり、すらりとしてきたわれらのピンク豚は、勉強道具をいっぱい抱えてミヌンが働いていたマクドナルドに行った。ビッグマックセットを食べて二時間後にフライドポテトをもう一つ食べ、コーラをおかわりしながら勉強し、閉店時間まで待ち続けた。そして一階と二階をつなぐ階段に潜伏して、売れ残りの食べ物をもらうために立ち寄ったミヌンを捕まえた。アルバイトをしている友達の家に隠れていたらしい。いったい何と説明したのか、アルバイトは休んでいた。

チャンギョムがミヌンを「捕まえた」というのは、ちょっと大げさな表現かもしれない。ミヌンはチャンギョムをデコピンの一撃だけでも追い返すことができたのだから、チャンギョムと一緒に帰ってきたのは、自らの意志によるところが大きい。捕まるために現れたようなものだ。二人はタクシーに乗って坡州に戻り、タクシー代もチャンギョムが出した。二人がその日そのタクシーの中で何を話したのかはわからないが、その頃を境に両者の関係がちょっと変わったのは事実だ。以前はいつもミヌンがチャンギョムのめんどうをみるような感じだったとすれば、いつの間にかチャンギョムがミヌンのめんどうをみるような具合になっていた。

もちろんその後も何度か立場が逆転した。どちらが上かというのは、男子の間では重要な問題らしい。


ミヌンが帰ってきて、私は再び安心してジュワンと過ごせるようになった。それまで起こった事件について逐一ジュワンに報告していたのだが、ジュヨンがそんな話をあまりしないからか、ジュワンはおもしろそうに聞いていた。だけど何の論評も加えようとはしなかった。

「なぜ何も言わないの」

「さあ、自分の友達じゃないからかな」

その距離感が、妙に心地よかった。ほかの子たちはジュワンの友達ではない。私だけが友達だ。友達よりもっと親密な何かだ。これくらい近いんだ、私たちは。ガールフレンドより親密な何かに、いつの日かなれるかもしれない。近づき、近づいたあげく、分離不可能な間柄になるのだと、私はジュワンの横にさりげなく座り、陰険かつ壮大な計画を立てた。

バラ色の気分に浸っている私たち二人に似合わず、その週はヒッチコック週間だった。映画を見ていると、バカな私でも、どこが優れているのかわかるような気がしたけれど、好きにはなれなかった。優れたものと自分の好きなものは必ずしも一致しないということを、その時に知った。非常に不快な誰かの頭の中を見るような感じだったからだが、後日「鳥」に出演した女優ティッピ・ヘドレンが、実はヒッチコックからセクハラと虐待を受けていたと告白していたことを知って、「やっぱり」と思ってしまった。時に悪い人、よくない人に才能と権力が与えられることがある。サディスティックな天才たちはいつも黙認され、のみならず賞讃されたりもする。その時私は、今のように、どうりでほめる気にならないわけだ、感嘆したくもないし、せめて自分だけは好きになるまいなどと、はっきり意識していたのではない。しかしその映画を見続けるかどうかを決める程度の自主性は、もぞもぞと芽生えようとしていた。ヒッチコックが美術監督出身だということを知らず、自分が映画や映画美術に携わることになろうとは夢にも思わず、私は停止ボタンを押した。

「やめた」

私はジュワンのニットを引っ張った。首回りが伸びないようにジュワンが近づいてくるだろうと思ったから。今度はジュワンが軽くキスしてくれた。

「誰だったの」

私は私の前にジュワンにキスした人の味が残っているかのように、慎重に見当をつけて聞いた。

「誰って」

ジュワンがためらいつつ尋ね、私は笑った。構わないから、言ってみて。

「旅行に来た女の人」

「インドに？」

「うん、インドに」

「どんな人だった？」

「ぼんやりした人」

「どんなふうにぼんやりしてるの」

「バスの中で知らない人がくれたコーヒーを飲んで強盗に遭ったんだ。強盗だけですんだからよかったと言うべきかな」

「それは、その人がぼんやりしていたという話じゃないでしょ。警戒心がないというならわかるけど」

「うん、その次が問題なんだよ。睡眠薬がたくさん入ってて、目が覚めても死んでいるみたいな気分だったんだって。だからタクシーに乗って大使館に行ってくれと言ったんだ」

「それで？」

「そのまま北朝鮮の大使館に行っちゃった。運転手が知るもんか、サウスコリアだか、ノースコリアだか。降りて、国旗を確かめることもしないまま、中に入った」

「あ……」

「北朝鮮大使館では、ほい来たとばかりに拘禁してしまったから、解放してくれるよう話をつけるのに、しばらく大騒ぎだったんだ」

「おやまあ」

「ほら、いるだろう。息してるだけで問題を起こす人が。そんな人だった。ぼんやりして」

「でも、いやじゃなかったのね」

「うん」

「あんたがしたの」

「いいや、その人が襲ってきた」

「驚いたでしょ」

「終わってから言うことが、またすごいんだ」

「何て」

「それが必要だったんだって。自分に」

「キスが」

「うん、キスが」

私はしばらく考えた。ジュワンは簡単に話したけれど、たぶんその人はもっと驚いて、もっと怖くて、もっと傷ついていたはずだ。そんな状態ならキスだろうが何だろうが必要かもしれない、と結論づけた。必要なものなんて、その時になってみなければわからないものだから。

妙に、ちっとも不快ではない、ファーストキスの話だった。

「ハジュと寝なきゃ」と思った。「ハジュと寝たい」と思ったのかもしれない。あるいは、「ハジュと寝ることが必要になるだろう」と予感したのかもしれない。ハジュとなら、ちっとも不快でないだろうと。

0019.MPEG

勘定書に手を伸ばすチャンギョム。ジュヨンがその手をぴしゃりと叩く。

ジュヨン　なんでいつもあんたが払うのよ。
チャンギョム　ごちそうしたいんだ。
ジュヨン　あたしたちだって稼いでるんだから。
チャンギョム　でも、俺、高給の家庭教師をやって貯めたのがまだあるんだ。
ジュヨン　ふーん、民間教育の不正な利益なら、喜んでごちそうにならなきゃ。

私（ナレーション）私たちはみな、チャンギョムを弟のように思っているが、チャンギョムは自分がみんなのお兄さんだと思っている。妙なことだ。

＊　＊　＊

スタジオジブリ週間と黒沢明週間（おそらく日本特集だったのだろう）を経て、「ウォレスとグルミット」[*58]に続き、ピングー[*59]週間に至る間（ストップモーション特集だったようだ）、ソンイはマフラーを編んだ。もちろんソンイの腕だからそんなに長くかかったはずはなく、その間に何度か編んだりほどいたりしていた。

「オウムみたい」

それがみんなの一致した反応だった。近頃よく売っているような色とりどりの毛糸が、その時もなくはなかったけれど、ソンイは気に入らなかったに違いない。ソンイは、太さは同じで色が違う毛糸をいっぱい買ってきて、何とも形容し難いオウムのようなマフラーを編んだ。色だけ変わるのではなく、パターンも変わった。縞模様、チェック、ダイヤ柄にアルファベットもあったし、花模様も入っていた。ソンイはいろんな試みに没頭していた。ソンイの頭の中にあったマフラーが現実に生まれつつあったと言うべきなのだろう。

何度かほどいたり、また編んだりしながら、マフラーはひどく長くなった。ソンイの首を二回巻いても、地面に引きずるほど。

「そんなのしてたら、バスのドアに挟まって死ぬよ」

ジュヨンが代表して反対すると、ソンイはやっと長さを修正した。それでもかなりの長さだったが、ソンイは制服とそのマフラーを見事に調和させていた。鼻も耳もちょっとのぞくくらいで、顔がすっかり埋まってしまうマフラーだった。冬が始まろうとしていた。淡い中間色だけが残った坡州の冬に、ソンイのマフラーは輝き、光を放っているように見えた。あのマフラー自体が重要な事件だったわけではないのに、なぜか言い忘れてはならないような気がするのだ。何人かの女子が似たようなものを作ろうとして、悲惨な失敗に終わったことも覚えている。

私たち、私とジュワンはマフラーもしないまま歩き回った。不思議なほど寒さは感じなかったから薄着で耐えていた。いつも気分のいい熱が出た。次に備えてエネルギーを蓄えないという点で、私たちの身体は若かった。

ムクがいなくなった。その後の私たちは、犬たちを追いかけながら散歩することもあったし、二人だけで歩くこともあった。

「ひょっとしたら象みたいに」

ジュワンが風景を、風景の中に動く小さなものたちを見ながら言った。

「自分の死に場所を探しに行ったのかもな。年寄りの象はそうするらしい」

「象はいっぱい見ただろうね。インドにはたくさんいるんでしょ？」

「うん、でも近づけば近づくほど、象は憂鬱に見えた。人と一緒に過ごすにしては、とても賢い動物だから」

「あ……それなら死に場所を探す年寄りの象は、人間と一緒に暮らしている象ではないのね」

「人間と一緒にいる象は、そんなに年を取る前に人間が殺しちゃうだろ」

あの老いた毛むくじゃらの犬がどこかで死んでいると思って、悲しかっただろうか。いや、たいして悲しんではいなかったような気がする。みんなが死んで消えて地球全体が坡州みたいになり、そこに私とジュワンだけが残っても構わないと思っていた。私はムクを一生懸命探しはしなかった。ムクを見つけてしまえば、一緒に歩く時間が減ってしまうかもしれなかったから。あの犬が静かな穴の中で、目につかないように死んでいてくれればいいと思っていたようだ。そんなに不幸でもなかったじゃない。そんなに悪い死に方じゃないでしょ。元が何色だったのかわからない、濃い埃色のムクの毛が、ほんとうに埃になるまで、それほど長くはかからないだろう。

おにぎりなんかをよく持っていった。小学校の時に使っていたドラえもんの弁当箱を見て、ジュワンが笑った。寒い所でおにぎりを食べるとよく胃がもたれたりするものだが、ジュワンもときどきそうなった。私はそんな時、ジュワンの人差し指と親指の間、柔らかくもあり、凝ったりもするその部分を押してあげるのが好きだったから、おにぎりを作り続けた。私はそれほどまでに利己的だったのだ。

0020.MPEG

[*60]弘大駐車場通り
明洞《ミョンドン》中央路
COEX《コーエックス》モール

BANGBANG 交差点
カロスキル
地下鉄新村《シンチョン》駅と国鉄新村駅の間
永登浦《ヨンドゥンポ》地下商店街
ロデオ通り

カメラを立てておいても誰も気にしないスポットで撮った動画には、あの頃の私たちと同じ年頃の子たちが、おおぜいカメラの前を行き来している。

私（ナレーション）ほんとうにびっくりするのは、私の友人たちとそっくりの顔をした子たちに出くわすことだ。親戚でも何でもない。何の関係もなく、そっくりの顔に生まれる。誰かがこの世界に私たちとそっくりの顔を補充し続けているのではないかという気がする。怖ろしいのは、そのそっくりな顔の背後にある、ほとんど同じ物語たちだ。私たちは唯一でも、貴重なものでもなく、絶えず取って代わられる。みんな、そのことを悔しがりながら。

*　*　*

バスに乗るスミの目のふちが裂けていた。私たちが何か言う前に、スミが言った。

「あたしを叩こうとしたんじゃないのよ。横にいたから、当たっちゃっただけなの」

スミのお母さんが帰ってきているらしい。それなら、いいのだろうか。狙われたのがスミでなければ、ほんとうにいいのだろうか。どう考えたって、よくないじゃないか。ジュヨンがいらいらしたように、まだ乾ききっていない髪をかき上げた。

「あたしはいいの。スホのケガのほうがひどい。学校にも行きたがらないみたい」

「どうしてだよ。俺なら、お前の叔父さんのそばにいるより、学校のほうがいいけどな」

珍しく後ろの席に座っていたチャンギョムが、怒りに満ちた声で言い、またつけ加えた。

「何で俺が必死に勉強してるか、わかるか？　お前の叔父さんみたいな人に会わないで暮らしたいからだ。同じ町に住みたくないからだ。嫌いな人に会いたくなければ会わなくてもいい地位につきたいからだよ」

実のところ、それはスミに対して怒りをぶつけるべき問題ではなかった。まだ若かったチャンギョムは、社会的地位が高い与太者だっていくらでもいるということに気づかず、ただ勉強ができれば汚い世界を脱出することができるだろうと信じていた。ソンイがチャンギョムの肩をそっと押さえて、もうやめろと合図をし、ポーチを開いて軟膏と小さな絆創膏を出した。

「薬はさっき塗った」

スミが断ろうとしたけれど、ソンイがもう一度塗っておけ、と言いつつ綿棒に薬をつけて手当してやった。ソンイのポーチには何でもあった。薬はおそらく、ニキビをつぶした痕に塗るために持ち歩いていたのだろうけど。

目のふちの、頬骨の終わるあたりだった。ジュワンも同じような所に傷跡があった。スミとは反対の目だったが、白い筋が残っていた。ジュワンも誰かに殴られたのだろうか。一方的に殴られたのだろうか、誰かを殴ろうとしてそうなったのか。スミのあの傷もあんな白い筋となって、ちゃんと治るだろうか。私があまりに長くスミを見つめていたからか、スミが顔をそむけた。すると、スミの制服の襟が目についた。あまり清潔ではない。うちの母が見たら大騒ぎして濃い洗剤液につけておくくらいの状態だったので、私も顔をそむけた。解決することのできない問題に神経を使うのはあまり好きじゃない、ほんとに好きじゃない。心の中で繰り返しつぶやいてイヤホンを耳に入れた。

ミヌンはひと言も口を挟まなかったから、ミヌンがあの日起こした事件を、誰も予測できなかった。

ミヌンがスミの家の前で何時間待ち構えていたのかはわからない。ミヌンは、あまりかっこよくないディテールについては語らないから。スミではなく、スミの叔父さんを待っていた。

スミの叔父さんが百メートル先から歩いてきた時、ミヌンは叔父さんのトラックにゆっくりと近づき、ポケットナイフでタイヤを切り始めた。たぶん叔父さんは、最初は何が起こっているのか理解できなかっただろう。足元を見ながら歩いていただろうし、遠くで誰かがしゃがんでいても、まさか自分のトラックの所だとは思わなかったはずだ。状況を把握して、おなじみの制御不可能な怒りの爆発状態になって走り出した時、ミヌンは四つのタイヤに傷をつけ終わり、スミの叔父さんを振り返った。叔父さんは約三十メートルまで近づいてミヌンの顔を認め、これが前日スミの目のふちにできた傷と関連した復讐であると気づいた。あくまでも推測に過ぎないが、おそらくミヌンの従兄たちを思い浮かべたのだろう。スミの叔父さんとミヌンの従兄たちはあまり仲がよくなかったし、スミの叔父さんには敵が多い反面、ミヌンの従兄たちは町の若者たちの中心だった。従兄たちは快活で、義理固く、時には創意工夫に富んでいることすらあり、めったにないことだけれど、誰かを懲らしめる必要があれば労苦を惜しまなかった。無法の世界に生まれ得る、最も望ましい正義の使徒たちだった。ミヌンに手を出せば後で何をされるか、走っている叔父さんの頭の中には、さまざまなことが思い浮かんだのだ。叔父さんはすぐにスピードを落とし、ミヌンが挑発するようにゆっくり歩いて遠ざかる姿を、ただ眺めるばかりだった。

私は、立て板に水を流すようなミヌンの武勇伝を後で聞き、スミの叔父さんは、ほんとうは怒りをコントロールできるのではないかと思った。そうでなければ、その時ミヌンを攻撃していたはずだ。それがどういう結果を招くのか見当がつくくらいなら、そのために弱い者ばかりを殴っているのなら、それは狂っているのではなく、ただ卑怯なのに過ぎない。

スミはその話を、私より後に聞いた。叔父さんはひと言も言わなかっただろうが、翌朝トラックのタイヤを見て、すぐミヌンを思い浮かべたはずだ。

それでスミは夜間自律学習をやめた。帰りのバスに、またメンバーが揃うようになった。私たちはいっとき、喜んでいたと思う。

0021.MPEG

図書館で探した、あの日の新聞のお天気欄をクローズアップ。

一九九九年十一月二十五日木曜日

全国的に曇。中部地方と全羅《チョルラ》南北道地方は午前中にわか雨または雪、その後次第に晴。江原《カンウォン》、嶺東《ヨンドン》地方と西海岸地方は曇、一時雪または所により雨。風やや強い。

朝の最低気温2～9度

昼間の最高気温4～15度

＊
＊
＊

風が強くて傘が役に立たないような雨だった。私は、スミがいつもさしていた緑色のチェック柄の傘が、果樹園に向かっていくのを想像する。持ち手が太い木でできていて、色褪せているうえ、骨がちょっと曲がった傘。古くて重い傘だったから、私は何度かスミに傘を買ってやろうかどうしようか迷っていた。結局、買ってやらなかったのは、それがまるで、「あんたの傘、みっともないよ」と言っているように思われそうだったからだ。そんなに悩まないで、買ってやればよかったのに。スミはひょっとしたらあの日、あの傘をさしていなかったかもしれない。風が強かったから、むしろ傘など持たないほうがましだったということも考えられる。

おそらく従兄たちの一人が、ミヌンのいる倉庫を教えてやったのだろう。ミヌンは愉快な従兄たちを避けてそこにいたのではないだろうか。それまでクレヨンで描いた絵のように単純で健康だったミヌンの頭の中には、その季節から何本もの細い線が引かれ、何段階かの濃淡ができ、影の方向が変わり始めた。あの木曜日に起った出来事は、ミヌンの頭の中のクレヨンワールドが崩れて引き起こされたのだと思う。

スミが覚えているのは、ミヌンが季節はずれの半ズボンをはいていたこと、湿気のせいか、倉庫にリンゴ酒の匂いがしていたこと、ミヌンが柔らかい手のひらでスミの目の周りをなで、指がそのままパサパサの髪の中に入り、スミはミヌンが着ているパーカのフードに汗の匂いと塩気を感じたけれど、それはいやではなく……。とにかく、二人の間のことを美しく想像してみようとしても、うまくいかない。

二人は、した。

一緒に寝たわけではないから寝たのではなく、愛し合っていたわけではないから、愛を交わしたのでもない。ただ、した。

もしかすると、やりかけた、と言ったほうがいいかもしれないような、短く虚しい行為を。

正直なところ、私はそのことでミヌンを何年も恨み続けた。ミヌンはそうするべきではなかった、と。ややもすれば、ミヌンにトゲのあることを言ってしまった。まるで後に襲ったすべての不運が、ミヌンのせいであるかのように。

しかし実は、不運はいつだって不気味に潜んでいた。少しでも忘れれば、言いようもなくひどいことをして、私たちの注意を呼び覚ました。とても近くにいるよ。お前をこれくらい揺り動かしてしまえるぞ。殺すのなんか簡単だ。そんなふうに、唐突に攻撃されながら生きていく。考えてみれば、私たちはそうした不運から生まれ出た存在でもあるのだ。私が三十八度線を越えた祖父の不運から誕生したように。私のルーツは不運であり、私を育てたのも不運、私が最後に到達する結末もやはり不運だ。そう言える人は少ないだろうが。

ミヌンが煙草のせいで肺に水が溜まって苦しんでいるのを何度も目撃して、怒りが和らいだ。ミヌンは幼かったし、ひょっとすると今でも幼いのだ。ミヌンだけがスミを傷つけたのではなく、そのリンゴ倉庫の中で、二人は同時に傷ついた。

私はミヌンの肺については知っているけれど、スミとスミの傷ついた部分がどうなっているのか、長い間わからなかった。知りたかったと言えば嘘になるだろう。名前がチュ・スミであれチュ・リラであれ、私たちはもう同じバスに乗りはしない。スミとミヌンの二人のうち、ミヌンを選んだのではない。あのすべては、そんなふうに起ったのではない。選択ではなかった。

ジュヨンがスミのクラスに遊びに行って、教室の後ろの鏡の下にあるゴミ箱から、スミの手帳のちぎられたページを発見した。スミの手帳は、ほとんど聖書みたいに分厚かった。中学の時から増殖してきたものだから、うっかり触ると、古くなったラメがはがれたりした。雑誌から切り抜いたタレントの写真、すぐに色が褪せるのでコーティングしたプリクラ、ありとあらゆる種類のチケット、友達とやり取りしたメモや手紙、歌の歌詞やいろいろな詩を書き写した紙などでかなり分厚く、ミヌン観察記と呼んでもいいような日記の束は小さなクリップで綴じられていた。カカシみたいな女の子の外付けハードディスクといった感じだった。その手帳がバラバラにゴミ箱いっぱい捨てられていたのだから、発見できなかったら、むしろおかしい。

そのうえスミが一週間以上、誰にも手紙を送らなかったのも、一つの手がかりになった。スミは絶えず手紙を書く子で、授業時間もほとんど手紙を書いて過ごしていた。学校には中央階段近くの廊下に学校郵便[*61]の郵便箱が学年別に置かれていて、学校の中でのみ通用する切手もあった。スミはそれぞれ別のクラスに分かれている私たちあてに、順繰りに手紙を書いた。学校郵便でも送り、自分で持ってくることもあった。いっこうに返事を書かなかったチャンギョムですら、かなり頻繁にスミの手紙を受け取っていたから、女子たちはスミの手紙だけで引き出し一つがいっぱいになるほどだった。内容は特別でも、新しくもなかった。普通は二、三枚だったが、要約すると、「あたしとても退屈。あんた、なんで手紙くれないの？」くらいの内容だったし、文房具屋でかわいいぬいぐるみを見たけどお金がない、でもいつか買うんだ、みたいな無邪気な計画のようなものが書かれていることもあった。携帯で音声メッセージを送るのが流行していた頃には、いつも留守メモがスミの録音した歌でいっぱいになっていたほど、スミは一貫していた。ミヌンに対してだけではなく、私たちみんなに、絶えず何かを発信していた。その頃には間隔が開いて、一週間に一度くらいに減りはしていたものの、手紙がぷっつり途絶えたのは異常だった。

しつこく尋ねたわけでもないのに、スミはわんわん泣きながら打ち明けた。ミヌンを誰よりも見つめてきたスミだから、いくらミヌンが何ともないふりをして、さらにはガールフレンドに対するようにスミに接したところで、スミにはわかっていた。

「俺の人生台無しだって、顔に書いてあるもん」

たぶん、電光掲示板と同じくらい、はっきり出ていただろう。

「あたし死ぬ」

「ちょっと待って、ちゃんと用心はしたの？　妊娠でもしたらどうするのよ」

ジュヨンが実際的なことを聞いた。

「最後まで行かなかった」

スミがまた泣き始めた。

「最後までできないんだ、あたしとは」

私は何も言えないでいた。腹も立ったし、いらいらもしたけれど、頭の中で言葉がいっぱいになりすぎたり、白っぽくぼやけたりしていたから。

「だいじょうぶ。何でもないって。あたしも、うちのお姉ちゃんたちもやったよ。たいしたことじゃない」

ソンイの毅然とした宣言に、みんなが静まりかえった。同じ顔が五つの強力な母系社会で育ったソンイは、これしきのこと、ほんとうに何でもないというように、スミを落ち着かせた。

「何かの拍子で友達同士でしちゃうこともあるの。もう一度友達になればいいよ」

「ほんと？」

「ほんと」

しかしもちろん、ほんとうではなかった。そんなことができるのはソンイくらいだ。これ以後、ソンイの軽快な恋愛エピソードと、私たちに残した数多くの教訓を思えば、私たちの中で男女関係に卓越していたのはソンイだけで、ほかの者たちは疎《うと》かったと言えるだろう。

スミが泣きやむ頃には、私は自分のことを告白するタイミングを逸していた。あの雨の降る木曜日はちょっと変な日だった。あの日、スミとミヌンのように、私とジュワンも一緒にバスタブの中にいた。

それは大きなバスタブだった。

0022.MPEG

私　それで、こんどの彼氏はどう？
ソンイ　曲がってる。
私　何が。

ソンイ　何かな。（笑）

私（ナレーション）　その日以来、ソンイの彼氏に会うと、曲がってるということしか思い浮かばなくなった。ソンイがその人とさっさと別れたのは幸いだ。

＊
＊
＊

妊娠して腹の垂れたチビが姿を消したので、私たちは雨の中を探し歩いた。犬たちがいつも歩いていたルートにはキナとデカしかいなかった。四匹のうちでは若く健康な犬たちだ。

「ムクはどこに行った？　チビをどこに置いてきたんだ？」

ジュワンが犬たちに聞いた。犬たちは話せさえすれば、ほんとうに答えたいような目でジュワンを見上げた。濡れた犬たちからは、どうしても濡れた犬の匂いがしたけれど、ジュワンはやたらと首を撫で、二匹をうまく懐柔して乾いたボロ布の上に座らせた。雨のせいか、二匹がいなくなって意気消沈しているからか、犬たちは不思議に言うことをよく聞いた。

傘もなかったし、あったとしてもあんなに風で吹きつけられる雨は避けようがなかった。ジュワンと私はパーカのフードをかぶり、黙って歩いた。手を握ったり放したりしながら横に並んだり前後になったりした。

「子供を産みに行ったのかもね。ムクがまず場所を探しておいてチビを連れて行ったんだ」

私は自分の楽観を恥じつつ言った。するとハジュが振り向いた。

「太って元気な犬たちはそのままで、年寄りと小さい犬だけが消えたのは変じゃないか」

「誰かが何かしたって言うの」

ジュワンは近所の補身湯《ポシンタン》（犬肉鍋）屋に行ってみようと言った。補身湯屋のおじさんが父の友達なので、私はおじさんは野良犬を使うような人ではないと説得した。しかしジュワンが頑固に首を横に振るから、それなら父を通して聞いてみると約束した。雨に濡れた私たちがそこまで歩いて行って、ひょっとして犬を殺したのかと尋ねるのは、いくらなんでも礼儀にはずれるような気がした。

「ハジュ、もう帰ろう。寒い」

体温がぐっと下がったのに、戻ろうとしないで意地を張っているジュワンに、私はなぜか非難されているような気がして、彼が遠くに感じられた。まるで、この町と私の知っている人たちは犬を殺して食べるとでも言っているみたいだった。もっと腹が立つのは、それは百パーセントあり得ない、と私が断言できないことだった。実際、おじさんたちはヤギだろうがタヌキだろうが蛇だろうが、煮て食べられるものは何でも食べてしまう人たちだった。それでも、もし食べるならとっくに食べていただろうし、太った犬を食べただろうというのが、私が反論する根拠だったが、そんなことは言いたくなかった。

「唇が紫色になってるよ」

私はジュワンが差し伸べる手を避けた。身体が震えるのがいらだたしかった。ぶるぶる震える女になりたいなどと思ったことは一度もない。いつもはわりに体温が高いのが自慢だった。かよわく見えたくはなかった。むしろ、私がハジュを守ってやりたかった。

「ごめん。インドで犬を飼ってたんだけど、その犬も、いなくなったんだ」

私はその犬を知っていた。よく見はしなかったけれど、本棚に置かれた額のうちの一つで見たような気がした。人相と言うべきか、犬相と言うべきか、ともかくそういうものがぼんやりした犬だった。

「名前は何だったの」

「ブチ」

言われてみれば、白地に茶色の模様だったかな。思わず気抜けして笑った。自分の犬にブチと名づけた癖に、私に犬の名前の付け方が雑だなんて、よくも言えたものだ。

「もうちょっと変わった名前をつけるかと思ったのに」

「たとえば」

「わからない。フリードリッヒみたいな、突拍子もない外国の名前とか、私のよく知らないインドの神様の名前とか」

「僕がつけたんじゃないけど、ブチはいい名前だった。いい犬だったし」

「突然いなくなったの」

ジュワンがちょっと迷った末に答えた。

「うちの家族はみんな、ブチが父さん母さんの身代わりになって死んだと信じてる」

「どうして」

「ブチがいなくなった日、父さんと母さんの乗った車が高架道路の端っこから外に落ちた。雨が降っていて滑ったんだ。幸い高架がほとんど終わる地点だったから、そんなに高い所ではなかったんだけど、車は使いものにならなくなった。なのに母さんと父さんはほとんどケガもしなかった。ブチがその日にいなくなったことに後で気づいた。どうやら二人の身代わりになってくれたらしい」

「車が丈夫だったんじゃないの」

「……ドイツ製の車だったけど、それでもブチのおかげだと思うよ」

非理性的な話だったが、同じことがうちの両親に起ったら、私も犬が身代わりになってくれたと信じただろう。それに、好きな人の話には、よけい同調しやすい。

「犬たちはとても純粋だから、そんなふうに人の身代わりになってくれるんだ」

ニューデリーの街に消えたブチを探す手立てはなかった。それ以後、犬を飼う機会に恵まれなかったジュワンは、欲求不満の愛犬家になってしまったらしい。

「手ざわりが懐かしい。人間を懐かしく思うのとは、わけが違う。いくらスキンシップの多い家族でも、あんなにお互いを触らないだろ。手が犬を恋しがるんだ。いつかまた飼いたいな」

犬を飼ったことのない私は適当に笑い、私たちはハジュの家に戻った。


当然、すぐに乾いた服を貸してくれるだろうと思ったのに、ジュワンがあまりにも平然と浴槽にお湯を入れ始めたので、私も平気を装ってその横に立っていた。寒さのせいか、興奮しているからか、横隔膜と肋骨がそれぞれ勝手に動いて呼吸がちゃんとできない。疲れて病気になりそうな気がした。その寒く乾燥した浴室に素足で立ち、浴槽にお湯が満ちるのを眺めていた。すぐに暖かさと湯気が広がったから、ただただ、早くお湯に浸かりたかった。

その浴槽は私がそれまで見たどんな浴槽よりも大きかった。最近よくある、円形や扇形の、泡が出てくる派手なジャグジーではなく、二人用でもなかった。ただ、長く深いから脚の長い外国人でもゆっくり横になれそうだ、という程度のものだった。それでもその時はとても大きく感じた。うちの古い小さな浴槽は入浴にはほとんど使われず、キムチ漬けの季節に白菜なんかを塩漬けするのに使われるぐらいだけれど、これはほんとうに入浴のために造られた高級なお風呂なのだ、と感じ入った。

どこまで脱ぐべきなのかぐずぐずしていると、ジュワンがズボンを脱ぎ、濡れたTシャツとボクサーパンツのままでお湯に入り、膝を抱えて私に笑いかけた。パンツだ。男の子のパンツ。パンツだなあ。平凡で、新品でもない、ネイビーストライプのパンツだった。色が濃くて、お湯に濡れたら色が溶け出しそうな気がした。私は黒地で、端っこにチェリーが刺繍されている、シンプルで子供っぽいデザインのパンティーだったから、「これは水着だ、水着」と自己暗示をかけることができた。やはりTシャツを着たままお湯に入った。ジュワンがシャワーのホースのあるほうに座っていたので、私は楽に背をもたせかけて熱いお湯に鼻先まで浸かった。

膝を立てて座っているとジュワンが私の足を自分のほうに引き寄せ、足首とふくらはぎの裏をやさしくマッサージしてくれた。私は垢が出ないかとふと心配になり、身体がこわばった。その前の週に母と銭湯に行ってきたのが幸いだった。私がこわばってしまったので、ハジュはマッサージをやめて棚からバスソルトを取り出した。最初は紫色を、その次は私が好きなのでオレンジ色を入れたものの、結局はどっちつかずの色になってしまった。

お湯の中にいる間は何も起こらなかった。脚と脚が重なり、顔と顔が触れそうだったが、それだけだった。水になりそうだった。ハジュの顎に水滴が流れるたびに、ハジュが溶けてしまうのではないかと、熱気でよく回らない頭で考えた。熱いお湯を足しても、すぐに冷めた。指がふやけなかったから、案外短い時間だったはずなのに、長く細くねっとりとした時間だった。お湯を抜き始める時、キスも始まった。くらくらしていたけれど、お湯がなくなるのがいやだった。いやだとは言わずに唇にしがみついた。ハジュの唇は薄く、色も薄かったが、不思議なくらい皺がなくて張りがあり、プラスチックでできているみたいだった。おもちゃみたいな唇だから、私はジュワンが人形ではないことを確かめたかったのかもしれない。

すべてが冷めていく直前の、最も熱い時に、濡れたTシャツを脱いだ。背中に固い浴槽が当たっていたものの、たくさん動いたわけではない。リンクしたと言うか、ドッキングしたと言おうか、私たちは素敵な機械のようだった。精巧で貴重な部品が外部に露出している無防備な状態の機械。連結され、流れた。その最中にジュワンが指で自分の胸のあたりを何度もつかんだから、私は彼が死んでしまうのではないかと心配になった。

インドから持ってきた古い乾燥機で服を乾かした。その乾燥機にお尻をのせて、もう一度した。二回目はずっと穏やかな感じだった。

0023.MPEG

横になるでも座るでもなく、そのままだとぎっくり腰になりそうな姿勢で本を読んでいるジュヨン。本は分厚く大きい。
私　何読んでるの。
ジュヨン　エジプト美術の本。
私　おもしろい？
ジュヨン　悲しい。
私　なんで？
ジュヨン　当時の人たちもビールを愛し、外国人を憎んでいたから。それなら、何もよくなってないってことじゃないの。
私　その時からビールを飲んでたんだ。
ジュヨン　お墓の壁にもビールの製造工程がいっぱい描いてある。何百年も、ビール、ビール、ビール……。ねえ、知ってる？　クレオパトラが、実はエジプト人じゃなかったって。あんなに外国人を嫌っていたのに、最後の王朝はギリシャ人が幅を利かせてたのよ。
私　そうなりそうだから、嫌ってたんじゃない？　お互い侵略しあっていた時代でしょ。
ジュヨン　今だってそうだよ。何か奪われるのではないかという漠然とした怖れのせいで、誰かを憎むのは今だって同じじゃないの。ああ、それから、これはおかしいの。最後の王朝の王の一人は、ペルシャが攻めてきたから、作っておいた素晴らしい石棺を置いて逃げたんだけど、その石棺がどうなったと思う？

私　壊れたの？

ジュヨン　浴槽になった。底に排水の穴を開けて、その中でお風呂に入ったんだって。

私　おもしろい本だね。

ジュヨン　すごくおもしろいってこともないけど、写真がいっぱい入ってる。死んだ王にキスでもするみたいに首を向けた、ライオンの頭を持った女神なんかの。

＊　＊　＊

私は何であれ、開けたり封を切ったりしたくないものをベッドの下に押しこんでしまう悪い癖があった。箱に入れてあるけれど、箱も中身も結局はすべて紙だから、膨大な埃が出るようになってしまった。最近、それを全部捨ててしまおうと決心した。

「それでも、一度読んでから捨てなさい。そんなふうに捨てるものじゃないよ」

学生時代の手紙もすべて保管している母が言った。しかし母の手紙は小さなスチールの箱に全部入る。私の受け取った手紙は大型の小包用のボックス数個にも入りきらないのだから、訳が違う。ベッドの横にしゃがんで何時間も箱をあれこれ開けてみた。

手紙はほとんどスミからのもので、中にはもう死んでしまった友達や先輩の手紙もあった。死んだ人たちの手紙の上で今まで寝ていたかと思うと、ちょっと妙な気分だった。箱をひっくり返すたびに、キラキラペンで描いたラメの文字飾りがざらざらと音を立てて壊れた。

ソンイ手作りのクリスマスカードもあった。ソンイのは特に立体的で独創的なので、毎年、密かに待ち望んでいたことを思い出した。開くと飛び出したり、ヒモを引っ張って引きずりだすようになっていたり、目の錯覚を起こさせるようになっていたりした手製の装置を見ると、今でも笑える。内容はというと、「来年もよろしく」くらいのことを毎年書いてあっただけだけど。私はこのカードは捨てられなくて、別に保管しておいた。

もう思い出すこともできない同窓生たちが書いた、おざなりな寄せ書き数枚も捨てることにした。わざわざコーティングまでしたとは。それほど長い間好きだったわけでもないのに貼ったり剥がしたりしていたボーイバンドのポスターも捨てた。ザ・モファッツ[62]やハンソン[63]は元気でいるだろうか。

新聞記事のスクラップブックも二冊出てきた。自分で進んでやるはずはないから、夏休みの宿題か何かだったのだろう。クローン動物の写真がいっぱい貼られていた。記事は、クローン羊、牛、猿を取り上げながら、何もかも入り乱れた世の中になるのかと心配していた。挿絵には、ヒットラーのクローンがずっと作り続けられるようすが描かれていた。私はこの記事をスクラップしながら、ほんとうにそんな世の中が来るとは信じていなかったと思う。ともかく全地球的に興奮状態であったのは確かだ。

そのほかにもスクラップブックには、四十三年ぶりに公開された[*64]李仲燮《イジュンソプ》の自画像、犯罪の深刻さを扱ったコラム、火星探査機[*65]マーズ・ポーラー・ランダーの着陸失敗レポート、笑顔サービスを拒否するキャセイパシフィック航空乗務員の抗議行動のスケッチ、フーコーの振り子内部の放射線調査結果、オスカー・ワイルドの胸像についての特集記事、視覚障害を持つスペインのアンカーウーマンのインタビュー、二十世紀最後の部分日蝕観測、大韓帝国の役人の六八パーセントが朝鮮総督府の役人になったという企画記事、マンガのキャラクター・ポパイが結婚したというニュース、ダイオキシンによる母乳の汚染に関する発表、拡散する化粧文化についての議論、クリントン大統領を皮肉るマンガ、エルニーニョ現象についての説明図、画期的なダイエット薬の予告、チャールズ皇太子とカミラ・パーカー・ボウルズの公開デート写真、瓶に入ったアインシュタインの脳が世界旅行するという短信、レズビアンのテニス選手が受けた差別に関する記事、パプアニューギニア北部海岸の津波についての海外ニュースといったものが、ぎっしりと貼られていた。私はその時も今も、新聞の隅にある事件にばかり関心を持つらしい。ちょっと大きな活字の事件と言えば、コソボ紛争や東ティモール独立運動に関するものも少しはあったものの、事件そのものよりも子供たちが写っているから写真を切り抜いていたようだ。難民収容所のテントや鉄柵にもたれていたりしがみついたりしている子供たちのイメージに心が揺さぶられただけで、何かをちゃんと理解していたわけではない。私はそんなに賢い子ではなかったから。

古い記事の中には、二〇一一年から二〇二〇年にかけての期間について予想しているものもあった。病気は半分に減り、食糧は二倍になるだろうという楽観的な内容だった。この楽観が遺伝子組み換えのトウモロコシを誕生させたのだなと思うと悲しい。遺伝子操作で才能のある赤ん坊が生まれ、ガンによる死亡率は九〇パーセント減少するだろうという。自閉症と統合失調症はなくなり、人工子宮が登場することを前祝いしている。たった十数年前の幸福で愚かな人々を振り返るのは、変な経験だった。希望に溢れた人々は、何だかいじめてやりたくなる。いい気になるな、と。たいしてよくなっていないどころか、むしろ悪くなった現在のこの世界を過去に転送してやることができたなら……。でも中には実現したものもある。3Dテレビと眼鏡型モニターはほんとうに登場した。それで映画でも見ながら、来るはずのないものを待ち続けろという啓示のようだ。

顔が白っぽくぼけてしまったプリクラの束もゴミ箱行き。今でも鮮やかなプリクラもあるのに、ぼやけてしまうのもあるのは、どうしてだろう。印画方式の違いなのだろうが、何だかその中にこもっている気持ちの問題のような気がしてくる。子供の頃好きだったオルゴール人形もゴミ箱行き。カビが生えてどうにもならない。人形は、私がゴミ箱に何かを投げ入れるごとに、チン、チリンときれぎれのメロディーを鳴らした。一時期は大事だったものを捨てるとあんな音が出るのか、私は過去の自分をあまり愛していないのだ、という気がして悲しくなった。

「ひどい子ね。せめて、焼いてあげたらどうなの」

リサイクル用品回収箱とゴミ箱をのぞきこんだ母がそう言った。言われるのも無理はない。捨てなかったのは、チャンギョムに借りて返しそこねていた何枚かのゲームCD。これを返したら、喜ぶのか怒るのかはわからない。

0024.MPEG

運転しているチャンギョム。首や背中が完全にこわばっている。
私　そんなふうに運転してたら、ストレートネック[*66]になるよ。
チャンギョム　運転中は話しかけないでくれ。
チャンギョムの顔に、街中の色が映っては通り過ぎてゆく。信号機と街灯とあらゆる夜の色たち。ハンドルを握りしめたチャンギョムの手。

私（ナレーション）あんなに賢い子が、なぜ運転だけはあんなに下手なのだろう。以前チャンギョムが車に乗って地下駐車場に下りていった時、下りでアクセルを踏んだから、遊園地のウォーターライダーに乗っているような気分だった。二人とも悲鳴を上げた。

＊　＊　＊

チャンギョムが朝のバスの中で勉強するのをやめ、ゲームの設定資料集を読み始めたのは、その頃だった。あの異常な木曜日が過ぎた後の、いつからか。勉強のストレスもあったのだろうが、潔癖なチャンギョムが私たちの間に漂う空気に耐えられなかったのではないかと思う。知っていたのかどうかはわからないが。

ゲームにも、どっぷりはまっていたわけではないだろう。チャンギョムは何であれ簡単に中毒する人間ではない。実際の研究でも、先天的に中毒に弱い人は、ごく一部なのだそうだ。だから中毒する脳を持って生まれたのではないのに何かに溺れるなら、それは中毒の対象が問題なのではなく、ほかのストレスが原因であるらしい。その冬、チャンギョムはずっとゲームばかりしていたわけではないけれど、暇さえあればゲーム設定資料集を開いていた。まるで聖書かお経を読む聖職者みたいに厳粛な面持ちで、一文字ずつたどっていた。

「昔、主にどんなゲームをしてたの」

「創生期伝、ファイナルファンタジー、イースエターナル、ファーランドサーガ、アークトゥルス、ウォークラフト1、2」

いつのことだったかはっきりと言わなかったのに、チャンギョムはすらすらと答え、さらにつけ加えた。

「最近は全然おもしろくない」

「もうやらないの？」

「もうやらないと言うより、あの頃だって短い間しかやらなかった。長くやってたわけじゃないんだ」

「じゃあ、今は何をしてるの？」

「ゴルフ」

「おもしろい？」

「それほど熱心にやってない」

どんなものにもあまり中毒せず、熱中しないなら、ひょっとしたらチャンギョムはかなり幸福な状態なのかもしれない。ジュヨンが、会社の仕事に行きづまっている時にやたらとネットショッピングやテレビショッピングをする姿を見ていると、よけいそんな気がする。宅配のおじさんたちは百メートル先からジュヨンを見てクラクションを軽く鳴らした。今、あなたの所に荷物を運ぶ途中だという意味なのだろうが、そのたびにジュヨンはきまりの悪い思いをした。小型家電や化粧品みたいなものはいいが、この前はロブスターを山ほど買ったから、半分以上をうちに持ってきてくれた。一人暮らしでロブスターをどうしてそんなに？　私は大きくてがらんとした、締めきったドアがたくさんある家で一人座ってテレビショッピングを見たり、大きな鍋でロブスターをゆでて食べているジュヨンを想像したくはなかった。

それに比べるとソンイが中毒したのは、ごくありふれたコーヒーだった。ソンイが飲むコーヒーはアマゾンの呪術師が飲むより濃いだろう。なぜわざわざ豆を挽いてコーヒーを淹れるのかと思うほどコーヒー豆を大量に消費した。いっそコーヒー豆の袋を逆さにしてそのまま口の中に入れたらいいだろうに。大学の時まではコーヒーにあまりこだわらなかったけれど、客室乗務員をしている時に南米や中東、アフリカ、東南アジアを行き来しながらそれぞれ特徴のあるコーヒーの味に開眼したのだ。

「それなのに後輩たちは、どこへ行ってもスターバックスのコーヒーばかり飲みたがるんだ」

コーヒーの味がよくわからない私は、ソンイの後輩たちの気持も理解できた。不慣れな土地で、せめてあまり不慣れではないものを求めたくなる心理が。誰でもソンイのように平気で冒険ができるわけではない。アラブの男たちとカーペットに座ってコーヒーを飲むのには、少しではあっても、確かに勇気が必要なはずだ。ソンイがコーヒーを持ってくると、私はチョコレートを一粒口に入れてコーヒーを飲んだ。そうすればどんなコーヒーでもおいしかった。変な話だが、私はそんなプロセスを経て、コーヒーではなくダークチョコレートに中毒した。

ミヌンは何度も禁煙しようとしたけれど、それほど徹底しなかったし、成果も上がらなかった。理論的には私たちの中ではミヌンが一番早く死にそうなのに、今のところはミヌンが一番血色がいい。

スミが現在、どんなことに中毒しているのかはわからない。推測できるとすれば、おそらくメッセンジャーのようなものではないだろうか。ＳＮＳで活発に活動しているかもしれない。探せばわかるだろうが、そうしたくはなかった。わざわざ白い紙を黒いサインペンで塗りつぶし、その上にまた乳白色のペンで手紙を書いていたスミ。何の内容もない手紙を書きつつ、あんなに熱狂的に誰かに話しかけていたスミだから、今も誰かに絶えずメッセージを送っているだろう。

漢江《ハンガン》の鉄条網のあちら側で湿地を跳ね回っているキバノロたち。川の向こうで次第に高度を増してゆく飛行機たち。

＊　＊　＊

ソンイは航空乗務員科に進学した。静かに準備していたかと思うと、ナショナルフラッグの航空会社にみごと就職し、三年ほど客室乗務員生活を送った。話を聞く私たちは興味津々だったけれども、本人はなかなかたいへんだったらしい。

ソンイが、死海[*67]のおみやげに買ってきた泥パックの袋をどかりと下ろした。こんな重い物買ってこなくていいのに、と言いつつも、なかなか死海の近くに行けそうにはなかったから、みんな喜んだ。

「ほんとにぷかぷか浮く？」

私たちが興奮して聞くと、ソンイは気乗りのしない顔で説明してくれた。本や新聞を持ったままゆったりと湖面に浮かんでいる観光宣伝用の写真とは違い、実際にはなかなかめんどうなものらしい。塩分があまりにもきついので、三十分に一度真水のシャワーを浴びなければ危険だし、塩水が少しでも目に入ると地獄なのだそうだ。

「今回のフライトで、機長がテイザーガン[*68]を使ったよ」

「え。それって電気ショックでしょ」

ソンイがうなずいた。ワインを飲みすぎた乗客が暴れたのだが、ソンイもそこまでひどいのは初めて見たらしい。結局機長が走ってきて口頭で警告し、それでも聞かないのでほんとうに電気ショックを与えた。その客は通路に倒れて身体をくねらせた。そして着陸するまで、縄でしばられていたそうだ。

「警告はどんなふうに言うの」

「今ただちに暴力行為をやめなければテイザーガンを使用します！　テイザー、テイザー！」

実感を出すために、ソンイは指で銃の形を作った。

「なんか、ちょっとかっこいいな」

ソンイが首を横に振った。どこでも仕事より人間の相手をするのがたいへんらしい。それほどまでにひどい客はあまりいなくても、常習的にクレームをつける乗客はたくさんいる。そんな乗客は搭乗名簿に特に印をつけておいて、予め注意するのだという。

「意外に二、三十代の女性が多いよ」

その言葉に、私とジュヨンが、うそ！　と悲鳴を上げた。同年代の女性が悪意を持った存在だなんて、信じたくなかった。客室乗務員は志願者が一万五千人いれば、受かるのは百人くらいしかいない職業だから、落ちた人たちが意地悪をするのではないかというのがソンイの推理だった。

「そんなにたくさんの人たちがなりたい職業なんだから、プライドを持てよ」

ミヌンが言った。ソンイはそれを聞いてしばらくためらってから、答えた。

「あたしに、お前は下働きだって言うの」

「下働き？」

「結局は下働きの癖に、たいしたこともない女が出世したようなふりをする職業の代表だって」

誰がそんなひどいことを言うのか。私たちはみんな呻いた。

「たいていの職業は下働きだよ」

ジュヨンが結論を下した。

「あたしなんかは妓生《キーセン》[*69]とまで言われたよ。作家たちの横をうろうろしながら補助して、話を合わせてやる仕事だから。いやでしょ。もっといやなのは、そう言われた時に、妓生ではないと反論できないことよ。誰でもみんな下働きなの。下働きじゃない職業なんて、ほとんどない」

「あたしたち、下働きするために生まれたんだね」

短い嘆きの言葉が、笑いとともにあちこちから聞こえた。

「ちょっと待った。じゃあ俺は誰の下で働いてるんだ?」

ミヌンが尋ねると、ジュヨンが、「あんたは木の下」と明快に答えた。

ソンイは歯並びが整っても、相変わらず口を開けないまま、声を出さずに笑った。


ソンイはビジネスクラスやファーストクラスを担当するようになってから間もなく客室乗務員の仕事をやめたのだが、その時に身につけた技能がずいぶん役に立っているという。高級な座席が満席でも、たった一人しか客がいなくても、ソンイは前日に一生懸命コース料理と配膳の順序、ワインリストを暗記しなければならなかったけれど、それは普通なら学費を払って習うような内容だ。権力も金もありそうな、人を緊張させる乗客の前にフォークを並べようと思えば手も爪も完璧でなくてはならない。それが習慣になったソンイの手は、今でも常に完璧だ。手だけではない。疲れて倒れそうになっていても、みずみずしくきちんとしているように見せるさまざまなテクニックは、どこでも役に立つ。何よりあの口数の少なかったソンイが、自分が話したくない時でも途切れず流暢に話す方法を学んだのだから、たいしたものだ。一見些細なことに見える知識と技術と身のこなしが、後日ソンイに大いに役立った。

ソンイはひどい生理不順に悩み、フライトのない時もろくに眠れず、目の下は日ごとに黒くなっていったが、その時のソンイがいなければ、その次のことも、一つも起こりはしなかったはずだ。

かわいかったわれらの妖怪スチュワーデス。

0026.MPEG

筆ペンと白い紙。

祖母の手が漢字を書く。

私（ナレーション）私たちの世代が漢字をかっこよく書けないのはちょっと悲しい。私たちはもう、どこでためて、どこで払って、どこで止めなければならないのかわからない。幸いにも祖母は私が書いてくれという字を、理由も聞かずに書いてくれる。母も私も祖母のような字は書けない。

漢字は「完《ワン》」。

もう一つの字は「然《ヨン》」。

私（ナレーション）ハジュの両親はどんな完然[*70]さを望んで、子供の名前を珠完《ジュワン》、珠然《ジュヨン》としたのだろう。

今度は祖母の手ではなく、祖母。

私　おばあちゃんは漢字をどこで習ったの？　*71書堂《ソダン》みたいな所？
祖母　いや、『*72周易』を読みながら覚えた。
私　『周易』も読めるの。
祖母　少しね。ところでうちの家族はみんな四柱推命の運勢がよくないんだよ。
私　あたしも？
祖母　重大なものが何もない運命だとさ。何も重大だと思わないということだそうだ。悪い子だねえ。

＊
＊
＊

「もう、しない」
あの異常な木曜日についてジュワンが語ったのは、それだけだった。そして実際にしなかった。私とジュワンの意志がそれほど強かったというより、ハジュの両親が年末を子供たちと一緒に過ごすため帰ってきたからだ。だから私たちの計画していたバーブラ・ストライザンド週間と周星馳《チャウシンチー》週間はすべて取り消しになった。

久々にチャンヨン兄さんのアトリエでストーブに当たる余裕ができた。二人はまるで蕩児《とうじ》か家出娘が帰ってきたみたいに、すねたような、うれしいような顔で私を迎えた。私はできる限りずうずうしい顔をして、部屋の片隅で余った材料を使い、いろいろな物を作った。ジュワンと過ごした最後の週がタランティーノとティム・バートンを一緒にした週だったので、私はありとあらゆる奇怪な物が頭にぎっしりインプットされている状態だった（すなわち、その年までにタランティーノとティム・バートンには、一週間まとめて見るだけの作品数があったのだ）。

インプットがあればアウトプットもある。ひたすら呑みこんでいれば、出てくるものもある。私は自分が何をするのかもわからないまま、横の倉庫から、捨てられたパイプを拾い集めた。小指ほどの太さのものから肘の太さまでのパイプで骨組みを作り、その上に粘土で肉付けした。

「これ何？」

イニョン姉さんが、まるで初めてあんよをした子供を目撃したように、あるいはその子が育って先祖代々の家業を継ぐと宣言したみたいに興奮しつつ尋ねた。私はその興奮に気づかないふりをして答えた。

「ただの人間」

「どうしてパイプで？」

「……捨ててあったし」

私の初体験が教えてくれたのは、男女に関わらず、人間というのは温かい液体がいっぱい詰まったパイプでできており、抱き合えばその液体が内壁を伝って流れるという事実だった。流れ、流れる。人はそういう機械だ。しかしそんなことを言って二人を当惑させたくはなかった。

そのパイプと粘土の人形は乾くまでそこに置いてあった。さらに、チャンヨン兄さんは浮かれて、遊びに来たギャラリーの社長たちにまで自慢した。しかしその人形がだんだんひびが入って崩れ始めると、私は二人が見ていないうちにさっさと解体してしまった。恥ずかしくもあり、そのうちまた何か作ればいいという気もあった。

「美術を習いに行こうかな」

ばらばらになったパイプ人形の残骸を見てしばらく沈みこんでいた若い夫婦は、それを聞いてまた喜んだ。顔に「いつ？　いつから？」という質問が浮かんでいたけれど、口には出さなかった。いつか忍耐強い親になるだろう、と私は生意気にも思った。

ある映画で、私はそのパイプ人形を五十体作った。小道具としていいだろうと思ったのに、期待したほどあの時の感じは出なかった。写真でも撮っておけばよかった。当時は携帯電話のカメラもなかったし、私は祖母の言うとおり、何も重大だと思わないような冷たい女だから、壊してしまったのだ。

バスの中で、みんなが誰とも目を合わせないようにしていた。スミとミヌンはもちろんのこと、女子たちはまだミヌンに腹を立てていたし、チャンギョムはみんなの相手をすることに疲れていた。誰も何もしゃべらず、それぞれのイヤフォンから漏れる、聴きたくもない音楽が入り混じって聞こえた。

だから近隣の部隊から武装した兵士が脱走した時、その事件について話し合えるようになったのは、せめてもの幸いだった。

「銃を持って脱走したんだって。弾倉も盗んだらしい」

「あわてて持って出てしまったんだろ」

軍人はどこにでもいた。水タンクの前にコンビニができて以来、銃をかついで何か買いにくる軍人も、ときどき見かけるようになった。銃弾は入ってなかったのだろうけど、銃はそれなりの存在感があって気になった。ソンイとチャンギョムは、自分たちのアパートからちょっと離れた山に塹壕があり、洗濯物を干したり、匍匐《ほふく》訓練をしたりする軍人たちとたまに目が合うと言っていた。私たちの乗るバスも軍部隊の前を通り過ぎたのだが、歩哨兵たちの表情は、この上もなく陰鬱だった。

「高校より軍隊のほうがいやだろうね」

「どっちも発狂寸前なのは同じだろうけれど、あっちのほうがもっと発狂しやすいような気がする」

「そんなにじろじろ見ちゃだめよ。バカにしてると思われたらどうするの。バスを銃撃したそうな顔つきじゃない」

「どうせ俺たちも、数年以内には軍隊に行かなきゃならないんだ」

たいした内容の会話ではなかったが、それ以後、私はバスがその角を曲がるたびに、兵士たちの精神が健全であるように祈った。私たちもあなたたちも哀れなの、狂わないで。早く兵役を終えて、ここを出て行ってね、と。

脱走兵のニュースに興奮したのは私たちだけではなかった。大人たちも同様だったから、村の公民館は注意を喚起する放送を流し、住民たちは倉庫や物置小屋の戸締りに気を配った。

「スホが脱走兵を捕まえると言って歩き回ってたよ」

母が、かわいくてたまらないというふうに言った時、私はいったいあの子のどこが、その行為のどこがかわいいのかと思った。母の頭の中にあるかわいらしさに対するセンサーが故障しているらしい。

「あの子がそう言ったの？」

「学校に行かないでぶらぶらしてるから叱ってやろうと思って呼びとめたら、脱走兵を捕まえるんだって」

「子供がどうやって、何のために？　いや、それよりあの子がママの言うことに返事するの？目を合わせて？」

「愛嬌のある子ではないけど……。懸賞金が欲しいって言うから、そんなのないって教えてあげたよ」

「がっかりした？」

「もちろん。でも、そんなの欲しがっちゃいけないわ」

スホはお金が必要なのだろうか。お金のいらない人はいないけれども、小学生が大金を欲しがるというのが、何を意味するのかわからない。姉さんと一緒にあの家を出ようとでもいうのか。しかしあの姉弟はそれほど仲がいいようにも見えなかった。では、一人で逃げ出そうとしているのだろうか。私は少しの間考えたけれど、ずっと気にしていたわけではない。

いずれにせよ、誰も洗濯物のことを気にかけてはいなかったようだ。その脱走兵は軍服をどこかに埋め、民間人の服を着て仁川《インチョン》まで行ったのだから。最近、仁川のコミュニティバスで「犯罪率最低、検挙率最高の都市、仁川」というキャンペーンのビデオ放送を見た時には、思わずあの脱走兵を思い出した。犯罪率は最低なのに検挙率が最高であるなら、警察がものすごく優秀であるか、ほかの地域から逃げてきた人たちが捕まるということだ。中部地域で事件を起こすと、たいてい仁川に逃げる。南部なら、おそらく釜山《プサン》だろう。釜山の地下鉄には「麻薬のない都市、釜山」というスローガンが貼ってあった。釜山は釜山で、港湾都市特有の苦労があるらしい。

船に乗って逃げたらよかったのに。それでなければ、検挙率最高の都市で捕まったらよかったのに。なぜ脱走したのか最後まで明らかにならなかったその若い兵士は、憲兵隊と警察が相変わらず無駄足を踏んでいる間に、仁川のモーテルで静かに首を吊った。当時は兵士たちがどれほど幼いのかを知らなかったし、似たような事件がときどき起こったからあまり感じなかったが、この頃、たまにあの脱走兵のことを考えたりする。

「だけど、変じゃないか。せっかく銃を持って逃げたのに、どうして首を吊るんだろう」

「川を越えようとすると、置いていかなくちゃならなかったんでしょ」

「弾倉まで持ってたのに？」

「それぞれ好きなやり方があるんだから。なんでそんなことを気にするのよ」

ニュースを見ていた父は、ほんとうに知りたがっており、母はそんな父にいらだった。私もまた、世の中のことをやたら知りたがる人は、実は冷たい人間ではないかと思った。脱走兵は最後には銃を持っていなかった。銃の行方について、いろいろな仮説が出された。父の冷たさを多少は受け継いでいる私は、地中に埋まった黒い大きな銃を想像した。地面を掘れば、ぞっとするような物がごっそり出てくるだろう。ときどき、最近の物ばかりではなく、朝鮮戦争の時の物まで、退屈して顔をのぞかせたりするのだから。巨大な磁石のヤットコのようなものが土の中の危険物をすっかり吸い寄せて取り除いてくれればいいと願ったけれど、その時も、そんな道具は存在しないと知っていた。

0027.MPEG

妙に楽な姿勢で足の指にペディキュアを塗っているソンイ。ソンイのきれいな脚。きれいな足の指。

足の薬指と小指の上のほうに小さなタトゥーがある。タトゥーにズームイン。

MISFIT

私　なんでミスフィットなの？

ソンイ　（笑）

私　いつしたの？　どこで？

ソンイ　ニューヨーク。日本人街で。
ラベンダー色に塗られてゆくソンイの足の爪。無駄なく動くブラシ。
ソンイ　適応能力の高い人が怖い。
私　こんな変な所で。そうでしょ。
ソンイ　うん、だからあたしの友達は全部だめ。こっちの友達も、あっちの友達も。

＊　＊　＊

ソンイがニューヨークに行ったのは、ソンイの意思であったというより、ソンイの二番目のお姉さんを襲った不幸のせいだった。先に移民していた二番目のお姉さんがひどい交通事故に遭い、看病する人が必要だったのだ。何か直感的に察するところがあったのか、あるいはただ慣れない土地での生活に漠然とした不安を感じていたためか、高いお金を払って保険に入っていたのは、不幸中の幸いだった。看病に来てくれたら保険料を半分あげると言うので、ソンイはあまり悩まずに辞表を出し、荷物をまとめてニューヨークに向かった。

お姉さんは脚と骨盤に大ケガをして、死んだ人の骨と靭帯を移植する大手術を受けなければならなかったし、その後もずっと理学療法を受けた。苦しむお姉さんを見守るのはつらい仕事だったが、その病院は家族がずっと付き添わなくてもいいシステムだったから、ソンイのすることといえば、お姉さんに頼まれた物を家に取りに行ったり、車椅子を押して外の空気を吸いに行かせたりするくらいだった。四姉妹のうち最もユーモア豊かだったお姉さんは、その思いがけない逆境によく耐え抜いた。鼻の骨も折れたから傷が癒えたらきれいに直すのだと言い、姉妹は雑誌で気に入った鼻の写真を切り抜きながら時間を過ごした。後にソンイは、お姉さんには手伝いが切実に必要だったというより、心理的な安定を与えるテディベアが必要で、自分を呼び寄せたのだろうと推測した。

お姉さんが回復してくると、ソンイは空き時間が多くなった。病院の行き帰りに毛糸屋さんを見つけ、毛糸の玉をいくつか買って公園に出かけた。ソンイは客室乗務員時代にニューヨークもよく行ったけれど、公園にずっと座っているような時間はなかった。ワシントンスクエアで、ブライアントパークで、バッテリーパークで、マジソンスクエアで、ずっとベンチに座って編み物をした。お姉さんにあげる物も編んだし、医師や看護師たちにプレゼントする物や、五番街のショーウィンドーからインスピレーションを得て、作品と言っていいような素晴らしい物も編んだ。レモネードを飲みカップケーキを食べて休んでは、また編んだ。黙々とする仕事を、ソンイほど上手にこなす子はいない。

そうしているうち、いろんな人が声をかけてきた。たいていは男だった。南欧系の血が入った人たちは実に女のあしらい方がうまく、ふと目を上げれば、いつの間にやら手を握られていたという。

「今日の夕方、ミッドタウンを出て一緒に歩きませんか」

どう見ても父親くらいの年配なのに、最後まで三十代だと言い張る男にソンイは首を横に振った。ラルフ・ローレンのモデルみたいにハンサムな若い子が話しかけてきた時は、もっとびっくりさせられた。

「君、どんな仕事をしてるの」

「客室乗務員だったけど、今は休んでる」

「へえ。僕はお金をもらって身体を売ってるんだ」

ソンイはいろいろな都市を訪れたことがあったが、売春をする男に会ったのは初めてだった。お金をもらって身体を売るという、極めて直截《ちょくせつ》的な表現も、ちょっと驚きだった。ほんとうにそんなことを言うんだ。どういうサービスを提供するとは言わずに、「ボディ」と言った。ソンイは、買いたくないと言うべきか、お金がないと言うべきか、今はそんな気になれないと言うべきか、どういう表現が最も無難であるか考えた末、再び編み物を始めた。モデルのような顔の男は、ソンイのボディーランゲージをすぐに読み取って立ち去った。明らかに、「それで、いくらなの?」と聞く女も存在するということだろう。彼は非常にカジュアルで率直な態度だったが、なぜか悲しくなった。

そんなふうにさまざまな人種と年齢と職業の男たちが声をかけてきたが、ソンイの人生を変えたのは、一人の女だった。

「すごくユニークな編み方ね」

赤い髪の中年女性に話しかけられて、ソンイは笑った。耳をぴくっとそばだてて笑う、とでも言うか、ソンイの笑い方はそんな感じがした。もしも人間が耳を自由に操れる動物だったなら、おそらく自然にそんな笑い方になるだろう。ソンイは口数の少ないほうだったけれど、気軽に声をかける都市の雰囲気は嫌いではなかった。道を歩いていても、ソンイの靴が気に入ったら、どこで買ったのかと尋ねる、ものおじしない見知らぬ女たちが好きだった。姉と妹に囲まれて育ったから、そんなやり取りには慣れていたのだ。ソウルで買った靴だと答えると、彼女たちは失望を隠そうとしなかった。じゃあ買えないわねえ、というその失望にも、妙に明るい感じがあった。

ソンイは、そんな類の会話のつもりで、自分が発明した特別な編み方を赤い髪の女性にゆっくりとやって見せた。赤い髪の女は、手入れの行き届いた、とても長くて優雅なアーチ形の眉を持ち上げてからまた下げたかと思うと、アイスコーヒーを啜った。そしてソンイをまじまじと見つめて言った。

「うちの店で働いてみない？」

ソンイは韓国にもよくある手芸用品店だと思い、彼女の店を訪ねた。体格は大きくとも女性らしさが全身に漂っていて、豊かで情熱的なヘアスタイル、眉が躍動的な赤い髪の女の名は、スベニャだった。移民二世のデザイナーで、グリニッチビレッジのほうに、高級感のある小さな店を持っていた。そうしてソンイはもののはずみで不法就労をすることになったのだが、その店が気に入ったので、ビザの問題を解決するために何度も出入国を繰り返した。さらにはテキスタイルデザインの勉強をしようと、学校にも入った。

それで私は、ソンイに起こった一連の事件から二つのことを悟った。一つは、子供の時に頭角を現す分野が、その時はとても些細なことに見えても、後でほんとうに自分に合った仕事になり得るということであり、もう一つは、グローバル化とは、友達が地球のあちこちに散らばってしまうことなのだ、ということだった。

「行っちゃうの？　あたしを置いて？」

坡州の暗い道で、私が必死な顔で言うと、ソンイが私の手を握った。

「あたしがどうしてすぐにテキスタイルか何かの道に進まないで、客室乗務員になったか知ってる？」

「知らない。脚がきれいだから？」

するとソンイが例の、耳をそばだてるような笑顔を見せた。そしてその次に言った言葉を、私は忘れることができない。

「ここがいやだから」

ソンイのことは、いつのことでも、何でも知っていた。ソンイの血管に流れる楽しく無害な生物の血のことだ。ソンイだけではなく、ソンイの姉妹たちもここの規則と古い権威を妖怪のような顔でうまく無視しながら暮らしてきた。彼女たちは簡単に離婚し、外国人と結婚し、移民し、年齢と関係のないヘアスタイルをして派手な服を着た。ところがここでは、そんなふうにちょっと規則や慣例から逸脱する人間に対しては、常に陰口がささやかれた。頭髪検査をしたり、蛍光色のスニーカーを禁止したりした校門前の先生に、ずっと難癖をつけられているみたいに。無視して生きようと思えばいくらでもできるだろうけれど、もっと楽しくて多彩で豊かな所があるのに、何でここに？　ソンイの姉妹たちはそう考えたのだろう。生まれつき、ある種のコスモポリタン的部分がソンイとその姉妹たちには確かにあったようだ。ここがいや、という短い言葉に集約し、さっさとこの地を立ち去った。

あたしが嫌うのではなく、ここがあたしを嫌ってるんだから仕方ない。ソンイが最後に、アメリカに永住するために出国する時、私だけがソンイを見送ることができた。もちろんソンイはたいてい秋夕《チュソク》の前後に長い休暇を取って帰ってはきたが、それでも最後は最後だった。ここはもうソンイのホームではなく、休暇を過ごしに来る場所だ。ここはソンイが帰る所ではなく、立ち寄る所だ。毎年一回か二回は会えるにしても、それは永遠の別れに違いはない。コスモポリタンの血が流れていない私は、その永遠という言葉に落ちこんでしまった。

出発する時、ソンイが私に小さなかぎ針編みの人形を差し出した。

「これ……」

「ジュワン……」

それはとても単純な形の人形だったのに、驚くほどジュワンに似ていた。髪の毛と目鼻立ちの比率などが、驚くほどジュワンだった。ソンイがジュワンを見たのはたった一度、クリスマスパーティーの時だけだったのに、どうしてあのすべてをキャッチしたのか、私はぎょっとした。やはりソンイの観察力は、ただものではない。

人形は掌やポケットにすっぽり収まるサイズだった。

「あたし、よけいなことを……」

ソンイの言葉を遮り、私はソンイのスカーフを結び直してやった。スカーフの結び方は完璧だったけれども。

スベニャが数年後に引退して店をたたみ、地中海クルーズに出るまで、ソンイはその店にいた。スベニャは姉御《あねご》肌で義理堅い人だったから、次の職場を見つけてくれた。ソンイはしばらくSPA[*73]ブランドにいて、その後、「ニットの女王」と呼ばれるブランドで働くようになった。私たちはソンイを通してまたしてもうれしいショックを受けたが、本人は淡々としていた。

「同じよ。編み物。少し自由にやれるようになったのは、いいけど」

それだけだった。

ジュワンに似た人形はどこにつけようかと悩んだあげく、作業用のハサミを入れて持ち歩くカバンにつけた。

0028.MPEG

ミヌンが棒つき飴をくわえている。

私　何食べてるの？

ミヌンが飴を出して見せてくれる。ビール飴だ。白い泡の部分と透明な黄色いビール部分が輝く。クローズアップ。それに合わせてミヌンが飴を回転させる。光が当たって飴の中に閉じこめられた気泡がキラキラする。
ミヌンはダウンベストを着て半ズボンをはいている。
私　上は温かくしてるのに、わざわざ半ズボンをはく理由があるの？
ミヌン　長ズボンをはくと傷跡がむずむずしそうで。

大小の傷跡をカメラで撮る。

私　どうしたの。
ミヌン　全部別々にできた傷だ。たいてい従兄たちのせいだ。変なんだよ。昔の傷跡から傷跡の匂いがする。
私　傷跡の匂いって？
ミヌン　軟膏と皮膚と血と膿の匂いが混ざったような匂い。
私　……あんた足の匂いしかしないけど。ちゃんと洗いなさいよ。
ミヌン　ほっといてくれ。（笑）

＊　＊　＊

クリスマスパーティーは二十三日に開かれた。誰も信仰心はなかったけれど、二十四日と二十五日は家族と、ソンイの場合は彼氏と過ごす予定だったからだ。私たちは、昔も今もあまり宗教的ではない。ひょっとすると、そんなしらけた部分が、私たちを結びつけていたのかもしれない。

ジュヨンは、いつもちょっとつまらなそうな顔をしているのに、意外にもパーティーはとても喜んで、ずいぶん前から意欲的に準備を始めた。早くから準備していたおかげで、私たちは生まれて初めてあんなにおいしいハムを食べることができた。冷凍のハムしか知らなかった時、プロシュートを食べたのは衝撃だった。その薄く赤いハムを、近所のパン屋で買ってきたバゲットに乗せると忘れられない味になった。

「メロンがあればもっとよかったのに。一緒に食べたらおいしかったよ」

ハジュたちはパンとだけ食べるのはもったいないと言ったが、ほかの者はしばらく黙ってプロシュートを食べた。今はデパートの地下にもあるし、ちょっとしたレストランではよくアペタイザーとして出てくるけれど、そうなる前はときどき、あの不思議な味が恋しくなることがあった。血の味、傷跡の味、塩と死の味、でも素晴らしい味。

それから、アボカドも生まれて初めて食べた。ジュワンが私の耳元でアボカドを振った。わけがわからなくて顔を見ると、種が揺れる音がしたら、熟しているのだと言った。もう一度聞いてみたところ、そんな音がするような気もした。剥いて食べてみたが、あまり新鮮ではなかったためか、果物だかなんだか得体のしれない味だと思った。しかしワカモレ[*74]を作ると、実においしかった。パスタと数種類のメイン料理はすぐになくなり、ナチョス[*75]ばかり残った。ワカモレがなければ、すぐナチョスに飽きてしまっただろう。

　お腹がいっぱいになると、みんながどんなおしゃれをしてきたのかが、目につくようになった。ドレスコードは、パーティー初心者向けの赤と緑だ。ソンイは自分で編んだらしい、赤地に緑の水玉模様のマフラーをしていた。ぐるりと巻いて垂れた両端についたポケットに、手をつっこんで座っているのがかわいかった。ミヌンは制服のシャツに、どう見てもお父さんのものらしい古びた緑のネクタイを締め、やはりお父さんのものらしい小さな赤い宝石がついた濃い金色のネクタイピンをしていた。ちょっと滑稽に見えるのを楽しむのがミヌンらしかった。その日だけはミヌンとスミの間もちょっとましに見えて、ミヌンは、スミが二つに分けて束ねた髪につけた、緑と赤のファーのボンボンをほめた。ジュヨンは小さな真珠が刺繍された赤いニットを着て緑のフレアースカートをはいていた。私は赤と緑が混じったチェックのプリーツスカートに、膝のところに雪だるまが描かれたストッキングをはいた。片隅にちょこんと座っていたジュワンは、いつものグレーのTシャツに、私と同じようなチェックの蝶ネクタイを首に直接つけていた。今思えば、素肌に蝶ネクタイなんて、ちょっとストリッパーみたいだけれど、その時はチェックが思いがけずペアルックになったみたいで、うれしかった。友人たちは私とジュワンの仲を知らなかったし、私も言う気はなかったが、一方では気づいてほしいと願っていたような気もする。

ジュワンは私やみんながおしゃべりをしたり、わあわあ騒いだりするのを静かに眺めていた。最初は居心地が悪いのかなと思って表情を観察してみたが、どう見ても笑っているようだった。そんなわずかな表情を、私は読み取ることができた。

「僕より一つ上ですって？　ヒョン（兄さん）ですね。」

ミヌンが臆面もなく声をかけ、ジュワンはヒョンと呼ぶなと言ったが、そんなことは気にも留めずにミヌンはその日ずっとヒョン、ヒョンと言い続けた。チャンギョムもいつの間にかジュワンの横に座り、なんと英語のリスニングテストのことを話し出した。チャンギョムはもともと耳が悪くて韓国語ですら聞き取れないことが多いのに、学校のスピーカーはおんぼろで、生徒たちもがさごそ音を立てるから聞き取りにくいというのだ。それに対してジュワンが何らかの解決策を示すことは難しいように思えたけれども、私はジュワンが自分でその二人とちゃんと話ができるように、敢えて会話に加わらないでソファにもたれて座った。

プロジェクターをダイニングに持ってきて、白い壁に「ラビリンス」を映写した。よくよく考えてみれば、別にクリスマスとは関係のない映画なのに、どうして「ラビリンス」だったのだろう。幼い弟をゴブリンの魔王にさらわれた、愛らしい十代の少女が迷路やさまざまな難関を通過する話だった。ところが魔王の印象が、ただものではなかった。

「あれ誰？」

私が聞くとジュヨンがちょっとうろたえながら答えた。知っておくべき人なのかなと思ったが、私は気にしないでそれ以上聞かなかった。有名な歌手で、その映画の音楽もボウイが担当したとジュワンがすかさず説明してくれた。

「……デヴィッド・ボウイかな」

かっこいいマントをひっかけてものすごいヘアスタイルをしたデヴィッド・ボウイがゴブリンの魔王になって登場し、何十何百ものゴブリンのパペットと一緒に歌を歌った。どうしてあんなにハンサムなのか、私はときどき映画を真剣に鑑賞していない友人たちに腹を立てつつ、ボウイの顔を見つめていた。あんな顔がいつの日か崩れてしまうのなら悲しいことだと思ったが、それはまったく杞憂だった。デヴィッド・ボウイは今でもハンサムだから。私が主人公だったら帰らずにあの素敵なセットの中でデヴィッド・ボウイと一緒に暮らしただろう。その時だけは、ジュワンのことも忘れていた。

「気に入った？」

後でジュワンが映画の感想を聞いた時、口を開けてデヴィッド・ボウイを見つめている私をジュワンが見ていたかと思うと、ちょっと恥ずかしかった。

ちょっと前に突然、「ラビリンス」の美術のことが気になってあれこれ調べてみた。とても奇怪なあのゴブリンのパペットたちを作ったのが、セサミ・ストリートのジム・ヘンソンだったということを知り、しばらく笑いが止まらなかった。どうりで、奇怪なのに愉快だった。

「インド映画はないの。インドに住んでたんでしょ」

スミがせがむので、私たちは今でもなかなか見られないボリウッド映画を見ることができた。誰も英語の字幕についていけなかったから、主にミュージックビデオみたいな部分だけ見て、しまいにはただバックグラウンドミュージックのように流しっぱなしにした。そうすると雰囲気は盛り上がった。ソンイが、ヒロインのサリーをとても欲しがった。

夜が更けると埃のたまった棚からボードゲームの箱を下ろした。単純なゲームから、ちょっと頭を使うゲームまで、何でも揃っていた。英語で書かれた説明書は、ハジュ兄妹がよほど熱心に読んだらしく、もうよれよれになっていた。彼らはぱらぱらと目を通し、ざっと説明してくれた。一度に一つのゲームをするには人数が多すぎるので、いくつかのグループに分かれた。

みんなが食虫植物の上にはしごをかけて通り、古代遺跡を発見し、殺人事件を解決し、ツールドモナコでレースをしている間、私とジュワンはこっそり二人用のゲームに熱中していた。ほんとうに「こっそり」だったのかはわからない。私たちとしては、こっそりのつもりだった。「バトルシップ」を一番長くやった。相手の船が座標版のどこにあるのかを推理して沈没させるゲームだ。私たちは驚いた。まるでお互いの頭の中をのぞきこんでいるように、模型の船に架空の砲弾を命中させた。回を重ねるごとに、ちょっと怖ろしいほど的中率が上がった。そんな心理ゲームのようなものをやっていると、内側をすっかり見られてしまうようで、やめたくなった。野暮ったく、単純な私の内面を見せたくなかった。

数年前に「バトルシップ」をモチーフにした同名の映画が作られた。ストーリー自体は単純だったがゲームの雰囲気をよく出していたと思った。ボードゲーム[*76]が映画になるなんて、最初にゲームを作った人たちが見たら大喜びしただろうが、一九三一年のゲームだからあの世で喜んだだろう。ところがその映画が年末に、年間ワースト映画候補、映画に出演したリアーナが最低助演女優賞候補に挙がったため、喜んでいた観客としては、ちょっと傷ついた。ボードゲームを愛した人たちは絶対あの映画にも好感を持ったはずなのに、あれほどまでに短所ばかり指摘するとは、映画の世界は非情だ。国内に目を向けても、私が関わった映画のうち好評を受けた作品は、ほんの一、二篇に過ぎない。

二十三日は木曜だった。二十四日は終業式だったため、一時間遅く行ってもいいという理由だけで、私たちは夜を明かした。軽いデザートワインとビール数缶を開け、家に帰る前には、バレないようにうがい薬でせっせと口をゆすいだ。

ジュヨンが手を二回叩いてパーティーの終わりを知らせた。ソンイがさっと立ち上がり、すばらしいバランス感覚を発揮して、一度に五つの器を片付けた。スミが分別回収するものを分け、ミヌンがボードゲームを元の棚に戻した。ジュヨンがキッチンを、チャンギョムがリビングを片付ける間、私とジュワンはぞうきんがけをした。

「明日、映画見に行く?」

前かがみになって一生懸命ぞうきんをかけながら、ジュワンに尋ねた。私なりにじょうずに、さりげなくデートに誘えたように思った。膝が冷たかったのは、暖房が利いていなかったのか、ストッキングの雪だるまのせいだったのか。ジュワンの答えが遅いので、ぞうきんを動かす私の手が、だんだん速くなった。

「うん」

振り向くと、目の前にジュワンの顔があった。

0029.MPEG

ほかの照明はついていない。テレビの光だけがジュヨンの顔の上を通り過ぎる。

ジュヨン　あたしが思うに、人間という種《しゅ》は、ごく稀なケースを除いて、あんまり美しくはない。美しい生物じゃないね。

私　じゃあ、稀なケースってどんな時？

ジュヨン　フラッシュモブの時かな。フラッシュモブが、とてもうまくいった時くらい。

カメラを持ってジュヨンの隣に移動。テレビではどこかの国の人たちがショッピングモール前の広場で踊り始める。フラッシュモブだ。テレビの上に黒い線が繰り返し通ってゆく。

私　（ナレーション）ジュヨンの「あたしが思うに」を全部集めると、この世で最も悲観的な、しかし世の中の核心に最も肉迫した箴言集ができるだろう。

＊　＊　＊

ジュヨンはいつも正しいと思ったことをはっきり言うから、私たちはみんな、彼女は大学に入ったら学生運動をやるのだろうと思っていた。ジュヨンの先輩たちはアメリカ大使館の塀に木の実みたいにぶら下がって新聞の一面を飾ったり、有名な大企業の会長の名誉博士号授与に反対して卵を投げて退学になったりしていた。そういう所ならジュヨンもうまくやっていけるだろうと、みんなは納得していたのだ。

しかしそうではなかった。夏が来る前にジュヨンは大学でのつきあいを、ほとんどやめていた。

「どうして？　人がつまらないの？」

「うん、先輩たちがガキっぽい」

何とか部長だの委員会長だのという名で権力欲を満たす態度もいやだし、大酒を飲んだ後には必ず誰かが誰かを殴るのもうんざりした。フェミニズムのセミナーを開催するくせに、あらゆるセクハラや強姦事件が絶えないのも耐え難いと言う。大学入学前にたくさんの本を読んでいたジュヨンには、きわめて教条的なカリキュラムも薄っぺらなものに見えたはずだ。

「労働者と女性とすべての少数者の側に立つというのには完全に同意するんだけど、私はなぜ、同じ意見を持っているはずの人たちに愛情が湧かないのかな。どうしてあの人たちと一緒にいるのがいやなんだろう。どうして暴力に反対する人たちの雰囲気が暴力的なのかってことよ」

ジュヨンが、実は質問をしているのではないことに気づき、私は最後の言葉を繰り返した。

「暴力的なの？　いやなの？」

「何よりも個人に対する理解がない。バウンダリー（境界）もないし」

ことによるとジュヨンは、学生運動や学科そのものよりももっと本質的なところで人間に、ただ人間という種にうんざりしていたのかもしれない。先輩たちに従順でなかったジュヨンにはすぐに「ブルジョア」というレッテルが貼られた。そして正直、どうしようもなく金持ちの匂いを漂わせていただろうというのが、友人たちの推測でもあった。

「何かうっかり、合わない人たちにひっかかってしまったような気がする。ほかの所に行ってたらよかったのかな。あたしが問題なんだろうか」

ひねくれた気持ちだけど、私はうれしかった。大学の人たちにジュヨンを奪われてしまうだろうと心配していたのに、相変わらずほとんど毎日会えるから。私たちは学校からの帰りに新《シン》村《チョン》や一山《イルサン》あたりに寄り道して遊んだ。湖水公園[*77]の湖は人工ではあるが、大粒の雨が降りしきる日は壮観だった。そんな日は私たち二人のほかには誰もいなくて、傘の上に雨の衝撃を感じつつ、攻撃されている湖の水面をずっと眺めていた。その水の色あい、匂い、不法に放流された魚たちがうごめく気配が、ジュヨンと私の皮膚に沁みこんだ（不法放流は大きな問題だった。魚も問題だが、一時期はウシガエルの群が人工の湖を埋め尽くしたため、市がウシガエル祭りを開いてカエル釣りをし、焼いて食べることまでした。ウシガエルの匂いがかなりおいしそうだったのが、さらにショックだった)。

お天気のいい日には公園に遊びに来る人が多くて、いたる所にシートが敷かれたから、ショッピングモールのほうがまだましだった。一山の人口に比べて過剰な数のショッピングモールができた。不正に関するいろいろな噂や疑惑が浮上するたびに別の商店街が栄えたり、プリクラとアーケイドで賑やかだったショッピングモールの上のほうのフロアがゴーストタウンのように空き店舗だらけになったり、そんな浮き沈みを目撃した。老朽化したモデルハウスが大火事で全焼し、ついに分譲されなかった商店街の粗悪な外装材が台風で飛ばされて道路を覆った。移植された若い街路樹が次々に枯れ、絶えずどこからか木が運ばれてきた。濡れた毛布に根を包まれてトラックの荷台に横たわった木は、眠りこんだ少年のようだった。

ジュヨンは学校に何の未練もなくなり、学校が遠いことを口実にしてあまり行かなくなっていたと思ったら、今度は複数専攻と副専攻をやたらに変え始めた。西洋史をやり、社会学をやり、英文学をやった。休みの間フランス文化院に通っていたかと思ったら、次の休みにはドイツ文化院に変え、スペイン語学校も長く通った。日本語、中国語の資格を取った時は友人たちも驚いた。ラテン語系統ならまだしも、ジュヨンが受けた教育課程では、漢字がまったく教えられていなかったからだ。いつかある男子がジュヨンに、「君はどうしてそんな*78纖纖玉手《ソムソムオクス》で勉強してるんだい」と秋波を送った時、ジュヨンは「それどんな機械？」と聞き返したことがあった。そんな子が、どうやって日本語や中国語を。やはり並の人間ではないと思った。

こんなに落ち着きのない人物を、普通の会社が受け入れるのは難しかったのだろう。ずばぬけて優秀なジュヨンは、約三十社を面接で落ちた。われらのジュヨンは、面接だからといって表面を取り繕うようなことはしなかったはずだ。結局ジュヨンを受け入れたのは、出版業界だった。出版業界はこの彷徨を「豊かな教養」と評価してくれ、その代わりにひどい薄給を支給した。

「初任給が年棒千八百万ウォン？」

インドネシアにいるお父さんが、電話の向こうで飛び上がるほど驚いたというが、幸いジュヨンは年棒交渉のたびに平均より高い引上率で順調に年俸を伸ばしていた。中間搾取同然のことをするつまらない会社は、さっさと退職した。初任給は安くても、賃金上昇率は高く、退職も自由なのが出版業界だ。しかしそれは誰にでもできることではないということも、ジュヨンはちゃんとわかっていた。

「辞めるのも、めんどうをみるべき人がいない、病気の家族がいない、両親が子供よりお金持ちである私みたいな子でないとできないことだけど、そういうのは変化するじゃない。病気になったり貧乏になったり。幸運を信じるわけにはいかない」

十年以上、千八百万ウォンを貰い続ける編集者もいるし、労働基準法はほとんど遵守されなかった。トイレに行ける回数が決められていたり、給湯室のドアは朝だけ開けて、その後は鍵をかけてしまう会社も少なくなかった。ちょっとしたおみやげみたいなものをもらっても、すべて社長に差し出さなければならなかったり、インチキな瞑想のようなものを強要されたり、社長に精神的な問題があって、職員が本や備品を盗むと言って机やカバンの中を検査する会社まであった。すなわち二十一世紀にも、ともすれば狂気の王国に暮らすことになってしまうのが現実だった。

「進歩的な人たちもニセモノだらけだけど、それでも労働者には誰か味方になってくれる人が必要なの。半分くらい不純物が混じっていたとしても組織が必要だし」

ジュヨンのように極端な潔癖症的個人主義者が言うのだから、ほんとうにそうなのだろう。友人たちはうなずいた。「[*79]抜け殻は去れ」と言っていた子が、殻まで受けとめていこうと言うようになったのは、成長なのか妥協なのか、誰もよくわからなかった。

「でもあんたはいい仕事を見つけたよ。偉い。好きな仕事じゃないの。あんなにたくさん本を読んいでたんだから」

「さあ。この業界でうまくやっていこうと思えば、詐欺師にならなきゃいけないの」

「まさか」

「基本的な校正や校閲も、著者の管理もできないような天下りが高い地位を得ることが少なくないし、ほんとに仕事のできる人たちは、売り上げを増やしても文句ばかり言われる」

「そんなの、どこでもそうじゃないかな」

「そばに行って耳元で囁いてやりたい」

「何て」

「お前なんかニセモノだって」

「うわっ」

「長生きして、嫌いな人たちがみんな没落するのを見てから死にたい」

「よくそんなこと言うね」

「みんな私に、ちょっとは我《が》を折れというけど、そんな人たちとは話が通じない。我を殺したら誰も守ってくれないってことくらい、わかるわ」

妙なことだ。私はきついことを言うジュヨンが好きだった。私には予防注射のような言葉だ。ときどきは予防注射程度ではすまないで、世の中に対する甘ったるい期待を、ジュヨンが外科手術で切除してしまうような感じだった。

しかしみんなが私のようにジュヨンを好きなのではなかったから、ジュヨンはいくら実務能力に優れていても大きなチームを任されることはなく、たいていはチーム員のいないチーム長にとどまった。

0030.MPEG

バス停の広告で偶然見つけた美貌の同窓生イ・ユジンの顔。ある化粧品会社のプロモーションで発酵エッセンスの一般人モデルに抜擢されたらしい。相変わらず毛穴のない肌がつやつやしていた。

私（ナレーション）外資系の銀行に勤めているんだ。カッコの中に書かれた年齢は私たちと同じだけれど、どういう過程を経て現在に至っているのか、とうてい想像がつかない。もちろんどこに行ってもその集団の中で一番の美女だったのだろう。ミヌンはこの広告を見ただろうか。なぜだか、見ていないような気がする。

夕方もう一度行って広告看板を撮る。顔の部分に後ろから照明が当たり、肌がいっそうきれいに見える。停留所の横に立てられたＬＥＤの照明ポールに大きな蛾が群がっている。

＊　＊　＊

今では一山にCGV、ロッテシネマ、メガボックスといった大きな映画館ができ、施設もよくて映画マニアを引きつけているから想像しにくいが、その年までは、一山最初の映画館ナウンシネマしかなかった。シネマコンプレックスという言葉を知らなかった頃だ。たくさんの映画の中から見たいものを選ぶことはできなかった。

一九九九年九月、一山ロッテ百貨店に全国初のロッテシネマができて、うちの学校の生徒たちも喜んでそちらに行った。終業式の日にロッテシネマがふだんより混雑するのは目に見えていたし、友人たちと鉢合わせしたらジュワンがいやだろうと思ったので、私はナウンシネマでチケットを買った。一抹の忠誠心もなくはなかった。終業式が終わってすぐに行ったから、十一時前だった。

今思うとちょっと変だけれど、私は坡州に戻ってジュワンを連れて来た。制服も着替えるつもりではあったが、一時間もかけて坡州に帰ったのは合理的なやり方ではなかった。ジュワンが一山に来てくれればずっと早いのに、私は当然のようにジュワンを迎えに行った。一人で遠出する姿を見たことがないし、一人で来いと強要したくもなかった。そんなことをすればデートがキャンセルされるのではないかという心配もあったと思う。

家に帰って大急ぎで服を着替え、いつ買ったのかすら記憶にない子供用のおしろいを鼻筋にたたいた。もともと安物だったから、黒い顔がよけい目立ったに違いない。どうしたって急にきれいにはならなくて焦りつつ、髪だけはとかした。あわててジュワンの家に駆けつけると、ジュワンは二階のバルコニーで待っていた。いつものグレーのジャージではなく、微妙にグリーンがかったジーンズに、ピーコートを着ていた。私はその時ピーコートという言葉を知らなかったが、そういうデザインのコートがジュワンにとてもよく似合っているので感心した。ありふれたデザインのコートも、ジュワンが着ると違った。小さな水のペットボトルの首を中指と薬指で持っていた。あんなにゆるりとかっこよくペットボトルを持つことができるのか。私を見つけると、ジュワンはもう一方の手にあった何かを口に入れ、水で流しこんだ。そして笑いながら、大きいけれど繊細な手を振った。

「どこか悪いの」

「アレルギーの薬。鼻水が出て」

そうか。ハジュにも鼻水があるんだ。私は新たな事実に気づいたように胸の中でつぶやいた。ジュワンが玄関に下りると、目の周りがいつも疲れて見えるお母さんと、その時にほとんど初めてちゃんと見たお父さんが見送りに出てきた。既に休みモードに突入したジュヨンもドアの隙間から顔をのぞかせた。

「何見るの」

「『トイストーリー2』」

私が答えた。

「『女子高の怪談2』は見ないの」

「うん、それはロッテでやってる」

「ナウンに行くのね」

「うん。一緒に行く?」

ジュヨンがあきれて笑うから、決まりが悪かった。お父さんが財布から何万ウォンか出してジュワンに渡すと、ジュワンはそれをズボンのポケットに入れた。すぐ落としてしまいそうで、危なっかしい。家族は家の中に引っこんだ。

「行こうか」

家からちょっと離れると、ジュワンが手を握ってきた。走ってきた私の手は熱く、家の中にいたジュワンの手は冷たかった。バスを待つ間、二人の手は生温かくなった。これが熱伝導なのだ。私は理科の実験に成功した小学生のようにうれしかった。

バスの中でジュワンは、塗装が剥がれかけてまだらになったバスの壁に側頭部を預けてうとうとしていた。眠っていても手を離さなかったから寂しくなかった。二人とも夜明けまで起きていたのに、私は全然眠くなかった。映画を見る時も、この完全な覚醒状態は続いていた。

ジュワンがポップコーンを買ってくれた。変な言い方だけど、二十世紀に食べていたポップコーンは、今のよりおいしかったような気がする。

後に自ら進んでピクサーとドリームワークスの３Ｄアニメの奴隷になるとは知らず、私はいっぱい笑い、ちょっと泣いた。ジュワンもちょっと泣いたから、私はジュワンがインドのどこかにおもちゃを置いてきたのかと、気になった。ジュワンが捨ててきたおもちゃたちと、今でも持っているおもちゃたちを、全部見てみたかった。

夕食ではなく、間食としてハンバーガーを食べた。クリスマスイブだから夕食は家で食べないといけない気がした。父が、「西洋の祝日も祝日には違いない」と言い、家族での食事をたいせつにしていたから。ジュワンが「ひと口食べる？」と、味の違うハンバーガーを差し出した。私はなぜかかわいく食べる自信がなくて、笑いながら断った。あの時、あのハンバーガーを食べるべきだったのだ。今も後悔している。後で知りたくなりそうなものは、知らないままにしておかないほうがいいらしい。

帰りのバスの中で日が暮れた。ハジュはアレルギーの薬をもう一つ呑んで寝ていた。今度は私もうとうとした。二人がちょっと目を覚ました時、彼が言った。

「君にはわからないよ」

何がわからないのか聞くべきだったのに、その時はそのままでもよかった。なぜわかってくれないのかと責めているのではなく、微妙に優しい断定だったから、私は私が知らないことがいつかわかるだろうと思い、一緒に座席にもたれて眠る甘い時間が続くだろうと信じていた。

0031.MPEG

夏。外は大雨をともなった台風が通り過ぎようとしている。ジュヨンはちょっと遊びに来て帰れないまま、竹のゴザに横たわり、脚はだらしなくソファにひっかけている。自分の家以上に気楽な姿勢だ。スマートフォンでゲームをしている。農場を経営するゲームらしい。

ジュヨン　この頃ゲームがどれもつまらなく感じるんだけど、ゲームがつまらないのかな、生きてるのがつまらないのかな。

私　どっちにしろ消さないで、しばらくそのままにしておきなよ。やりかけたゲームを簡単に消してしまう人って、冷たいような気がする。

ジュヨンが、アプリを終了する時のように、私の額に指を当てた。私が首をぐらぐらさせるとジュヨンは私の額の隅にある仮想のバツ印を押し、私を終了させる真似をした。

私　悪い子。

アングルを変えてソファの上のジュヨンの脚と、私の脚。

私（ナレーション）永久にジュヨンとそのままいるかもしれないという気がした。私は平和で、世の中は大洪水。そんなふうに利己的に世界のすべてをストップさせてしまってもいいような気分だった。

＊　＊　＊

ほかの人たちは音を記憶しているけれど、私が覚えているのは匂いだ。

母ジカは茂みの中に隠した小ジカの涙の匂いがわかるそうだ。シカごとにそれぞれ涙の匂いが違うので、嗅ぎ分けるとすぐ走って行ってあやすことができるのだとか。わが町は夜になるとシカ科の動物たちが下りてくる、シカたちの国だった。特にキバノロやノロジカが多かった。夜が明けても涙の匂いは残していくから、私たちはいつもその残された粒子を吸っているのかもしれない。そしてその中に私はジュワンの涙の匂いをすぐに見つけられるはずだと信じていた。時折夜明けにそんなふうに感じることがあった。今ハジュが泣いていると。泣いているようだと。泣いている姿など一度も見たことがないのに。

夜明けではなく午後の遅い時間だった。その日私はソンイの家にいた。スミとジュヨンも含めて四人でソンイのお姉さんたちが集めた『アンアン』や『ノンノ』といった日本のファッション雑誌を見ていた。私はふだんからそれらの雑誌が好きだった。劇的なメイクはいくら見ても飽きなかった。雑誌は手ずれがして、かえって俗っぽさがなくなり、大切にされていた。しかしあの日は、雑誌の内容があまり頭に入ってこなかった。それだけではなく、友人たちといるのが何だかきゅうくつな気がした。スミはその間に何歳か老けたようだ。私はスミがだんだんよくない顔になっていきそうで不安になり、そんなスミの顔を見ても何とも思わないソンイの平然とした態度が、何だか憎らしかった。大地震が起こって私たちが赤いマントルまで落ちても、ソンイはあんなふうにいつも笑う妖怪みたいな表情をしているだろう。ジュヨンはあの日に限ってひと言も話さなかった。いや、ひと言だけ言ったたっけ。部屋の外を見ていたジュヨンが言った。

「パパとママがあたしたちをこんな所に閉じこめたなんて、信じられない」

広々とした風景に、閉じこめるという言葉はあまり似つかわしくないようでいて、ぴったりだった。ジュヨンはそう言うと口をつぐんだ。時には受けとめ難いような毒舌も吐くのに、しゃべりたくない気分の時はあんなにまで黙りこんでしまうなんて。誰もが気詰まりだった。妙に。

チャンヨン兄さんの家に行こうかな。そこで残った材料で遊び、カップラーメンでも食べさせてもらおうか。でも私が先に立つと、ほかの子たちを気まずくにさせてしまうような気がして、ひたすら雑誌のページをゆっくりとめくっていた。読めない文字を、読めるようなふりをして。

「雨が降りそうな匂い」

換気をしながらそう言っても、誰も反応しなかった。傘があるのかもあまり心配しなかった頃だったから。白く分厚い冬の坡州の空に、何かの兆候を読み取るのは難しかった。だけど私の言った言葉も、あの日の天気も、気まずい空気も、どうやら捏造された記憶である可能性が高い。そうと思いつつも、あの日と同じような匂いがすれば、私はどうしようもなくあの日に戻ってしまう。意識的に数えたところ、年に十六回ほどはあの日のような空気を感じている。

ほかの人たちが記憶しているのは、音だ。そしておそらくジュワンもその音を聞いていたのだろう。聞いたはずだ、とジュヨンが言った。結局あの日の記憶はジュヨンが執拗に再構成したものに骨組みをつけた、いくつかのバージョンに過ぎない。

　家の中にいたら聞こえなかっただろう。デカが朝からドアを引っかいたそうだ。キナはどこかに姿を消し、デカだけがやって来た。ジュワンは私の買ってあげたスニーカーを履いて、ひどく毛の抜けるパーカを着て家を出た。なぜか手袋まではめていた。家族のうち誰が買ったのかわからない、伸びた毛糸の隙間から指先が見える、そんな手袋。雪が新しく降ったからデカと遊ぶつもりだったのだろう。雪の塊をぶつけて、雪原に身体をこすりつければ、デカは白い犬になるのじゃないかと考えたのかもしれない。デカは洗えばたぶん白いと思うと何度も言っていたし、後に実際に洗ってみると白かった。

　マイケル・ケンナ[*80]の雪景色の写真が思い浮かぶ。奇妙なことに、ジュワンを思い出す時の風景は、毎日目にしている土地ではなく、マイケル・ケンナの写真集の中の風景に似ている。マイケル・ケンナがまた韓国を訪問するなら、坡州の風景を撮影するように勧めたいほどだ。

　線と面で構成された風景に、ハジュとデカが二つの点になっている。洗う前のデカは濃い灰色の点だ。二つの点はあまり動かなかったが、あの音が響くと、一つが同時に、少し大きくなったり小さくなったりする。遠い所から伝わってくる爆発音だ。耳がびくっとするのにも似ているが、二つの点の輪郭が少し外に広がり、また巻き戻るような感じ。全身で音を聞いたみたいに。

視点はずいぶん遠くにある。二つの点の動きがやっと見える距離を保つ。四つんばいの生き物と立っている生き物は、音にしたがって、速くも遅くもならないよう、直線になったり曲線になったりしながら戯れたり、またその戯れを無視したりしながら、一緒に歩いてゆく。

ジュワンとデカは、使われなくなった家畜小屋に入っていく。灰色と黒の世界は消える。美しい遠景、適切な距離感の世界から、彼らは追い出される。古びて微かな悪臭がするのではないか。ジュワンが用心深く匂いを嗅いでみたけれど、雪の匂いがするだけだ。デカはもっと嗅ぎ分けられたかもしれない。長年の雪の重みに耐えられず崩れかけた家畜小屋を見回す。いつから使われなくなったのかも、わからない。ジュワンは考える。ひょっとするとここが、祖父が豚を飼っていた小屋だろうか。父は口癖のように言っていた。

「俺は坡州で、豚をつぶす棒で殴られて育った。そんなふうに殴られてここまできたんだ」

その「ここ」がどこだかわからなくとも、父は満足げだった。同時に、豚をつぶす棒でお前を殴らないのをありがたく思え、と言っているようでもあった。

ともかく、ジュワンは間違えていた。それは乳牛の小屋だった。あまり大きくないから間違えるのも無理はなかったが。ブチ模様の牛たちがいなくなってずいぶんになるし、どんな痕跡も残っていなかった。ジュワンが家畜小屋から出ようとした時だ。

デカがまた大きくなり、小さくなった。少しするとジュワンも大きくなり、小さくなった。
チビが小屋の隅っこの、一番低くて暗く崩れた所で彼らを呼んだ。

チビはあまり保温には役に立ちそうにない防水布の束の上に、六匹の子犬とともに横たわっていた。何匹かが、既に死んでいるのは明らかだった。残った子犬も助かった、あるいは助かるという感じはしなかった。

興奮したデカが吠え始め、ジュワンもおそらく何か声を上げたのだろう。大きくはないが苦しそうな声だと思う。ムクが金網に吊るされているのを発見してからは。首を吊るされたまま血を流していた。いや、血はもう流れなかった。固まり、粘ついて金網にこびりついていた。単純に死んで腐敗したのではなく、ムクは犬の形態を失い、ばらばらになっていた。ムクはデカよりも大きかったのに、今は平たくなっていた。冷たい空気の中で匂いがしなかったから、腐敗すらほとんど終わっていたということだ。

ジュワンの声は誰にも聞こえなかった。私たちの、誰にも。聞いたのは一人だけだ。

スホは四十メートルほど離れた茂みに伏せて射撃練習をしていた。近くで一発撃ってみて、もう少し遠くに来たところだった。その銃を見つけてから、撃ってみたいとずっと思っていた。銃は脱走兵を探している時に除雪箱[*81]で発見した。まだ雪が降っていなかったから誰も開けなかった除雪箱に、脱走兵が置いていったのだ。スホは銃と除雪スコップを盗み、長い間待った。誰も銃を探さなくなるまで。扱い方を調べるのにも時間がかかった。ガス調節や装填の仕方など、模型とは違った。反動があると知ってはいても、肩が抜けそうだった。少し前に、一日二発だけ撃とうと決めた。

銃を撃っても誰も来やしないだろう、銃声に似た音はいくらでもあると思った。いろいろな機械が、調子の悪い時に、爆発するような音を立てた。農業機械、工場、タイヤ、ボイラーが、いつも。それでなくとも射撃場からそんな音が響いてくる時もあったから、この地域の人たちはちっとも驚かないはずだ。死んだ犬の頭を撃ってみたい。首を絞めて殺した犬の頭を正確に狙ってみたい。こんなことになるとわかっていたら、生かしておくんだった。そのほうがよかったのに。四十メートル先でも当てられるかどうかが知りたい。もっと近くから撃った時、胴体に命中したのだが、ほとんどちぎれてしまった。もう一度撃ったら、標的を変えなければ。子犬は小さすぎて命中させるのは難しいだろうな……。その時、突然男が現れた。

バレたという怖れよりも、よりよい標的が現れたことに対する当然の反応として、思わず銃口が向いたのだろう。私たちはスホが子供のようにうろたえる顔を想像することができなかった。スホは何か私たちの知り得ないもの、知りたくないものにどっぷりと浸かっていて、正視に耐えない顔をしていた。いわばホルマリン漬けの、生まれることができなかった動物のような、すぐに目をそらしたくなる顔だった。

その音が、みんなが聞いたと断言するその音が響いた。スホは頭に命中させることができなかった。

ハジュは首と肩の間を撃たれて倒れた。

デカは逃げた。

スホは子供に戻った。


なぜ、スホが子供に戻ったとわかるのかと言えば、除雪箱から盗んだスコップで家畜小屋の床にジュワンを埋めるような冷静さがなかったからだ。そうしていたなら、ジュワンはずっと失踪状態になっただろう。

その代り、一日中うろつき、もう歩くことも興奮することもできない状態になって、スミに話した。スミは、何と言ったのか思い出せないほど泣きながら、叔父さんに話した。いつも人を殴っていたあの叔父さんに。叔父さんはともかく大人だったし、ひょっとするとそういった問題にはぴったりの大人だったのかもしれない。叔父さんはスホが隠していたK2ライフルと数個の弾薬が使われた二十発入り弾倉を見て激怒した。K2ライフルは一九八〇年代半ばに普及した銃だったから、叔父さんは軍隊でその銃を使った初期の世代に属する。久々に手にした黒い武器が、叔父さんの暴力性を誘発したかもしれない。

「家畜小屋はだめだ。あそこは家が建つらしい」

死にそうになるまでスホを殴りつけてから、叔父さんが言った。

夜中にスミと叔父さんは防水布に包んだジュワンと犬たちをトラックに積んで山に入った。わが国は何と山が多いのだろう。その中にどれだけの人間が埋まっているのだろう。

しかしジュワンは埋められなかった。

チャンヨン兄さんがスミたちの入った山に、先に入っていた。兄さんが山に入っていた理由もあまりほめられたものではない。登山以外の目的で夜、山に入る人たちの御多分にもれず、兄さんなりの理由があった。兄さんはときどきこっそり木を盗んでいたのだ。彫刻に使う小さい木材だ。枯れ木も少し、生きている木も少し取り、束ねて下りてこようとしていた。

その時、スミの泣き声が聞こえた。泣きじゃくっていたはずだ。そしてスミの叔父さんが木陰にいるのを見た。近隣のほかの青年たちと同様、チャンヨン兄さんもスミの叔父さんをひどく嫌っていた。そのまま立ち去るべきか悩んだのだろう。あんな人物には関わらないほうがいい。女の子を殴ったら、その時は出て行こう。殴らなければ、そのまま山を下りよう。チャンヨン兄さんは木の間で、木のように突っ立っていた。

女の子を殴る気配はなかった。ひょっとしたら、もう殴った後なのか。女の子は泣きながら懐中電灯を照らしており、叔父さんは、ふだんなら殴りそうなところだが、手は出さずに低い声でしきりに何か罵っていた。凍った土を掘ろうというのだから、ぶつぶつ言いたくもなるだろう。スコップが折れないだけでも幸いというような、凍てつく季節だった。何を埋めにきたのか。チャンヨン兄さんはもう少し見てから帰ることにした。鶏か。死んだ鶏をこんなところに廃棄するのか。

小さな動物が何匹か穴に落ちるのを見て、帰ろうとした時だ。チャンヨン兄さんはスニーカーを見た。

自分が選んだスニーカーだ。私と一緒に。スニーカーが、防水布の外に突き出ていた。

スミの叔父さんは、除雪箱からスホが盗んだスコップを持っていた。これが終わったら、よく洗って元の所に戻そうとしていた。スミの叔父さんとスコップとは、組み合わせがよくない。しかしチャンヨン兄さんが持っていたのは斧だった。平素であれば芸術的な組み合わせだが、この時は違った。

スコップと斧なら、斧の勝ちだ。

「でも、ひょっとしたら俺が居合わせないほうがよかったのかもな」

引っ越し荷物を梱包しながらチャンヨン兄さんが言った。イニョン姉さんが軍手をはめた手で夫の背中をさすり、また荷物をまとめ始めた。いいえ、そんなことはない、と私は答えたような気がするが、心の中で答えたのか、声を出して言ったのか覚えていない。

そのことがあって半年もたたないうちにチャンヨン夫妻は江原道《カンウォンド》に引っ越して行った。仲間の作家たちも一緒に江原道に移っていた時期ではあるけれど、兄さんもついにあの夜の記憶に耐えられなくなったのだろうと思う。

チャンヨン兄さんの通報でスミの叔父さんは警察に捕まった。彼は調査と裁判の過程で最後まで真犯人だと疑われたものの、結局すべてが明らかになった。スミとスホは、それぞれ別の施設に収容された。一人残されたおばあさんは、鶏を業者に安い値で譲り、ひっそりと引っ越して行った。

十四歳未満は重罪を犯しても刑事処分の対象ではない。小学生は高層アパートからレンガを投げて人を殺しても処罰されない。同級生の頭を漂白剤で洗っても、知的障害者を集団で強姦しても処罰されず、一定期間が過ぎれば赦免と復権で記録が抹消される。それが不当であるとか、処罰されるべきだというのではない。ぞっとするような事件を起こした子供たちはたいてい、自分自身がぞっとするような世界に閉じこめられているということを、誰もその子たちをそこから救い出すことも、さらには正視することもしなかったのだろうということを知っているから。しかし現実に、ある残酷な事件が実際には終わっていないのに、法の上では終わってしまう。それが、ちぐはぐな感じだ。怒りや恨みのようなものではなく、ちぐはぐな感じが、なかなか癒えない湿疹のように続いた。スホを思い浮かべるたび、あの子が大きくなって満員電車に乗っている姿を想像した。たくさんの人と体をくっつけたまま、スホ特有の人を寄せつけない、沈んだ表情で立っているのを。

　スホがどんなふうに暮らしているのか知りたくはない。もし私がスホに、ほかの誰かがスホを、予めどうにかして……。そんなつまらない仮定は、時にバランス感覚を乱し、吐き気を催させる。スミがろくにさよならも言えずに私たちの人生の外に出て行かなければならなかったのも、仕方のないことだと思う。*82碧蹄《ピョクチェ》でジュワンを火葬している時、私の目には、すぐ前に立っていたジュヨンの後ろ姿だけが見えたり、また見えなくなったりした。不思議なほどじっとしていたそのおかっぱ頭の後ろ姿だけを目に焼きつけたまま、意識が朦朧とした。

「脱がせなかったよ」

振り返りもせずに、ジュヨンが言った。

「スニーカー。脱がせようとしたんだけど、私がそのままにしてと言ったの」

その時ジュヨンがどんな表情でそう話したのか、燃えて溶けたスニーカーはどうなったのか、永遠にわからない。最後まで見ないで出てきたから。

朦朧としていなければよかったのに。あの時、あのすべての感情をちゃんと消化してしまうべきだったのだ。そうしていたなら、私は壊れなかっただろう。ジュワンの言葉を借りるなら、ちゃんとファンクション（機能）していたかもしれない。

少なくとも、あんなにまで、ぼろぼろにならなかったはずだ。

0032.MPEG

母がオレンジを剥く。大きさが子供の頭ほどもある、皮の厚いオレンジ。それをまるでおなかの空いたリスみたいに両手で持ち、大胆にも前歯で皮に噛みつく。そうして持ち上がった皮の下に爪を入れて全体を剥き始める。

私　ママはなんでそんな剥き方するの。
父　うん、俺も不思議だった。
母　私、ずっとこうしてきたんだけど。
私　オレンジ用のナイフもあるし、普通はそんな物を使わないでも、上のほうを包丁で切り取ってから手で剥くでしょう。でなきゃ、そのまま切り分けて皮を持って食べるとか。

父　そうだ、今まで言わなかったけど、変だよ。
母　どうして？　唾がつきそうで汚いから？
私　そういうことじゃないけれど、そんなふうに剥いてたら、歯が全部だめになりそう。
母　（手を口に当てる）そうかな……。
父　道具を使えよ、道具を。人間だろ。ネズミみたいに歯が伸び続けるわけでもあるまいし。
母　私、やっぱりネズミみたいかしら？　ネズミに似てるってよく言われたんだけど。
私　リスみたい。ネズミというより。
父　おばあちゃんにあげなくていいのか。
母　おばあちゃんは外国の果物は好きじゃないのよ。起こさないほうがいいわ。
私　（ナレーション）母がオレンジをあんなふうに剥くことに、最近になって気づいた。
ずっと一緒にいても知らなかった習慣を見つけると、妙に安堵を感じるのはなぜだろう。

＊　＊　＊

両親は私を美大予備校に通わせてくれた。どうしていいものやら途方に暮れていた時、私が最初に発した言葉が「美大予備校に行く」だったから、救いのように思って入学させたのだ。私はあんな麻痺状態でなかったら、あのうんざりするような受験準備に耐えられなかったと思う。果てしない階段だの熱気球だの大きく拡大したネジだのの絵を描いた。描くというより、ただひたすら線を引いた。一度コンパスを、針で固定して鉛筆のほうを回すのではなく、逆に鉛筆で固定して針のほうを回してしまい、手に円形の傷ができたこともある。きれいで完璧な円の一部として傷跡ができたのだけれど、傷が浅くてほっとする一方で、もっと深い傷になればよかったのにという気もした。その日の帰り道、暗記する英単語帳にnumbがあった。ナム、ナムナムと発音してみると、無感覚という意味にふさわしい語感がした。ジュワンがこの単語を好きだっただろうと確信した。確信とは、なんと無意味なものか。

友人たちから、少し離れている必要もあった。ジュヨンを見るとジュワンを思い出し、みんなが集まればスミが思い出された。私は予備校に早めに行って遅くまで残り、学校にはわざと遅刻した。遅い時間のバスに乗ると、運転手さんは、私と一緒に坡州のバス台数の少なさを嘆いた。バスも足りないし整備状態は悪く、運転手も不足しているのだそうだ。三時間もかかる運行を一日に四回でもたいへんなのに、五回もさせられると言い、ときどき眠っているのか運転しているのかわからなくなると打ち明けた。そんなこと私に言ってもいいんですか、私そんなバスに乗ってるんですね。仰天してもよさそうなものだが、怖くはなかった。恐怖を感じられないというのは、実に怖れるべきことだ。

予備校の男子、講師、大学の同期生、ほかの学科の男子、サークルの先輩、後輩、会社員たちとつきあい出した。あんな目に遭ったら、つまり初恋の人を小学生に殺されてしまえば、二度と恋愛などできないようだが、そうでもなかった。私はちょっとでもジュワンに似ている男の子を見ると、積極的に近づいた。体型、服装、髪の太さ、外国体験、唇、手足、体臭、何でも、似た部分があれば。大局から見れば、人間なんてみんな似たようなものだ。私はジュワンのように目の下に小さな傷跡がある男の子とつきあったこともある。男の子はいつも目の下にケガをする。そんな傷跡は珍しくないことがわかっていたけれど、ともかく猛突進した。男の子は意外と、積極的な女の子が好きだ。

その人たちのうちでも、敏感な人たちはすぐに私から死の匂いを嗅ぎ取った。何かあったのかと尋ねる人もいたし、わかっていても気づかないふりをする人もいた。知らないふりはありがたかった。死の匂いがするわりには、私はよいガールフレンドだったし、男の子たちも、結婚するのでなければ、ちょっと狂った子と恋愛するほうがおもしろいことをよく知っていた。抱かれ、また抱かれた。衝突するがごとくに抱かれた。属しているすべての集団のスキャンダルになったが、いかなる衝撃波も内部までは届かなかった。鉛の服を着て歩いているようだった。そんなふうに麻酔された状態で二年が過ぎた。そして感覚が戻って来る時は、痺れが出るものだ。

ある日、私はジュヨンに電話して尋ねた。

「アントワープはどうだって？」

「アントワープがどうしたって言うの」

「ジュワン、アントワープにいるんでしょ」

「……何言ってるの」

ジュヨンの「何言ってるの」が、押さえるような低い声だったから、私は自分が変だということに、すぐ気づいた。ほんとうに変だったのは、私がアントワープは地図のどこにあるのか、さらにはそれがどの国の都市なのか、どんな景色の都市なのかも知らなかったということだ。いったいどこでアントワープのことを聞いたのだろう。どこからもつれ始めたのか。

0033.MPEG

エル・グレコの絵「福音書記者聖ヨハネ」。スライドを壁に映している。

ヨハネは驚くほどジュワンに似ている。ヨハネが手にしている杯には、妙な色の小さな龍のようなものが入っている。

私（ナレーション）煙として昇る龍が毒杯を象徴していることは後で知った。ジュワンに似ている。どの都市の、どの美術館に行っても、おかしなくらいジュワンに似た肖像画がある。あんな顔がどの国にも、どの時代にもあったことは明らかだ。

私は一時期、ジュワンが毒殺されたのだと信じていた。

＊　＊　＊

私たちは、ただ離れていたのだ。

ジュワンはアントワープにもいたし、シカゴ、メルボルン、シンガポールにもいた。それでなければ、ソウルにいた。ともかく、私たちは離れていた。つながっているという気分はとっくに消え、お互いがお互いを恥ずかしく思い、気まずくなってしまった。黒歴史と呼ばれる十代の錯覚、失敗、不注意。

年に一、二度は偶然出会った。まったく顔を合わせない年もあった。私よりずっときれいで品のいい女の子とつきあっていることもあったし、時にはがっかりするような子とつきあっていることもあった。そのようすをただ眺めていたり、気分を害したりした。

ジュワンの顔は変わった。健康状態が心配になるほど透明だった部分は消え、黒ずんだ。老化が始まった。痩せて骨組みの大きくない人が年を取るとたいていそうなるように、少しずつ縮んでがりがりになった。それでもお腹は出てきた。上等のスーツを着て、舗装されていない坡州の地面を歩くには不便なレザーソールのローファーを履き、セダンに乗った。グレーのTシャツなどとうてい似合わない人間になってしまった。

私には理解できない職業についた。聞いても何をするのかちっともわからない職業。同時に、あるいは連続して、結婚し離婚し再婚した。娘を連れて歩き、息子を連れて歩きもし、犬を連れても歩いた。相変わらず犬が好きだった。だけどその犬も、どういうわけだか好感が持てなかった。どこかの遠い国の王族が飼っていた純血種の、純血を保とうとして奇形になった、ひときわ目を引く、気難しい犬たちだった。犬の種類はいつも変わった。

お互いを無視し、お互いの名刺を破った。

遠くにいる。ただそれだけ。腐葉土のような匂いと質感を帯びつつ、自然に変質した。

「いいえ、そんなことは起こらなかった。そんな年齢まで生きられなかった。お兄ちゃんは死んだの」

「もう一度だけ言って」

「お兄ちゃんは死んだ」

「死んだんだ。わかってる。死んだのはわかってるんだけど」

「……ハゲ頭になってたと思うよ、もし生きてたら。母方のおじいさんも父方のおじいさんもハゲてるし。笑えたかもね」

「利口なフランス人みたいになったかもしれないよ」

「そうかな」

「かっこいいハゲになれずに、死んじゃったんだ」

湿地に落ちた。なぜ？　釣りをしようとしたのかな。湿地には、どういうわけだかサッカーボールやバスケットボールなんかが一つずつ浮いていた。水がゆっくり流れているので一年以上同じ場所に浮いているボールもあった。空気の抜けたボールが目障りで、拾おうとしたのかもしれない。そんなボールは妙に寂しそうで哀れに見えるから。浅い所は釣り人たちもときどき行くけれど、意外に深い場所が多い。暗く、足首にからまるものがごっそり渦を巻いている水。ジュワンは落ちて、死んで、すくいあげたら、水苔《みずごけ》が……。

車にひかれた。建設装備を積んだ大きなトラックに、信号機のない道で、坡州は信号機のない道はあまりなかったためにうっかり油断したジュワンが、ひかれてしまった。ときどき老人たちが事故に遭っていた。畑と畑の間を急いで渡ろうとして、一日に四、五回、遠距離を走る、過剰労働に疲れたドライバーの気づかない間に。ジュワンは心が老人のようだったから、老人のようにひかれたのだ。スニーカーが遠くに飛んでいった。

血を吐きもした。床の冷たいあの家で、冷たい床にうつ伏せに倒れて痙攣した。正体不明の誰かが注射器で牛乳パックに何か汚く悪い物を注入した。ジュワンを狙ったのか、誰でもいいから殺したかったのかはわからない。ジュワンは牛乳パックを、実にきれいに開けた。一滴もこぼさず、三角と言うべきか五角と言うべきかわからないが、そそぎ口が突き出るように開けた。その牛乳を飲んで死んだ。

軍隊で不審の死を遂げたり、自殺したり、誤認射撃で死んだりもした。ジュワンが兵士になったことを想像すれば、考え得る死に方も急激に増殖した。すべての死が同時に進行した。そのうちどれが実際に起こった事件なのか見極めようとしているうち、そのどれも起こりはしなかったことに気づいた。そんなことが繰り返された。

動脈瘤が破裂した。手のほどこしようがなく、あったことすら知らなかった動脈瘤が破裂した。リンパ腺に腫瘍ができた。胃がんのようにありふれたがんと、尿膜管がんのようにありふれていないがんにかかり、脳腫瘍もこぶしほどの大きさになった。ゆっくりと進行する遺伝病もあったし、アイドル歌手の死因となった未確認の急性ウイルス、インフルエンザ、ビブリオ菌による敗血症、深刻な肝臓疾患と腎臓疾患、あらゆる種類の異物による窒息があった。そのたびに私は病院にいたり、いなかったりした。医学の知識などたいしてありもしないくせに、どうしてそんなことが頭の中を混乱させていたのか、今でもわからない。

地下鉄六号線新堂《シンダン》駅で誰かが線路に飛び降りて自殺した時も、私はまた錯乱してしまった。駅員と救急隊が状況を把握している時だった。誰もよく見ていなかったので、人々が気づいたのは、事故が起こってしまった後だった。体液がプラットホームまでいっぱいはねていた。赤いだろうと思っていた体液は、「ジューシークール」[*83]の色だった。桃味のジューシークールみたいに薄いピンク色の体液の上を、後から降りた幼い子供連れの母親が歩いていった。子供の靴が体液を踏んだのを見て、私の頭のどこかでヒューズが切れた。それで私は、ジュワンが落ちた、飛びこみではなく誰かに押されたのだと言い、人々はその言葉を信じた。泣いている私を駅長がベンチに座らせた。誰かが防犯カメラを確認しに行き、みんなが力を合わせて電車を押して持ち上げた。もちろんジュワンではない。四十代の女性だった。みんなは当惑した。ハンドバッグから遺書が発見されるまで、私は混乱していたし、救助隊員たちは落ち着くまで私を引きとめた。その後また、四号線梨水《イス》駅で人が飛びこむのを見たけれど、その時は大丈夫だった。その時は何ともなく電車に乗り、死んだ人の上を通り過ぎた。完全に死んだのを確かめれば、そうして上を通ってもいいのだということを知った。スクリーンドアができてよかった。私のようにもともと壊れた状態でなくとも、誰でも壊れる可能性はあるのではないか。何人か、携帯のカメラで現場と飛びこんだ人の死体を撮っていた。その人たちも、壊れているのではないかと思う。

「変な話だけど、あたし、お兄ちゃんは、どのみち長生きできなかったような気がするんだ」

「どうして」

「そんなところがあった。試験片のような」

「しけんへん？」

「焼き物を焼く時、試験的に火加減やうわぐすりの具合を見るために使うかけらのこと。あるいはブドウ畑に植えるバラみたいなもの」

「バラって？」

「病虫害に弱い種類のバラをわざとブドウ畑の縁に植えて、来たるべき被害を把握するの」

「カナリアみたいなものかな。鉱山の」

「うん、お兄ちゃんは、このすべてのことを、結局は耐えられなかったと思う。別の言い方をすれば、このすべてのことがお兄ちゃんを耐えられなかったというか……。どのみち死んだと思う。持ちこたえるのがつらいほど鋭敏で、ぼろぼろになっていた。お兄ちゃんは、既にそうなってたのよ」

「あたしはそれでもジュワンが、そのひび割れた部分を、痕跡だけ残して修復して、何かほかのものになったと思う。死ななかったら。ときどき頭の中でジュワンと映画を作るの。あたしの中でジュワンは、若くしてデビューした監督なの。すべての故障した部分を制御する方法を身につけて、その不安を持ちながら美しい作品を作る。病んだ部分を切り取ってモビールのように風に揺らす」

「それは素敵ね。あたしは断定を下すことによって耐えるけれど、あんたは逆なのね。それに、しゃべり方がお兄ちゃんそっくり」

「あんたにも似ているよ。あたしはあんたたち二人みたいな話し方をしてるの」

時には何事も起こらないこともあった。ジュワンは結局あの家を出られずに幽閉された状態で大人になり、私はそんなジュワンを愛したり、うんざりしたり、再び愛したりしながら坡州とソウルを行き来した。何事も起こらないことが憂鬱でもあり、うれしくもあった。お互いに疲れ切ったあげく別れる結末と、別れない結末が、同じくらいの頻度で繰り返された。

ジュヨンが一番最初に気づいて母に知らせ、両親は少なからぬ費用を投じて私に大学病院で検査とカウンセリングを受けさせた。世の中に狂った人間があれほどおおぜいうろついているのは、治療する費用がないからかもしれないと思うほどだった。ともあれ特に異常は見られないという診断が下され、それでいっそう落胆した。

「じゃあ、何がいけないんでしょう」

「じゅうぶんに悲しむことができなかったケースのようです。ドキュメンタリーで、チンパンジーの母親が死んだ子供を手放せないで、ずっと抱いているのをご覧になったことがありますか。人間も、意外と同じような状態に陥るものなのです。もっと深刻な症状が出ないようなら、もうちょっとようすを見てみましょう」

ドライな顔つきのこの医者は、私をチンパンジーに例えているらしい。あきれたけれど、とにかく休学して心身を安定させる必要があった。どう考えても、ジュヨンが私と話し続けてくれることが、何より助けになったようだ。私の妄想を削除し続けてくれたジュヨン自身がその時間をどう乗り越えたのかは、知る由もない。


「もう一度だけ言って。ここを見て言って。録画するから。もう二度と頼まないでいいように。ごめん」

「いいよ。いつだって言ってあげる。お兄ちゃんは死んだ」

「どうやって死んだの。あたしの記憶は合ってるのかな」

「合ってるよ。子供が、脱走兵が除雪箱に置いていった銃で撃った」

「スホが」

「スホが。今は工事現場になっている家畜小屋で」

「犬は、犬たちは?」

「二匹は死んで一匹はどこにいったかわからない。もう一匹はあたしが飼った。洗ったら白くなったデカ。去年、老衰で死んだ」

「スホの友達を見たよ」

「そう。いつ?」

「先週。先々週」

「それで?」

「すごく大きくなってた。あの子たちは知らなかったのかな」

「何を」

「スホが家畜小屋に出入りしてたこと。男の子たちは自慢したがるじゃない。銃とか犬とか、秘密は何でも」

「今となってはわからないよ」

「知りたくない?」

「別に。あんたは?」

誰にも言えなかったのは、ジュワンではなく私が死んだ時もあったということだ。あの日、犬を追いかけたのはジュワンではなく私だった。肩が熱くなる感じとともに最後に感じたのは、そよ風、スコップの先、汚い泥の味。私は発見されたり、されなかったりした。発見されない時は、ずっと土の中にいた。その感じに浸ると、三日でも四日でも眠った。誰も起こそうとしなかったから、いっそう、死んだ感じがした。そして、死なないジュワンの妄想の中に私がいるから変な残影が残っているような気がした。私がジュワンのことを考えているのではない。生きているジュワンが、私が死んだことをよく理解できないのだ。だから私までこんがらがるのだ。土の中で混乱しているのだ。

ここを見て、あたしは生きていると言って。

それは頼めなかった。

0034.MPEG

ジュワンが生きていたら好きになっただろうと思う映画のポスター。

「キミに逢えたら！」

「マリリン7日間の恋」
「リンカーン　秘密の書」
「50歳の恋愛白書」
「ノーウェアボーイ」
「ゾンビランド」
「ハッピーサンキューモアプリーズ」
「ルビー・スパークス」
ソフィア・コッポラの映画すべて
ジュリー・デルフィの映画のうち、自分で演出した作品すべて
「Basilicata coast to coast」
「ザ・ロイヤル・テネンバウムズ」
「ムーンライズ・キングダム」
「第9地区」
「王子になった少女たち」*84
細田守の映画すべて
ヘルボーイシリーズ

パク・チャヌク、ホン・サンス、ポン・ジュノの、興行に失敗した映画
「スコット・ピルグリムVS邪悪な元カレ軍団」
スター・トレック　リブートシリーズ
スター・ウォーズの追加エピソード
マーベル・ヒーロー物のうち、「キャプテン・アメリカ」以外

私（ナレーション）しかしこのリストは終わりがない。どうしてこれらの映画を好きになるとわかるのかと言われると、実はわからない。古典とキッチュというか、オリジナルとリメイクというか、名作と怪作というか、ともかくその間に線を引くと結び目のように重なる部分がハジュの好みだったから。それだけだ。映画はリメークされリブートされるが、人は戻ってこない。

＊　＊　＊

私たちが再び集まるようになったのは、もうバスには乗らないのにわざわざ集まるようになったのは、さらにもう二つの死があって以後のことだ。

ミヌンの従兄のうちの一人が引越センターでアルバイトをしていて、どういうはずみか、レールで移動するはしごから落ちて亡くなった。七階の高さだった。その日は格別気分がよさそうに見えたそうだ。夏の暑い日だったからビールを飲んだのではないかと目撃者たちは推測した。動くはしごの上で踊っていたという話もある。午後二時、たくさんの人たちが見ている中で転落した。不注意による事故と言うには、あまりにも突然のことだった。

その後、従兄たちのすべてが変化した。最も快活だった従兄がそうして亡くなると、残りの従兄たちはおとなしくなってしまった。そんなふうになれる人たちだとは思わなかった。品のよいヘアスタイルにして、就職した。坡州にある液晶ディスプレイの工場に入った人もいるし、何人かはソウルに行った。水原《スウォン》、昌原《チャンウォン》、蔚山《ウルサン》、浦項《ポハン》、大邱《テグ》にも行った。開城《ケソン》*85工業団地にも就職した。坡州に実家がある青年たちの多くは、わりと気軽に開城工業団地に入った。驚くほど近いうえに、給料がよかったからだ。もちろんさまざまな問題はあったものの、おとなしく我慢した。あの人たちの態度が「おとなしく」などという言葉で形容される日がくるなんて、誰も思ってもみなかった。

ミヌンはケガでもしたように動いた。ミヌンが走る姿は見られなくなった。こっそり走っているのかもしれないけれど、走ることのできない人のように動いた。全身に漲っていた活気が、どこかの排水口から流れ出てしまった。走ることも飛ぶことも這い上がることもしなくなったミヌンは、近隣に知れ渡っていた、あの従兄弟たちの伝説に終止符を打った。

そしてソンイと同期の客室乗務員が殺された。それは私たちだけではなく、全国民が知っている事件だ。性犯罪の前科がある運転手のタクシーに乗って災難に遭ったのだ。ソンイと仲がよかったとか、同じフライトチームだったとかいうことではないが、胸が痛み、ユニフォームが狙われたということに衝撃を受けざるを得なかった。しばらくの間、ソンイはユニフォームを着て出勤するのが憂鬱で仕方なかった。誇らしげに着ていたのが、突然獲物になったような感じがした。それまでソンイはその制服を着て、たいていほめられた。爪がきれい、ほんとうに親切だ、おかげで無事に着いた、笑顔がかわいい……。韓国代表のサッカー選手が、フライトが終わる頃に機内の免税品販売でチョコレートを買ってソンイにプレゼントしてくれたこともある。どの都市に行っても客室乗務員の制服は憧れの的だったのに、その制服を誰かが汚した。誰かがそのさわやかな制服を傷つけたがっているということに気づいた瞬間から不思議と、いやな乗客に出会うようになったとソンイは言った。それから出会うようになったのではなく、それまでは気づかなかったのに違いない。悪意というものは、ふだんはうまく潜んでいるものだから。よく見ると怪物の顔が見えてくる壁紙の模様のように。

だから私たちは再び集まった。各自、「あんなことも起こり得るのだ」ということを痛感してからは、そんな話をする相手には、昔の友達がふさわしいことに気づいたのだろう。

「あたしが思うに、人間は設計が間違ってるのよ」

ジュヨンが言った時、だれも「どうして？」と問い返さなかった。

「大切なものは絶えず失われ、愛した人たちが次々と死んでいなくなってしまうのに、それを耐えられるように設計されてない」

私たちはそんなふうに集まり、ともに壊れ、故障し、そのうちに一人ずついなくなることを予感していたけれど、さっさと諦めをつけることの潔さのようなものが漂っていて、それほど重い空気にはならなかった。「十人のインディアン」[*86]のように一人ずつ、運がよければ長くとどまり、悪ければ一瞬にして消えるのだ。順番を待ちながら淡々とチキンを食べ、誕生日のパーティーをし、お祝いやお悔やみを述べた。ただ生きているだけだとぼやく老人にうんざりしながらも、ただ生きていた。

そうしているうち、再び近づき、遠ざかり、立ち去り、戻ってくるのだろう。ほかの友人たちと新しいグループをつくり、遠い町で暮らすのだろう。美しい友情が永遠に変わらないグループなんて、現実には存在しない。存在するとしても、私はそこに属していない。そう思いながら友人たちに会うのが、なぜか楽だった。

お互いの欠点に対して寛容になった。ミヌンの無気力に、チャンギョムのエリート主義に、ジュヨンの不機嫌に、ソンイの放浪癖に……おそらくみんなも私のある部分に目をつぶってくれているはずだ。ともかくあの時期の私を見守っていてくれたことだけでもありがたい。変化しようのない部分については変化を要求することもなく、そのことに触れもしなかった。お互いの浅はかな知恵や卑屈な計算まで笑い飛ばした。バカはバカなりに生きていてくれたと言いたかったのかもしれない。思い切り遠ざかり、再び近くなってから、私たちはいつもお互いの身の安全を心配していた。チャンギョムはなんと護身用のスプレーと特殊警棒を五セット買って配った。私たちの中で最も力の強いミヌンは、ちょっとあわてた。

「何で俺の分まで……」

「男だって殺される」

チャンギョムは断固として言い放った。そんなチャンギョムも、世の中が私たちを殺そうと決めたなら、どうしようもないとわかっていただろうと思う。

ニュースが伝える死傷者の中に自分の名前がないことだけでも幸運だと考える潔さの上に、私たちの友情は続いている。

0035.MPEG

チャンギョム　さあ、心理テストだ。一番最初に頭に浮かぶ故事成語を二つ言ってみて。あまり考えずに。
ジュヨン　切歯扼腕《せっしやくわん》、臥薪嘗胆《がしんしょうたん》。
ソンイ　鶏群《けいぐん》の一鶴《いっかく》、[87]説往説来。
私　走り馬に鞭、[88]多多益々《ますます》弁ず。
ミヌン　一場《いちじょう》の春の夢、甘ければ呑みこみ、苦ければ吐き出す。
チャンギョム　……最初のが人生観で、後のが恋愛観だ。
ミヌン　ソンイ、説往説来が恋愛観だなんて、派手だなあ。
ジュヨン　それより「甘ければ呑みこみ」って、ミヌンにぴったりね。
私　「多多益々弁ず」だなんて。
チャンギョム　ジュヨンはどうしてそんなに復讐というテーマで一貫してるんだ？
ジュヨン　あんたは？
チャンギョム　[89]鶏肋《けいろく》、[90]冬夏青青《とうかせいせい》。

＊　＊　＊

冬夏青青のチャンギョムは、抜歯の神だった。ほかのことはともかく、抜歯だけは誰にも負けない自信を持っていた。歯だけは必ず帰国して治療していたソンイの証言によれば、実際、かなり上手らしい。ソンイはチャンギョムに親知らずを二本抜いてもらった。ずいぶん前にも二本抜いたことがあって、その時はとても痛かったし炎症もなかなか治らなかったのに、チャンギョムが抜いた二本は、二日後に治ったのだそうだ。

「力でさっと抜けばいいっていうものでもないんだ。そんなふうに抜いたら傷が少なくてすむと錯覚してる人がいるけれど、実は歯茎を揺らさないようにして抜くのがコツなんだよ」

チャンギョムは主としてインプラント専門歯科チェーンを渡り歩く雇われ医師として働いた。ソウル、京畿地域の時もあったが、たいていは地方だった。私たちはそれまで、医者もそんなふうに場所を移しながら暮らさなければならないということを知らなかった。医者ともなれば、好きな町の好きな家に住めるのだと思っていた。

チャンギョムは引っ越すたびにパーティーをした。縁もゆかりもない地域だった。一戸建ての二階を間借りすることもあったし、小さなアパートの時もあった。貯水池の見える食堂の最上階の時もあり、空き地に突如建てられたワンルームマンションのこともあった。チャンギョムは全国どこでも適応できるようだ。田畑の真ん中に建てられたアパートで育ったからかもしれない。

縁もゆかりもないと気楽だということを、チャンギョムを通して知った。知っている人が一人もいないということ。いかなる風景も、風景以上の心象をもたらさないということ。いつでもそこを去れるということ。その地域の問題や事件から自由であること。私たちはチャンギョムの引っ越し祝いについて回り、地域の名物を食べ、がらんとした部屋に必要な物を持っていった。忙しい時は都合のつく者だけが行った。必ず何人かは行き、ソンイは主にビデオチャットで参加した。早い時間だったり、遅い時間だったり、たくさん食べたりたくさん歩いたりした引っ越しパーティーだった。

チャンギョムは、私たちが行くと歯石を取ってくれた。友達の前でカバみたいな大口を開けるのは気恥ずかしかったけれども、すぐ素直に言うことを聞くようになった。スケーリングに保険がきくようになる前のことだ。ありがたく、申し訳なかった。

「将来、開業したら費用を請求するから、心配するな」

ミヌンに至っては、いらないというのに、歯のホワイトニングまでさせられた。煙草のヤニで汚れたミヌンの歯を見ると、チャンギョムは我慢ならなかったのだ。気のせいか、それ以来、ミヌンは煙草が少し減ったようだ。

地域の人たちから女性を紹介されることもよくあったらしいが、チャンギョムはおしとやかな女性は好みではなかった。数年の間に外見に対する基準がぐっと高くなり、一貫して危なっかしい雰囲気を漂わせる超美人だけを好きになった。言うならば、昼間は有能な社会人で、夜にはどこで誰と何をしているのか見当のつかないような、そんな雰囲気の女性だ。

「彼女は今日もなぜあんなにセクシーな服を着てきて俺を悩ませるんだ」

チャンギョムはいつも美女に恋しては、グループチャッティングでそんな不平をもらした。受付の職員や看護師のこともあったし、同じビルの事務員や取引銀行の行員のこともあった。チャンギョムがその美しい女性たちに、きわめて稚拙な方法で接近しようとしたために、私が白衣を着た人々に対して持っていた、漠然とした尊敬の念ががらがらと崩れた。チャンギョムの恋愛はいつも長続きせず、破局に至る細かいプロセスは、友達を楽しませてくれた。

「彼女がクラブが大好きで、心配だ」

「もともとクラブで会ったんじゃないの」

「うん、でも断れない性格だから、子供を水辺に置いているみたいに、いつも心配させられる」

「断れないから、あんたのナンパに引っかかったんでしょ」

「俺に引っかかるのはいいけど、ほかのやつに引っかかるのはいやだ」

「水辺に行かないと水泳も覚えないよ。経験がなければ水泳もできない。彼女が水泳できなくてもいいの？」

「おい、実際の水泳の話じゃないだろ。教えるにしても、俺が教えたいんだってば。いろんな男に水泳を習って何がうれしい？　俺がその恩恵をこうむるわけでもないのに」

「恩恵はこうむるよ」

たいていはからかって終わった。愛らしかったピンクの豚がナンパ男に変身してしまったのは、弟の部屋で見つけてはいけないものを見つけてしまったみたいな気分だが、私たちはみんな、チャンギョムの幸福を願っている。チャンギョムがお金をたくさん稼ぎ、驚くほどきれいな女性と結婚して、かわいいピンク色の子供ができることを。もし母親似でピンクにならなくても、かわいがってやるつもりだ。チャンギョムの人生が順調にいくことを祈る。ほかの者たちは順調にいきそうもないから、チャンギョムが私たちを代表して順調のアイコンになってくれれば、私たちの分まで順調にいってくれれば、と思うのだ。チャンギョムは十代の時に自分が決めたとおりに生きている。何も奪われず、妨害されることもなしに。まだ目的地に到達してはいないけれど、最初に設定した方向に向かって進んでいる。そんなことのできる人が、いったいどれくらいいるだろう。あまりに少ないから、そういう人がいることを知っているというだけでも、少しは安らかな気持ちで暮らせるような気がする。チャンギョムが私たちの入れ歯を作ってくれる日まで。

0036.MPEG

インド神話の本を読みながらジュヨンを待っている。イラストの美しいインドの神様たちを写す。

ジュヨンがカフェのドアを開け、このテーブルに来るまで録画のままにする。本の背を見たジュヨンが、ふうん、と笑う。

ジュヨン　これからはクリシュナ神に救いを求めるの？

私（ナレーション）私はどうして友達が俳優でもあるかのごとく、特定の反応を引き出そうとするのだろう。

＊　＊　＊

「アメリカ人でもないのにアメリカ人の学校に通うのは楽じゃなかった。私もたいへんだったけど、お兄ちゃんはもっとたいへんだったみたい。最初の頃、英語がうまくしゃべれなかった時はあからさまに無視されたし、英語ができるようになってからは、表面には出さないだけで、やっぱり無視された。私はそれほどでもなかったけど、お兄ちゃんはしゃべれるようになってからも、ずっとやられてたみたい」

「人種差別？」

「人種差別でもあったたし、何か男同士の問題もあったんだと思う。どこでも同じよ。もっと優れた、先進的な、素晴らしい社会があるはずだ、なんて期待はしないほうがいいみたい」

「ハジュは友達がいなかったの」

「いたよ。それが問題だった」

「なんで」

「学校は緑色のフェンスで囲われていた。ときどきインド人の子供たちがフェンスの外にもたれてちょっかいを出してきたりもしてたの。ところがある日、お兄ちゃんにクッキーを差し出した子がいた」

「クッキー？」

「イザール・ナギ。イザール・ナギがお兄ちゃんにクッキーをくれた。大麻のクッキー」

「食べたの？」

「食べたんだって。そして車に乗らなくなった」

「歩いて通ったの？　歩いちゃいけないの？」

「インドでは車に乗らないと危険だよ。どの家にも、運転手つきの車があった。家族の人数分の車を持っている家もあった。特に未成年者は絶対に乗らないとだめ。誘拐事件が多いし、誘拐よりもっとひどい事件も多いから。インドに行って最初に言われるのがそれよ。絶対に車から降りないこと」

「絶対？」

「絶対。大通りからはずれないこと。日が暮れる前に帰ること。お兄ちゃんはその規則をまったく守らなくなった」

「お父さんお母さんは心配しなかった？」

「したけど、それでも友達ができたのはいいことだと思ったのよ。イザール・ナギがその地域の政治家の息子だということも、気に入ってたみたい。名家の息子なら大丈夫だと思ったんでしょ」

「大丈夫じゃなかったの？」

「二人はインドに存在するすべての麻薬を試した」

「気づいてなかったのかな？」

「気づいていたんだか、気づきたくなかったんだか」

「それで、いつわかったの」

「お兄ちゃんが病院に運ばれた時。心臓が二分くらい止まった。H&Cをやったんだって」

「何それ」

「ヘロインとコカインを混ぜたやつ。コカインは心拍数を増加させ、ヘロインは減少させるから、混ぜたら心臓がずたずたになる」

「そんなことがあったのね」

「お兄ちゃんは何とか助かって、イザール・ナギは隣のベッドで死んだ」

「死んだの」

「死んじゃった」

「学校だけが原因じゃないと思うな。学校は、韓国だってひどいもの」

「学校だけの問題じゃなかった。正直、あたしはパパとママがお兄ちゃんに対するやり方が気に入らなかった」

「どういうところが？」

「お兄ちゃんをわざと怖ろしい事件に向き合わせたの。そういう意味では男も差別されていると思う。鋼鉄のように、叩けば強くなる、男らしい男になると考えてる。でも、鉄の男とセラミックの男は、違うんだから。叩けば壊れる男も、いくらでもいるんじゃない？　ひよわなんじゃなくて、もともと別物なのに」

「ハジュはセラミックだったんだ」

「お兄ちゃんはセラミックよ。それは男か女かは関係ない。むしろ、あたしだったら何ともなかったかもしれない」

「どんな事件だったの？」

「インドに住む韓国の男たちは、在留している人や、旅行に来た韓国人が失踪すると、捜索隊に参加しなければならなかったの。ある程度の年齢になると、みんな。私たちは、そもそもなぜわざわざインドなんかに旅行に来るのか、理解できなかった。インドで素晴らしい悟りが得られるだなんて、西洋人のオリエンタリズムなのに。そんな神秘化を、韓国人が真似してどうするのよ。どんどん来て、どんどん失踪した」

「行方不明がそんなに多いの」

「新婚旅行のカップルが、タクシーの運転手を雇って一週間楽しく見物してたんだけど、ある日、運転手が男の人に、タイヤが穴にはまったから車をちょっと押してくれと言ったの。その人が後ろから押した瞬間、タクシーが出発した。いくら呼んでも止まらずに行っちゃった」

「女の人は？」

「男の人が残ってしばらく探したけど見つからなくて、帰国した」

「探す方法はないの？」

「人口は多いのに、警察がでたらめなら、どうやって探すか知ってる？」

「さあ」

「マフィアに頼む。韓国も、昔は人探しはヤクザが一番だったらしいね。インドは今でもそう」

「ジュワンが探したのはどんな人？」

「司法試験だか上級公務員だか外交官だか何だかの試験に受かって、旅行に来た苦学生だった。国のために働くつもりだから、最も貧しい人たちを近くから見てみようと思ったらしい。そんな理由でインドに来る人もときどきいる。ともかくその人は毎日家に電話をしていたのに、ある日、ぷっつりと連絡が途絶えた。両親が大使館に連絡しても埒《らち》が明かないから、パパのところにまで捜索の依頼が回ってきたのね。パパが仕事で知り合いになったマフィアに頼んで……。それより、変じゃない？　どうして仕事でそんな人たちと知り合うの。あの世代の人たちったら」

「それで？」

「それでどの地域で失踪したのか、だいたい分った。[*91]ハンピから次の行き先に向かう途中で行方がわからなくなってた」

「ハジュがそこに行ったの」

「お兄ちゃんだけじゃなくて、在留韓国人の男はみんな行った。三、四人で組になって、さらに人を雇って捜索を始めた」

「見つかった?」

「頭だけ。よりによって、お兄ちゃんが見つけた」

「ああ」

「それに、遺族に引き渡すまで、ろくな冷蔵施設もないから、塩漬けにしないといけなかった」

「頭を?」

「うん。遺族がその頭を受け取ってどうしたのか、想像もしたくない。それに、お兄ちゃんはそんな事件に立ち会わせてはいけない人間だったのに。ある瞬間、故障したみたい」

「マルファンクション……」

「お兄ちゃんがそう言ったの?」

「うん、あたしにはわからないだろうって。そのことだったんだろうか」

「言わないほうがよかったかな。腹が立って、つい言っちゃった。パパはいつも言ってた。俺は坡州で、豚をつぶす棍棒で殴られながら育った。だからこんなに成功したんだ。一代で財を築きあげようと思えば、厳しい現実も直視しつつ成長しなきゃならん。そしてママはそんな言葉からお兄ちゃんを守ってくれなかった」

「守らなければならないことが、わからなかったのね」

「あたしも結局ママと同じよ。今では、それぞれの限界があることを知ってるけど、しばらくは腹が立ってた。腹が立って我慢できなかった。いつも怒ってる人はいやでしょ」

「坡州に戻ってきたのは、なぜなの」

「おじいちゃんの土地が残っていたし、お兄ちゃんが車に乗れないから。麻薬の影響か、いつも車に乗れと強要されていたからか、六時間も降りられないインドのバスのせいなのか、なかなか車に乗れなくなってしまったの。乗用車であれバスであれ、ここは車なしには生活できない町だし、歩いて行ける範囲に歓楽街も何もないから、お兄ちゃんを閉じこめておくのにいいと思ったんでしょ」

「それからお父さんとお母さんはインドネシアに行った」

「すぐにね。親戚がうるさかったんだと思う。パパとママに会いに、インドネシアにもまた行かなくちゃ」

「インドネシアはどう？」

「おもしろい国よ。島でできているから飛行機はちゃんと作れるのに、自動車はだめ」

「そうなの」

「一度死んで生き返った子供を大事にする親もいれば、目も合わせられないで、耐えられずに子供から逃げてしまう親もいる。それもあり得るんだと思う。もう腹も立たない」
「あたしにはわからないだろうと言ったことは、これで全部なのかな」
いつも自分だけの答えを持っているジュヨンですら、答えることができなかった。そう。私は永遠に、このわからない状態に置かれるのだ。ジュワンの言葉は正しかった。

0037.MPEG

ソンイが、バッグから小さなブリキの缶を人数分取り出した。缶のフタには小さな花模様が描かれている。

ソンイ　かさばる物は買えなかった。練り香水。男性陣は、彼女へのプレゼントにしてね。

各自、フタを開けてちょっと塗ってみる。いっせいに手首の匂いを嗅いでいる。

私（ナレーション）私のはライラックの香りだ。まったく加工されていない、ライラックそのものの香り。花の香りと草の香りが半々だった。しばらく手首からライラックの香りがした。

ソンイは一人で帰国することもあったが、フィリップと一緒の時もあった。フィリップはソンイが韓国に連れてきた唯一の彼氏だった。ニューヨークに住むポーランド人のフィリップ。ポーランド。フィリップ。覚えやすい。

顔は小さいのに前歯が大きく、毛深いフィリップは、外見からしても陽気に見えた。見た目そのままの性格で、いつも私たちのために新しいジョークを準備してきたけれど、詩と冗談は元の文化圏を離れるとあまり伝わらないし、彼のヨーロッパ式英語も、いつもリスニングテストみたいに聞き取りにくかった。

「英語ができるジュヨンは社交的ではなく、最も社交的なミヌンは英語ができないとは……。嘆かわしい」

チャンギョムの言うことは正しかった。でもミヌンはおもしろいユーチューブの動画なりとも見せて、フィリップとのコミュニケーションを図った。チャンギョムはキノコ炒めをうっかり「真菌類料理」と表現してしまってからは、口数がぐっと少なくなった。

「英語学校にずいぶん通ったくせに、マッシュルームという単語も思いつかないのね」

＊　＊　＊

ジュヨンはみんなの話をよく聞き、間違ったところを正したり、説明をつけ加えたりしていた。最後のほうになると、たいていフィリップが中心になって話をした。フィリップは特に私のためにニューヨークの美術館が今、どんな展示をしているとか、この頃、チェルシーのギャラリーのうち、どこが最もホットであるか、美術家の誰が人気があるとか、一生懸命説明してくれた。そんな時、なぜか重要なすべてのことはあちらでだけ起こり、ここでは何も起こらないような気がしてきたが、それはフィリップの過ちではない。

ソンイとフィリップのアパートに泊まってニューヨークを歩いた時も、いつもそんな感じがしていた。すべてのことがここで起こる。それに比べ、世界のほかの場所は空白みたいなものなのだ。ソウルや韓国も、よそから見れば、坡州みたいな感じなのだろうか。輝ける都市にかなり近いのにも関わらず、どうしたってメインステージではない、中途半端な土地。ヨーロッパにあるいくつかの都市とアメリカにあるいくつかの都市に住む人たちだけが、自分たちの住む所がメインステージであると思って暮らしているのかもしれない。そのほかの所では、特に優れた人や物は、そういった都市に「進出」しなければならない。土地を去り、引っ越して、そこでまた認められる必要がある。そのめんどうな手続きを経なくてもいいというのは、恵まれているのに違いない。十九世紀と二十世紀に世界が片方に組みこまれてしまったために、アジアやアフリカの都市は、いくら魅力的でもせいぜいコピーか支店と言ったところだ。クスの具のような、単なる彩り。腹が立ったのではない。世界が世界を呑みこむとそうなるんだ、と思っただけだ。

「あたしも同じような気分だった。ミッドタウンのど真ん中にある四十階建ての出版社の建物を見た時、特に、韓国の出版社はソウルにもうあまり残っていないのに、比べてしまった。ほんとは、あのビルのワンフロアかその半分くらいは、あたしたちが造ってやったのよ。せっせと版権料を献上してやったんだから」

私より先にソンイに会いに行ってきたジュヨンが言った。

ジュヨンはホテルに泊まったのに、ソンイが私に、絶対自分のうちに泊まらなければいけないと強硬に主張した。ソンイはいったん言い出したら、決して引き下がらない。ジュヨンはともかく、私はニューヨークに呑みこまれてしまうと思っているようだった。心の中ではベ[*92]イビー、ベイビー、イッツ・ア・ワイルド・ワールド、と歌っていたかもしれない。自分は夜明けまで闊歩している癖に、私はなぜ彼女の保護下にいないといけないのか理解できなかったし、保護観察になっているような気分だったが、結局負けて、ソンイ一人が住んでいるのでもなく、フィリップと一緒にいるアパートに泊まった。旅行費用もぎりぎりではあった。

私はそこでもずっと眠り続け、サイレンが鳴っても目を覚まさなかった。ときどき目が覚めると、ソンイとフィリップがポーランド式アップルパイを焼く匂いがした。正直、ほかのアップルパイとどこがどう違うのかわからなかったが、一切れ御馳走になった。食べているとフィリップは、拾ってきた動物にエサをやる時のように満足げな顔で私を見ていた。いったい、ソンイが私のことをフィリップにどう話していたのか、気になったけれど聞けなかった。

ジュヨンが、私の行くべきコースを予め組んで三十二ページのガイドブックを作ってくれていたから、毎日その通りに歩いた。リストにはあらゆる美術館が含まれていた。映画美術をやっているからといって、あらゆる種類の美術に大きな関心を持っているのではないが、私は友人たちの先入観を正すのを諦めた。それに、見てみると、実際、楽しかった。通じるものはあるから。いったい通じない分野があるのかという気がする。そうして見てきた展示に関する記事を、韓国の美術関連雑誌と美術と関係のない雑誌で一年間読み続け、ようやく自分が何を見てきたのかがわかった。

業界で働く人なら、そんな都市で暮らすべきなのだろう。私の場合はハリウッドなのかもしれないが。ともあれ、すべての事件が起こる都市に住んでいないというのは、文化産業に従事する者としては、実に悲しむべきことなのかもしれないという気がした。

どうすれば、そんな都市に住むことができるのだろう。ソンイにできたことが、なぜ私にはできないのか。健康性、生命性とでも言うか、再生性とでも言ったらいいのか、そんなものがソンイにはあり、私にはないからなのだろう。ソンイと私の間には、あるはっきりとした違いがある。

その違いについて結局はわからないまま、実はあまりわかりたくもないと思いつつ、ニューヨークから戻った。


「それで、今は誰とつきあってるの？　誰だっけ、前につきあってた人？」

ソンイの彼氏は年表で整理しなければならないほど複雑だが、フィリップとは三年も続いている。私はソンイほどではないものの、やはりなかなか長続きしなかった。ソンイは私の彼氏の話は電話で聞くだけだから、いつも混乱していた。

「この前聞かれた時と同じ。ロケ担当だったのが、今はダーツバーをやってる」

「あ、フィリップはダーツ好きよ。ジュヨンは誰かいるの？」

「いない。わが国には白石《ペクソク》*93以後、あれほどの男前は出てないもの」

「ナターシャ*94かよ」

「笑わせるね。いつかは、最近の作家たちのほうがずっとおしゃれで文章も上手なのに、昔の作家ばかり過大評価されているって言ってたじゃないか」

何のことだかわからないフィリップには、ソンイが簡単に説明してやった。昔の詩人。ハンサムだったのか。そうよ。何年生まれ？　チャンギョムがすぐ調べて、一九一二年生まれだと言った。するとフィリップがジュヨンをからかい出した。ナターシャじゃなくて、バージニアと名乗れと、意地悪くからかった。そんなに男とつきあわないなら、バージニアだと。

「こいつ、かわいがってやったら、つけあがって」

ジュヨンが笑いながら、でもぴしゃりと言い放った。フィリップは韓国語はほとんどわからないけれど、すぐに空気を察してからかうのをやめた。殺気は万国共通だ。

フィリップは辛い物はまったく消化できないために、主に日本式のテリヤキソースを使った料理を好んで食べた。そこまではよかったのだが、冷麺《ネンミョン》はどこがおいしいんだかさっぱりわからないと言うので、一同は落ちこんでしまった。理解できない酸っぱい汁に、理解できない固い麺が入っていると言う。私たちが理解できないポーランド料理もあるのだろうが、冷麺がおいしくないだなんて。ものすごいカルチャーショックだった。

それでもうちの店のククスはおいしいと言った。母はソンイとフィリップが来ると、王様に出すほどたくさんの料理を並べた。そこまですることはないのに、韓国食の文化大使にでもなったような使命感を持って、数日前から仕込んでいた（チャンギョムが学会で親しくなったケニアの歯科医を連れて来た時も、母は[*95]テイ・ディグスに似たハンサムなその黒人に、お腹がはち切れるほど食べさせた。母は外国人の胃腸を酷使する達人だった）。そんな時の母は止められないとわかっていた。私はどうして一度言い出したら聞かない女たちに囲まれて生きているのだろう。わが身を呪いつつ配膳を手伝った。フィリップは意外にチムタク[*96]でもプルゴギでもなく、太刀魚をおいしいと言って一人で十切れも食べた。長い太刀魚を一匹以上食べたのではないかと思えるほどだった。母は箸で太刀魚を食べる方法をフィリップに教えてやろうとしたものの、結局は諦めてフォークを渡した。フィリップはフォークで食べたり手で食べたりしながら、この世で一番おいしい魚だと言った。

いつかソンイとフィリップが別れたら、うちの母も悲しむに違いない。

0038.MPEG

夜明けに仕込みをしている厨房。母と祖母と調理補助のおばさん二人が忙しく動いている。
私　ママ、あたしどうしても仕事がうまくいかなかったら、ここで働いてもいいかな？
母　やめてよ。遊びじゃないのよ。だめ。それに、店を譲ってくれと言う人だってたくさんいるんだから。あんたは自分で勝手にやりなさい。店を売って、老後は楽したいの。
私　おばあちゃん、あたし、だめかな？
祖母　あたしに聞かないで。すぐ死んでいなくなるんだから。
母　うちは引っ越すよ。江原道とか利川《イチョン》とか、陶芸の窯がある所に行ってやきものをつくりたいの。
私　ママ、陶芸って、そんなにおもしろい？
母　習えば習うほどおもしろい。もっと早く始めたらよかった。
私　あたしもママに似て、同じものをたくさん作るのが上手よ。手がママの手と同じらしいわ。
母　そう？

＊　＊　＊

彼はロケーションマネージャーだった。ロケハンチームは美術チームと何かと関係が深いので、いくつかの映画で何回か顔を合わせていたが、印象の強い人ではなかった。ジーンズがフィットしているな、というくらいの印象だった。長さ、股上の深さ、幅、ウォッシング、どれ一つとして過剰なところがなく、ぴったりだった。そんなジーンズが珍しいことを考えれば、彼の平凡なジーンズは、実はたいした代物だった。自分をよく知っているという証拠だ。

「予算、予算ですって？　うちのチームは駐車、駐車ですね」

彼はそう言って笑った。たまたま車に乗せてもらった日のことだ。そうだろうなと思った。

百人も移動するのだから、駐車こそ大問題だ。チームごとに難問があるんだなあ。駐車場の問題にいや気がさしたのが原因ではないが、彼はその頃、映画の仕事をやめたがっていた。

「支払いが遅れるのにも愛想が尽きますね。まったくうんざりですよ。くれる物はきちんとくれなきゃ」

映画に何の幻想も抱いていないというところに、なぜか好感が持てた。ジュワンに似たところが、ほんとうに何もないということもよかった。いくら考えても共通点は見当たらない。オープンで、友達が多く、とんがったところも、陰もなかった。目の下に傷がなかった。男子中学、男子高校でわいわい言いながらお粗末な給食を食べて、どうしてあんな体格になるのか、不思議だった。鈍い感じではないが、シルム（韓国相撲）は強そうだった。私は頭の中で完璧なジーンズを脱がせ、サッパ（まわし）を巻いてみて、ああ、この人とつきあうようになるな、と予感した。

彼は、私に対しても何の幻想も持たなかった。私がかわいくも、真面目でも、健康でもないことを察知していた。

「あたし、子供はあまり好きじゃないんだけど、妙なことに、寄付をしている二カ所とも、子供に関連した施設なの。実は子供が好きなのかな」

ドライブしている時、私が何気なく話すと、彼はこちらに目を向けもせずに答えた。

「いや、お前はほんとに子供は好きじゃない。費用に対する効率が一番ましだと考えたからそこに寄付してるんだよ」

「……そうかな」

「いくら寄付してる」

「定収入がないから、少しよ」

「少ない金が最大限効果的に使われることを願うから、子供に寄付してるんだよ」

鋭い分析だったので、私は返答に詰まった。私がそれを望んでいるのかどうかはともかく、彼が私を正確に観察しているのは確かだ。

彼は中古のダーツの機械を何台か購入し、[*97]麻浦《マッポ》にダーツバーを開いた。エレベーターが狭くて三人乗っても満員になりそうなビルの四階だった。誰が来るのかと思ったけれど、客は来るには来た。その店のカクテルは、不思議なほど普通だった。特別においしいものもなく、かといってレシピの何かが足りなくて変な味がするカクテルもなかった。

ダーツはあまり上達しないし、彼ともたいして通じ合っているわけでもない。でも通じないからかえって、ほっとするのが不思議だ。通じないから、あまり掘り返すこともない。通じないから、相手の一部が私に伝染することもない。通じないから、私の中の病んだ部分を、敢えて見せる必要もない。通じないからあまりたくさんの時間を一緒に過ごさなくてもよい。通じないから、思い出すものもない。通じないから、目が合っても、痛くない。

侮辱ですら通じなかった。ちょっとした喧嘩をするたび、私は二人の間にある回路が切れていることを、あるいはそんな回路が存在すらしたことがないと指摘して、彼を怒らせようとした。あんたはあたしに何の影響も与えられない。あたしたちの関係なんて微々たるものだ、別れて何年かたつと名前も顔も忘れるだろう。私ならとても耐えられないような暗示まで、彼はただ見過ごした。腹が立つほど神経の太い人間だ。

「映画関係の友達はがっかりするけど、俺はやっぱりチャ・テヒョン[*98]の映画が最高だと思うな。チャ・テヒョンが出れば、何でも最高だ。どうしてみんな、複雑な映画がそんなに好きなのかわからない」

その言葉を聞いてから、彼はどんな人かと聞かれれば、私はチャ・テヒョンの映画が大好きな人と言い、みんなはすぐ彼の本質を見抜いた。

ダーツをたいして好きではない人がダーツをする時の気楽さのようなもの。持ち点が少なくなれば、命中すればうれしいし、だめならリセットすればいい。使うのは主として手首だ。

0039.MPEG

チャンヨン兄さん一家とビデオチャット。

イニョン姉さん　子供たちがあんたに会いたいって言うから、かけたの。今、忙しくない？
私　大丈夫。こんにちは。
アンノ　イモ[*99]、こんにちは。
ウィロ　イモ、こんにちは。

しかし子供たちは挨拶だけすると、二人ではしゃぎまわっている。画面の見えない部分で何かが壊れる音。

私　子供たちじゃなくって、姉さんが会いたかったんでしょ。
イニョン姉さん　うん。子育てがいつ終わるかと思うと、たまらないわ。
私　男の子二人だとたいへんね。
イニョン姉さん　女の子かなと思って二人目を産んだら（ささやくように）、失敗だった。
チャンヨン兄さん　俺の悪口か？
イニョン姉さん　うん、あなたの悪口。いけない？
チャンヨン兄さん　……どうしようもないな、今さら。

私　江原道は、今の季節はとってもいいでしょうね。涼しいでしょ？
チャンヨン兄さん　季節がどうなってるのかも気づかずに過ごしてる。遊びに来ないのか？
私　行かなきゃね。
アンノ・ウィロ　イモ、遊びに来て！
私　（ナレーション）私がイモなのかコモ[*100]なのか、この子たちはどうやって決めたのだろう？

＊　＊　＊

チャンヨン兄さんとイニョン姉さんが長男の名前をつける時、願いは一つだけだった。発音しやすく、韓国でも外国でも呼ばれやすい名前ならいい、ということ。その時二人は、移民することも考えていた。結局移民しなかったけれど、いつか子供が外国に行っても、本来の名前で友達と付き合うことができればいいなと言った。チャンヨンだのイニョンだの、確かに外国ではちょっと苦労しそうな名前ではある。

「お前、外国に住んでる友達たくさんいるだろ。ちょっと聞いてみてくれないか。名前を考えてほしいんだ」

たくさんはいない。ソンイ一人だけだけど。そういうとチャンヨン兄さんは、それでも頼むと言った。もちろんソンイは子供の名前をつけるのにあまり役に立たず、結局バトンはジュヨンに渡された。

「男の子ならアンノ、女の子ならウィロ」

「どういう意味？」

「アンノ（雁奴）は雁《かり》が群れになって寝る時、寝ないで番をしている雁のこと。ウィロ（willow）は英語で柳。妙にウィローって名前の女性が好きだった」

私はジュヨンが子供たちの名前を考えたことは、言わなかった。ジュヨンが連想させるもう一人を、チャンヨン兄さんが忘れてくれることを願っていたから、ただ名前だけを伝えた。二人が長男の名前をアンノにしたのはまだしも、一人目が男の子なのにウィロとしたのは意外だった。女の子ができなかったから、二人目がちょっと女っぽくなるのを願いでもしたものか。期待を裏切って、ウィロはますます男らしくなってきた。考えてみれば、柳は折ってどこに挿しても育つ木だから、名前どおりになったらしい。

「いつか自分に子供ができたらつけようと思っていた名前じゃないのか。もらってもいいのかな」

「子供はつくらない」

「わからないだろ」

「じゃあ、その時までに、また好きな名前を考える」

ジュヨンは辞書が好きだった。辞書を引かなければならない自分の仕事も好きだった。

「国立国語院のサイトで〔腹の中〕を検索してごらん。ほんとのお腹じゃなくて、心という意味で使う、腹の中。例文が怖いよ。読んであげる。〔嘘をつかずに正直に言いなさい。お母さんは、あんたの腹の中をお見通しなんだから〕。ほんとよ。ほんとに、こんな例文が出てるの。誰のお母さんだか知らないけど、すごく怖い。そう思わない？

「〔脇見をする〕が、どう説明されてると思う？　〔当然見るべき所を見ずにほかの所を見ること〕だって。〔当然〕なんていう副詞を使うとはね。語感が強いじゃない。ものすごく自信があるってことでしょ？　お前、当然俺を見るべきなのに、どこを見てるんだ。そう言える人は、自信も正直さもあるんだろうね。

「〔unforgettable〕を調べて、ぎょっとしたよ。〔通常、非常に美しかったりおもしろかったりして忘れられない〕だって。美しくても忘れられないけど、おもしろくても忘れられないんだなあって。あたしたち、どうしてこんなにおもしろくないんだろう。忘れられちゃうね。

「今まで一度も辞書を作ったことはないけれど、辞書を作る人たちが最高だと思う。〔初恋〕を引いてみたら、何て出てると思う？〔最初に感じた、または実った恋〕だって。感じるのと実るのとは違うのよ。違うのに、両方の意味を持たせたんだ。それから、北朝鮮に、こんなおもしろい表現があるよ。〔初恋の人に引っかかれたような〕っていうんだけど、〔初恋の相手に裏切られてひどい目に遭うという意。誰かと一緒に初めて何かをうまくやっていたのに、うまくいかなくなって恥までかかされることを、比喩的に言う〕だって。ぴったりだと思う。

「太刀魚に鱗がまったくないのも、呼び笛は、昔は杏の種を削って作っていたことも、全部辞書で知ったのよ。

「辞書がお互いに競争しながら増殖することも、今はウェブ上の巨大なデータになったことも、不思議。すべてのものが入っているのに、純粋だ。純粋でいるって、難しいことなのに。

「でもときどきやり過ぎのことがある。ヘルスクラブを〔健康房《コンガンバン》〕という韓国語に言い換えろだって。レミコントラックは〔洋灰こね車《ヤンフェパンジュクチャ》〕、ファンレターは〔愛好家手紙《エホガピョンジ》〕だって。それはいやだな。考えるだけでも、いや。

「ジェームズ・マレーは〔ジェームズ・モリ〕と表記しろと言うんだけど、これは従えないな。ジェームズ頭《モリ》みたいだもん。

「〔거침없이《コチモプシ》〕（よどみなく）は分かち書きしないのに、なぜ〔가차《カチャ》 없이《オプシ》〕（ようしゃなく）はス

ペースを入れるんだろ。くっつければいいのに。

「〔불후《プル》〕が、〔不後《プル》〕じゃなくて、〔不朽《プル》〕だって知ってた？　漢字を覚えたのが遅かったせいか、いつも不思議だわ。

「〔打開する〕ていう言葉はほんとうにきれい。死なないで打開できればいいな」

私は、自分がまったく興味のない辞書の話を聞くのが好きだった。身体の成分の九九・二％くらいは不信でできているジュヨンが、辞書を経典のように思っているのがうれしかったのかもしれない。読み、探し、解釈し、比較し、投げ出したり抱きとめたりしているようすが人間らしかった。

「辞書が好きになったのは、いつ頃から？」

「うん、たぶん最初は外国語を習うために見たんだと思う。でも国を長く離れていたから、韓国語に距離感ができて、国語辞典をじっくり見るようになった」

「言葉を習うのが好きなのは、誰に似たの？」

ジュヨンが顔を上げて私を見た。私が真剣に聞いていることに、気づいたらしい。

「ママに。母方の親戚はみんなそう。みんな外国語で食べている。叔父さんも、叔母さんも、全員。遡れば、訳官[*101]の家系じゃないかと思って調べてみたけど、違った。ともかく、ほかのことはだめでも言語能力はみんな優れてる。十歳くらいだったかな。インドに行く前だったと思う。ママと梨泰院《イテウォン》に行ってハミルトンホテルの下のサーティーワンでアイスクリームを食べてたら、かわいらしい黒人の子供たちがいて、あたしと同じくらいの年頃だったから、何度も目が合った。ママが、その子たちが話してるのを聞いて、フランス語で話しかけたの。たぶんフランスの植民地だった国から来たんだろうね。フランスから来たのかもしれない。子供たちが大騒ぎしたの。ちょっと離れた所にいた両親を呼びながら、『ねえ、このおばさん、フランス語しゃべるよ！』って」

「お母さん、フランス語ができるんだ」

「たいして勉強したわけじゃなくて、趣味でちょっとね。幸福でない時に外国語を勉強するのは、母親ゆずりみたい。幼心に、かっこいいと思った。ママが不思議な外国語をしゃべるのが。私が好きだから、ママはバーバパパ[*102]を読んでくれた。家にはママがフランス語の勉強のために買ったバーバパパシリーズがあったの」

「何それ」

「童話の本。丸っこいピンクの巨人みたいなやつが出てくるの。私は多様性の尊重と環境保護について学ぶべきことを、すべてバーバパパから学んだ」

「お母さん、かっこいい」

「そのわりには、幸せではなかった」

私の記憶でも、ハジュのお母さんは、朗らかでも親しみやすくもなかった。美人なのに存在感が薄く、家にいても、いるかいないかわからないような人だった。

「ともかくあんたは辞書も、仕事も好きなのね」

「好きよ。静かに本を作っていると、言語が透明な生物であって、私はその生物の体内に手を入れて脊椎を触っているような気がする。素敵な仕事よ。編集の仕事自体は好き」

「だけど？」

「だけど、いつからか、ひどく疲れる仕事になってしまった。本が売れなくなってくると新入社員はあまり入れないし、少ない人数で機械のように働くことになった。そんなふうにしてできる仕事じゃないのに。芸術家でもあるまいし、と言う人もいるけれど、編集者は芸術家ではなくとも、職人ではあると思うの。職人には自分が満足できるレベルまで念入りに仕事をする余裕が必要なんだ。そんなことが不可能なほど、仕事がきついのに、環境はいっそう悪化する」

「環境がいやなの」

「悪化する環境を、いい人たちが耐えている。辞めないで闘う人たちのおかげで、それでも何とかこの程度には維持できてるんだけど、闘うことすらできない会社のほうが多いのよ」

「あんたは？」

「わからない。この船が沈みつつある、とは感じている。私以外にも辞書の好きな女の子はいくらでもいるでしょ。自分で辞めたり、交代させられたりしても、たいして変わらないと思う。去年、課長が一人、クビになった。下の者からは好かれ、上からは嫌われる、そんな人。おべっかも使えないし、自己アピールもできない。その課長が強盗に遭った」

「大ケガしたの？」

「うん。家に遊びに行った時、道がちょっと暗いとは思ったんだけど……。とっさにハンドバッグを盗られまいと、ぎゅっとつかんだの。そしたら、ひどく殴られて顎の骨とか鎖骨とか肋骨とか、全部折れた。そんな状態で寝ているのに、会社はその課長を解雇した」

「ひどい」

「強盗に遭う直前に出した本にちょっとしたミスがあったことを、問題にしたの。おべっか使いがそれくらいのことをしても何にも言わないくせに。動けないでいるのをいいことに、今だとばかりにクビにした」

「まあ」

「もう出版業界には戻らないって。退院してからインターネットのポータルサイトに就職した。たいへんらしいけど、そっちのほうがましみたい。そんなふうに社員がいなくなっていくのね」

「会社ってどこもそんなもんじゃないの」

「そう、出版業界の属性じゃなく、会社の属性なのよ。大きくて悪い怪物。何を作るかには関係なく、会社ってのは。構成員がよければゆっくりと悪くなり、構成員すら汚れていれば、急速に悪化するみたい」

大きくて悪い怪物。その言葉は、おそらく「ビッグ・バッド・モンスター」の直訳だろうと思った。ジュヨンの小さな頭の中にいくつの言語が蠢《うごめ》いているのか、気になった。言語どうし衝突したり翻訳したりしながら、ぎっしり詰まっているのだろう。

「本はそんな怪物たちと闘うための武器なのに、本を作る会社のほうがもっと悪いんだから、始末に負えない。それが耐えられないの。こんなふうにいい人たちがどんどん辞めて、闘っていた人たちがみんな疲れてしまえば、不当な扱いを受けても何とも思わずに順応する人間だけが残って本を作ることになるよ。詐欺師みたいなやつばかり残って、本らしきものを作る。そんなの読みたくない」

私はもともとあまり本を読まないが、それでもそんな本は読みたくない気がした。私はもう話しかけるのをやめた。ジュヨンは、会社から持ち帰った大きなゲラの束と、小さなノートパソコン画面の標準国語大辞典を再び見始めた。

0040.MPEG

ミヌンのうちの果樹園に置かれたベンチを、いろいろな角度から撮る。雨が降った次の日で、まだ湿気の残っているベンチに、ミカン色のカビが生えている。ほんとうに、ミカンの粒のようだ。

私（ナレーション）ミヌンはなぜこんなベンチを置いたのだろう。果樹園に似つかわしくないアールヌーボー風の装飾を施されたベンチは、固定用の留め具にまだセメントがついている。私はときどき、ミヌンがどこかの美しい公園でこのベンチを引っこ抜いているようすを想像する。ひょっとしたら、ほんとにそうだったのかも。

働いているミヌンを遠景で撮る。ミヌンがちょっと手を止めて、ポケットからガムを取り出す。ピンク色の板ガムを一枚口に入れ、しばらく働くと、さっきのガムは出さずにもう一枚、ちょっと後でさらに一枚を口に入れた。後で三枚のガムを一度に吐き出した時は、まるで歯茎を吐き出したように見えた。

私　なんでそんな食べ方するの。

ミヌン　禁煙しようと思ってさ。ジュヨンが、倉庫を空にすると言って、ガムを三箱もくれた。
私　……流通期限過ぎてるかもよ。
ミヌン　死なないって。顎は痛いけど。
私　どうして突然、禁煙するの。
ミヌン　俺、就職したんだ。造園会社に。
私　ぞうえん?
ミヌン　ホテルの庭園みたいなものを外注で受けて造るんだ。俺、ホテル好きだろ。(笑)働き出したら、煙草を吸う暇もなさそうだから。
私　きれいなベンチでも、何個か盗んでおいで。
ミヌン　わかった。あずまやも一つ盗ってくるよ。ところで、いったい何を撮ってるんだ。いつも撮るばかりで、なんで見せてくれないんだよ。
私　もうちょっとたまったら見せてあげる。
ミヌン　俺、肖像権高いぞ。

＊　＊　＊

こんなスリラーはもううんざりだ。子供の誘拐と臓器売買を組み合わせたプロットで、子供の両親が制限された時間内に奔走するという映画だった。実際にそんな事件が、思ったより頻繁に起こっているのかもしれない。しかしそれとは別に、この話は嘘っぽかった。現実にそんなことを経験した家族が見れば耐えられないだろう。映画を製作しているスタッフが誰一人として気を入れていない感じ、とでも言えばいいだろうか。私も同じだ。やりたかったのではなく、何となく断るタイミングを逃してしまった。スリルもないスリラーなんて断るべきなのに、しばらく休んでいた時に入ってきた仕事だから、気が弱くなっていた。

主な仕事は、子供が閉じこめられる地下室を造ることだった。監督は地下室を何十カ所見ても気に入らず、私にセットを造ってくれと言った。最初は模型を見せたり、セットの一部にペンキを塗ったり剥がしたりもし、グラフィックも見せたのに、監督は一貫して曖昧だった。自分の求めることをはっきり把握していてほしいと望んだわけではないが、何がいらないかだけでも教えてくれたら、仕事しやすいのに。こんな調子で撮影の日程が狂ってしまえば、適当に片付けてしまう人間に違いない。映画が暗礁に乗り上げていることはみんな気づいていたが、誰も口に出さなかったから、変な雰囲気だった。監督は妙に黒い唇を丸めてぶつぶつ不平を言っていた。その唇がまるで肛門みたいだった。ほかの人の作業に難癖をつけることが自分の仕事だと思ってるなら、困ったことだ。私は仕事をするふりをしつつ、監督が折れるタイミングを見計らった。意欲が湧かなかった。

前の映画でもらったお金で、映像編集のできるノートパソコンを買った。今までのパソコンは古くて、洗濯機みたいな音がしていたのだ。新しいパソコンを買うと、編集作業はとても楽になった。はっきりとした目的があって編集を始めたのではない。ファイルがばらばらになっているのがいやだからだ。

私の撮ったビデオは、長くても五分に満たなかった。たいてい一分余りで、長いのも、ほとんどが、たいした内容はなかった。ファイルをどういう順番で並べたところで、あまり違いはない。最初は時間順に編集し、次に人物別に編集し、それも気にいらなくて、結局は画面の質感によって並べた。色[*103]温度、季節、ピントが合っているかボケているかなどの、何とも説明しづらい直感的な基準で。これではまるで、私の嫌いな監督と同じじゃないか。笑えてきた。

私は、いわば、視覚的な言語を使った。持って生まれた性質は、どうしようもないなと思った。脚本家たちは、美術部が背景説明を無視して勝手なものを作ると不満をぶちまけ、美術監督たちは、脚本家に現場の質感を見せても理解しないと首を振った。私はバーチャルな脚本家が私を罵っている場面を想像した。罵られて当然だけれど、どうせ私は映画を作りたいのではない。ただ、自分の使える言語で、幼稚でなかなか進まない日記をつけただけなのだ。

最終ファイルの名前をどうしようかと、ちょっと考えた。考えたところで、私は言葉の才能がないから、ハジュたちの言葉を書くことにした。いつかジュワンの部屋に貼ってあった、たくさんのメモのなかの一つを採用した。

アンダー、サンダー、テンダー。

頭というより手で編集をしている時、後ろに寝っころがっていた彼が聞いた。

「何で俺は写さないんだ？　友達はあんなにせっせと写すのに」

あんたはそこにいなかったから。私は口の中で答え、驚いた。そこって、どこ？　坡州ではなく、そこ。カメラを持って振りかえった。

「じゃあ、脱いでよ」

彼がジーンズを下ろすような仕草でふざけた。問題動画ってこんなふうに生まれるんだな。私はあきれて笑った。それが最も自慢できるところだと、自分でもわかっているらしい。ロナルドほどではなくとも、サッカーをやっていた男たちの持つ、太ももの筋肉。私は撮るふりだけして、撮らない。

「だめだ。もう動画まで撮られちゃったら、別れられないな」

「ならどうする」

「一緒に暮らそう」

「そんなだらしない格好で、一緒に暮らそうなんて言わないでよ」

膝のあたりにズボンが引っかかったまま仰向けに寝転がった姿勢では、どんな言葉も真剣には聞こえない。でもいつからか、実家より彼の家のほうが楽になったのは事実だ。家族が家にいる時はなぜかやる気になれない動画編集も、ここでは安心してできる。そこではない場所で暮らす時が来たのかもしれない、と悩み始めた。

「一緒に暮らそう」

反応がないので、彼はズボンをちゃんとはきなおして言った。そうしようか。一緒に暮らそうか。私はパソコンを切って、再び地下室のスケッチを始めた。子供は高く積み上げられた鶏のケージの間に監禁されている。光を浴びられなくて目の見えなくなった鶏たちと、ろくに始末されない排泄物、濡れた床には座る場所もない。壁には新聞紙とともに鶏の羽がくっついている。換気扇にくっついた埃と、詰まった排水口。何となく、これならOKしてくれそうな気がする。

彼と一緒に暮らす決意を、両親より先にジュヨンに伝えようと思って行ってみたら、ジュヨンは大掃除の真っ最中だった。通販で買ったとおぼしいモップやメラミンスポンジが散らばっていた。焦っているのか、要領よく場所ごとに区切って始めたのではなく、思いつくまま大ざっぱな掃除をしていた。

「家を売りに出したの。見に来る人がいるかもしれない」

「あんたどこに住むの」

「ロンドン」

「えっ？」

「出版企画海外研修プログラムに志願したら受かったんだけど、会社の同意書がいるの。そんなの出せないって言うのよ。何か学んでくればいい本が作れるだろうに、投資だと思えないのね。何だか息が詰まるような気がして、会社を辞めた。自分のお金で勉強してくるわ。先月、積立貯金を下ろしたのがあったから払っちゃった。どうしてあたし、こんなにやることが荒っぽいのかなあ」

「あんたまで行っちゃうの。ソンイもいないのに」

「三カ月だけよ。すぐ帰る。それよりソンイが帰ったら、挨拶してから行くわ。たった三カ月の休職も認めないなんて、なんてケチなの」

「貴重な人材だから、いなくなると困るんでしょ」

「刺激を受けていないと、枯渇してしまうことがわからないのよ。財団のお金で勉強してこようと思ったのに、邪魔するんだから。近眼どもめ。あんな人たちのために燃え尽きたくはないね」

「家を売るのね」

「うん、帰っても、小さな家に住みたい。ここを維持できそうもない」

「この大掃除も無理よ、あんた一人では。業者に頼んだら」

「そうだよね、やっぱり」

ジュヨンがゴム手袋を脱ぎ、足もとに投げて床に座った。掃除用のきつい洗剤の匂いで頭が痛くなってきた。きれいな所と汚れのたまった所があって、家はよけい汚らしく見えた。

「好きになったこともない家に、ほんとに長く住んだものだ」

「荷物はどうするの」

「全部捨てる」

本と映画のＤＶＤは図書館に寄贈し、家具や家電製品は、リサイクル業者が持っていかない物は捨てると言った。古いというだけでなく、最近は重い家具は好まれないから、たぶんほとんど捨てることになるだろう。

「ほしいものがあったら、持っていっていいよ。今月末までに言ってくれれば取っておくから」

私はここから何を持っていきたいのだろう。もう既に、ずいぶん持っていったのではないか。望まないものまで、ごっそり。私はジュヨンが放り出したゴム手袋をはめてスポンジを持ち、リビングの石の床のすきまにたまった汚れを拭き始めた。

「業者を呼べって言ったんじゃないの」

「できるところまでやってみる」

拭いているうちに、バスルームに来た。私が入ると、後ろでジュヨンがやめろと言っていたようだったが、ドアをロックしてしまった。ジュヨンはこの浴室を使わないのか、ブラシも浴槽も乾いていた。あの時から背は伸びていないけれど、浴槽が以前より小さく見えるだろうと思っていたが、違った。相変わらず石の棺みたいに長く深かった。

熱いお湯で浴槽を掃除した。素足の感触が、あの時と同じだった。

0041.MPEG

祖父の墓。簡単なお膳を供える。

祖母　今年はこのお膳を座って食べて、来年は寝て食べるんだろうねえ。

母　フフ、お義母さんったら。

私　おばあちゃんのブラックなユーモアが、私はどうしてこんなに好きなんだろう。
父　それより、同じ墓に入らないんじゃなかったんですか？
祖母　適当に離して埋めとくれ。

歯が悪いのにリンゴを食べている祖母の顔。甘い。祖母が口の形で伝える。

＊　＊　＊

青少年期につらい思いをして、カウンセリングを繰り返し受けたりすると、親は細かいことをうるさく言わなくなる。両親は、私の成績、大学、職業、年棒、結婚などについて、何の希望も持たないでいた。彼と暮らすと言うと、ちょっと止めようとして、すぐに諦めた。どうせまともではない娘だ、男がいないよりはましだろうという気持ちが透けて見えるから、私はいっそうずうずうしくなった。
彼は私よりも面の皮が厚かったので、両手いっぱいの肉や果物をおみやげに持ち、臆面もなく私の実家に荷物を取りに行った。ゴルフボール二つをクルミのように手の中で転がしていた父が、理性を失ってボールを彼に投げつけはしないかとはらはらした。三、四回ジープで運ぶと、引っ越しはだいたい終わった。

最初一、二回は母に布団や笛吹きケトルみたいな家財道具を買ってもらったけれど、それ以上は受け取らなかった。もらってばかりいると、期待させてしまいそうだったからだ。私がこのまま元気になっていくだろうとか、母が願うような生き方を、一度ぐらいはそれに近い暮らし方をするだろうというような希望を与えたくなかった。そんなことをして後でがっかりさせるのは、もっと親不孝のような気がした。

引っ越してすぐ、向かいの団地のリノベーションが始まった。古い団地には独特の美しさがある。今ではあまり使わない、濃いアンズ色の塗装、外に出ている避難用の鉄の螺旋階段、王冠型の換気装置や、丸いバルコニーの外部庇《ひさし》や、目を引くものがいくらでもあった。なぜ最近のアパートのほうがつまらないのだろう。デザインの問題ではなく時間の問題なのかもしれないが。アパートは間もなく爆破されるらしい。

その前に植木が引っ越した。それでなくとも、五階より高く伸びた木を、どうするのだろうと思っていた。あの団地には町の人たちに愛された桜の並木道があった。再開発されるとかされないとか言っていたことに、あの桜並木もいくらか影響を与えていたのではないかと、ときどき思う。距離は短いけれども花がいっぱい咲く道で、町の人たちは季節になると青い紗《しゃ》の提灯を吊るし、チヂミを焼いて売っていた。春は、とてもじゃないけど工事を始められなかったに違いない。桜たちを引っ越しさせるために古い歩道のブロックが割られ、掘削機が動員された。根を全部ちゃんと保存するのは無理だろう。ほかの所に売られる木もあるが、聞いた話では、たいてい*104板橋《パンギョ》か、その周辺に行くそうだ。濡らした紫色の毛布で根が覆われた。どれくらい生きるのかはわからない。同じ心配をしているのか、見物に出て来た人たちも、かすかに呻いた。

「変だと思わない？」

「何が」

「人間は若死にするほうが惜しまれるけど、木は年老いた木が惜しまれるじゃない。植木鉢の草木は枯れても平気なくせに。どうしてかな」

彼は的確で明快な答えを探そうとした。貴重だから。歴史があるから。動物と植物の差かな。老年の質の違いか。しかし、何を言っても私が納得しない顔をするので、諦めた。

「でもまあ、寿命はまっとうしたよね、あの木たちは」

「うん、だから人間なら大往生だよ。気にすることはないんだ」

私たちはゆっくり歩いたり速く歩いたりしながら、その場を離れた。私たちのように昼間寝て夜活動する人間にとって、再開発工事は非常な騒音になるだろうと思われた。

ソンイが一時帰国したから、うるさい昼間にはソンイに会いに行った。顔にはまだ妖怪らしいところが若干残っていた。

ソンイは帰るたびに化粧品や紅参《ホンサム》*105などをいっぱい買った。紅参を食べて三年間風邪を引かなかったからだと言うが、実はそれはソンイが妖怪姉妹だからだろうと、密かに考えた。紅参を食べていなかった時も、風邪を引いたのはほとんど見たことがない。

ジュヨンの誕生日が近いから、会ったついでにプレゼントを買うことにした。ジュヨンに何が欲しいか携帯でメールを送ったところ、すぐに返信が来た。

――シュレッダーがほしい。

ソンイに伝えても信じようとしないのでメールを見せてやった。ソンイが「げっ」と声を上げた。シュレッダーだなんて、変な物をほしがるものだ。どんなシュレッダーなのか、もう一度聞いてみた。

――かわいくなくていい。電気で、いっぺんにバリバリするやつ。業務用の大容量の。中古でもいい。

何をそんなに処分したいのか。ソンイも私もシュレッダーを買いに行く気にはなれず、インターネットで買うことにした。道端の店で、ソンイが靴を履いてみた。靴はやはり韓国のがかわいいと言いながら。私はカメラを出してソンイが片足でバランスを取り、手首にいくつも引っかけたショッピングバッグを落とさないでいる姿を撮った。ソンイが指でレンズの横の部分をつついた。

「見せてくれないの」

ミヌンに続いてソンイまで見せてくれだなんて、ほんとうに見せる時がきたのかもしれない。

0042.MPEG

木曜十時。合井《ハプチョン》。買ったばかりのコロッケをかじっている彼。コロッケから湯気が立っている。

彼　楊花大橋《ヤンファテギョ》、歩いて渡ろうか。

私　いやだ。

彼　どうして？　キスしようとしてるカップルの邪魔してやろうよ。すぐ後ろを歩いて。

私　意地悪。

彼　風もいいし、歩こう。

私　欄干が低すぎる。歩道も狭いし。落っこちそうだもん。

彼　何言ってんだ。あれくらいならじゅうぶんだろ。落ちたら俺が助けてやるよ。
私　自信持ちすぎ。二人とも死ぬよ。

＊　＊　＊

小さなキャリーカートにシュレッダーを載せてハジュのうちに行った。家が売れたというから、おそらく最後の訪問になるだろう。誕生日祝い兼送別会といったところだ。ドアを開けたジュヨンは、誕生日だからか、バーガンディ色の口紅を塗っていた。先に来ていた男どもが何かよけいなことを言わなかったか、気になった。赤より紫のほうが勝った、ほんとのバーガンディで、薄い唇にはよく似合った。

チャンギョムは雑誌『GQ』にでも出てそうなかっこいいベストを着て座っていた。肘の下に毛玉のできたナイロンのジャージを着てきたミヌンが、ちょっとうらやましそうだった。

「わあ、俺もこんなバストひとつほしいなあ」

「バストじゃなくて、ベストだよ」

チャンギョムがあきれ顔で言った。ミヌンがけらけら笑いながらバーベキューコンロに炭を入れに行った。きまり悪いはずの時にきまり悪いと思わないのが、相変わらずミヌンらしかった。開いたドアの隙間から、夕方の涼しい空気が流れてきた。

ジュヨンが部屋の隅でシュレッダーのコードを差しこみ、ほかの部屋から紙の束を持ってきた。紙が気持ちよく裁断される。明らかに喜んでいるから、変なプレゼントだけど、買ってよかったと思った。

「何を処分してるの？」

「他人の文章」

「これは文章じゃないけど」

「それは他人の情報」

会社を辞めて、持っていてはならない書類をすべて処分するらしい。シュレッダーは力強く作動した。よくわからないけど、処分すべき書類は山のようにありそうだ。

「安物の紙は、ものすごく埃が立つ。A4用紙の束を置いておくと、周りに白い埃がくっついて、肺によくない。いい紙はそうならないの。持っているより、さっさと処分してリサイクルに出すのがいいと思って」

肉より野菜のほうが多かった。ジュヨンはしばらく菜食をやめていたけれど、ほかの子たちも、今では野菜のほうをたくさん食べた。じゃがいも、トウモロコシ、玉ねぎ、トマトを焼いた。肉を減らしたからか、みんなの声も安定した音域に入りつつあった。話の中身より、穏やかな音域に心が引かれた。三十代になると声帯もよくなるんだなと思った。

私たちはみんな、ここを離れる時がきたようだ。そんな時期が何度かあった。大学の時もそうだったし。ミヌン、就職おめでとう。お前の所は大豆も作らずに、どうしてずっとリンゴにこだわってるんだ？　知らないのか、坡州のリンゴは意外に人気があるんだぞ。小さくても甘い。造園はどう？　あちこち行くのがおもしろい。果樹園に愛着がないわけではないけれど、俺はあちこち行くほうが性に合ってるんだ。フィリップは元気？　うん、一緒に来られなくて残念だって。ニューヨークにハリケーンが来た時、怖くなかった？　家の壁が剥がれたりしたっていうけど。停電したからたいへんだった。金持ちの地域だけ電気がついてたよ。真っ暗な道を懐中電灯を持って歩いた。会社で全部充電したわよ。ロンドンは楽しみでしょ？　まあ、三カ月だからすぐ終わっちゃうよ。行く前に歯を診てやるよ。ううん、近所でスケーリングとか、全部すませた。どうして俺の所に来なかったんだ。申し訳なくて。家はまともな値段で売れたの？　まさか、二束三文で売り払ったよ。悔しいだろう？　あたしよりうちの親が悔しがるでしょうね。お父さんやお母さん、ずっと外国で暮らすのもたいへんだろうね。よそで暮らすのは、どこだって寂しいよ。どの国にいても、いくら慣れても寂しい。怖い。災害みたいなことがあれば、あたしだけ捨てられるんじゃないかって気がする。ソンイはどう？　あたしも。

みんなの話を聞きながら、プロジェクターを取りに行った。明かりを消してプロジェクターの位置を補正する頃になると、食事が終わっていた。映画を見せるのだと思っただろう。穏やかなイントロなど何もなく、いきなり自分たちの顔が映し出されると、みんなしばらくショックを受けていた。チャンギョムが、自分のお母さんそっくりの口調で「あらあら」と叫んだから、笑いが起こった。ソンイは、ミヌンが持っていたナチョスの器をひったくった。そんなに真剣にならなくてもいいのに。私は友人たちの前で素っ裸になって踊っているような気分になった。画面に映ったのは友人たちだったのに、裸になったのは私だった。

点のように遠くから撮ったのもあり、ホクロが見えるほどクローズアップしたものもあった。髪が長くなったり短くなったりした。朝、歩き、夜、横たわった。笑い、打ち沈んだ。太陽の光が顔に白い枠をつくり、夜は私の手違いで赤目になった。カメラは傾き、ときどきはあまりに下のほうから撮ったために、顎の肉が垂れているみたいに映った（驚いたソンイが手の甲でぺちゃぺちゃと顎のマッサージを始めた）。会話はとても短いこともあり、長いこともあった。実際に撮ったのはこの数年だけれど、話の中でもっと昔にまで遡った。互いにからかい、慰め合った。全国各地にあったチャンギョムの家、チャンギョムも忘れていたいろいろな壁紙が背景になった。リンゴが育ち、実り、また落ちた。葦が茂ったかと思うと、雪に覆われた。ビニールで覆われマシュマロ形に束ねられたワラが、乾いた田んぼの上を転がっている。ニュータウンはできたが、まだ全部入居していない。黒い窓は人が入るのを待っている。ソンイが出国と帰国を繰り返した。なぜかうちの祖母が一番人気だ。彼が映った時には、軽いヤジが飛んだ。ククスが出ると唾を呑みこんだ。映画「シン・シティ」を連想させる[*106]ヘイリ芸術村の虹色のネオンのモーテル街と、ドライブインシアターのスクリーンがしばらく輝く。あたし、あんなこと言ったかしら。意地の悪い編集ね。そんな意味じゃなかったのに。本気ではない抗議の声も聞こえる。ジュワンの痕跡は、たぶんジュヨンだけが見抜けるだろう。そんな部分では、思わずジュヨンを意識した。色がちょっと取れた唇を、開けているのか、閉じているのか。ジュヨンはじっと、真剣に見ていた。編集したビデオは突然始まったのと同じく、突然終わった。

0043.MPEG

彼　何考えてるんだ?。
私　鯨の睾丸《こうがん》のこと。
彼　コーガンて、キンタマ?
私　うん。
彼　鯨もキンタマがあるんだな。大きいだろうね。
私　腹腔の中にある。

彼　どうりで、見たことがないと思った。
私　身体の中にあるから熱くならないように、ヒレのほうの冷たい静脈につながってるの。冷やすのね。
彼　不思議だねえ。でも、何でそんなこと考えてるんだ。
私　頭が熱くなった時に考えたら、冷めるから。
彼　変なやつだな。
私　変だから、嫌い？
彼　嫌いってのとは違う。でも、変だ。

＊　＊　＊

再び青い画面。私はすぐ明かりをつけ、プロジェクターを切った。みんなは上気した顔で、何か話したいように見えたが、私は逃げ出したかった。見せなければいけないような気がした。見せてくれと言われたし、見せなければ泥棒だから。みんなのイメージを盗んで、遊んでいたのだから。遊びにしては、つらい遊びだったけど。

「おもしろいけど、ストーリーはわからないな」

ミヌンが言うと、みんながバカにした。でも、おそらく最も率直な意見なのだ。私だってストーリーがわからないのに、ミヌンにわかるわけがない。

「俺は、感想を整理してからメールで送るよ」

「いいよ、チャンギョム、そんなことまでしなくても」

ソンイの顔は上気していた。

「たくさん映ってて、うれしい。韓国にいないのに」

「あんたが帰ってくるたびに、みんなが集まったからよ。あんたがいるからこそ、おもしろいし、楽しいの」

「ハ・ジュヨン、話してみろよ。この中でいちばん専門的な話ができるのは、お前じゃないか」

催促されてジュヨンは私の腕を尖った指でつかんだ。

「いいね」

今度は軽くない野次が飛んだ。何だよ、そんなの誰にでも言えるだろ。誠意がないな。しかし、私にはわかっていた。いつかジュヨンが言っていた。出版社において、「きれい」はデザイナーたちの究極の評価なので、きれいであるかないかによって何度も表紙が変わり、「いい」は編集者たちの究極の評価であるため、「まあまあだ」はよく言っても、「いい」とはめったに言わない、ということを。ジュヨンが本心からそう言ってくれたのかはともかくとして、うれしかった。貧弱で恥ずかしい裸体に、シルクのガウンか何かかけてくれたようなものだ。

みんな、すぐに疲労を感じた。私が疲れさせたのだろうが。チャンギョムとソンイが、今でも両親の住んでいるアパートに連れだって帰っていった。一棟だけのアパートの住民たちは、どこがそんなにいいのか、ずっと住み続けている。アパートを建てた建設会社はずいぶん前に不渡りを出していたから、細かい修理などは住民たちが蟻や蜂、ツバメのようにせっせとやっていた。ほかの土地で暮らしている二人はそのアパートを眺めながら、ゆっくり歩くのが好きだ。

ミヌンもバババッと音を立てて古いスクーターのエンジンをかけた。酔いはすっかり醒めたとはいえ夜道だから心配したけれど、本人は、道の外に落ちても死にはしないと豪快に笑い飛ばした。

私とジュヨンだけが残ってソファにもたれた。ソファは座るところが深すぎて、かえって座り心地がよくなかった。

「プロジェクターあげるから、持ってって」

私はうなずいた。

「ほかにほしい物はない?」

「……部屋から持ってってもいい？」

こんどはジュヨンがうなずき、ジュワンの部屋にはついてこなかった。私はドアを締めてたんすの引き出しを開けた。幸い、グレーのＴシャツはまだ捨てられずに、ぎっしり入っていた。二着だけ、いや三着だけ出した。彼の引き出しに入れておくつもりだ。たぶん、気づかずに着てくれるだろう。誰でも持っているような、グレーの無地のＴシャツだし。知っていても着てくれると思う。そしてある瞬間、私もそれがどんなＴシャツだったのか忘れ、捨てることもできるようになるのだ。

スニーカーのヒモで作ったブレスレットをポケットから出して引き出しに入れた。説明しにくいのだが、それは置いていかなければならないような気がした。ジュヨンが胸を痛めないように、Ｔシャツをさっさとバッグにしまった。そして、今度はジュヨンの足元に行って座った。

「どうしてアンダー、サンダー、テンダーなの」

ジュヨンが青い画面の上に小さく出たファイル名をキャッチしていたらしい。そしてそのファイル名がどこからきたのかも、すぐにわかったはずだ。

「ある年齢じゃないかな」

「年齢？」

「アンダーエイジ、サンダーエイジ、テンダーエイジ」

ああ、とジュヨンが手を私の頭の上に落とした。なでるというより、ただ、ぽとんと落とした。

「あたしが思うに、特にいい年齢ってのもないのよ。若い時は、いつどこで暮らしたいと思っても決定権はないし、年を取ったら、今がいつなのか、どこにいるのかもわからなくなるんだから」

「いつ、どこに」

私が繰り返した。

「時空。それが何よりも重要な情報よ」

ジュヨンの頭がだんだん下がってきた。私の前髪と横の髪が混ざりあうあたりに、唇をつけた。髪が押されて、一瞬くすぐったい。

「もうハジュと呼ばないで。それ、あたしのことじゃないもの」

今度もうなずいた。ジュヨンをハジュと呼ぶのは、呼んでいる私にも呼ばれるジュヨンにも残酷なことであると知りながら、やめられなかった。もう、やめられそうな気がする。ジュヨンが私の両耳をつかみ、鍋を持ち上げるように引っ張り上げた。片手を横にして目を覆ったかと思うと、わざわざ大きな音を立ててキスをした。驚いてプクッと泡がはじけるような音を出してしまった。

「唇は私とそっくりだったから。薄くて、カッコ悪くて」

それは三カ月過ぎれば何ともなくなる、別れの挨拶だった。ハジュの別れの挨拶。

0044.MPEG

学校からの帰り道、海の水に足を浸す済州島《チェジュド》の女子高生たちの後ろ姿。

透明な水にはときどき、フグの子や、小さなクラゲが見える。

海岸で色づくミカン。

携帯ラジオは周波数が合っていない
女子高生のうち一人が、カバンから小さなパラソルを出す。赤いチェックの制服に似合う、チェリーの模様がびっしり描かれたパラソル。

私　ここに住んだら、海も飽きるかな。
彼　飽きないと思うけど。
私　学校の近くにこんな海岸があったら、勉強の邪魔にはなるけど、ちょっと楽になるんじゃないかな。
彼　何が。

私　あの年齢が。
彼　楽にはならないさ。

＊　＊　＊

済州島に行きたいと言うと、彼は週末をはさんだ前後一日ずつ休みを取った。一度も行ったことがないと言ったら、驚かれた。彼は何度も行ったそうだ。行ったことがないために、次第に幻の場所になりつつあった。坡州の正反対、反対の端っこまで行った場所ではないか。もうすぐ十月になるというのに、泳げるなんて。海水浴場が営業を終っても泳いでいると言っていたが、それもうなずける。

監督たちが試写会を終えてぐったりするのも、うなずける気がした。私の粗雑な動画を友人たちに見せたのが、思ったより心理的な負担になった。休暇が必要だった。済州島に行けたらいいな、と言った。済州島に行ってみて「たいしたことないじゃん」とがっかりしたかった。もちろん、しなかったが。

レンタカーの中で水着に着替え、シャワーはどこもやっていないから、そのまま日に当てて乾かすつもりで、水に浸かった。濡れている時はやっかいだけれども、乾いてしまえば扱いやすい砂のように、ほかの問題もすべて払い落とせるような気分だった。

百年草[*107]のジュースを飲み、トコブシを一日に一回は食べた。釣り船に乗って刺身を食べ、太刀魚の煮つけも忘れずに食べた。ミカンの入ったお菓子は片っ端から買った。食べるなんて思ってもみなかった馬肉も食べた。おいしいと聞いたニンジンケーキの店にも行った。何ともいえない、純情な味のケーキだった。私は興奮して友人たちにニンジンケーキとニンジンマフィンを宅配で送った。航空郵便料がかかるのも、ちっとも惜しくはなかった。一人でホールケーキの半分くらい食べたと思う。私の過剰な食欲は、彼を喜ばせ、また驚かせもした。最後の日の夕食はしっかり黒豚を食べたが、ちゃんと消化した。

飲食店の選択を一度も間違えなかったのは、数年前から済州島に定住している彼の友達のおかげだった。民宿兼カフェを経営していたから、宿泊にも便利だ。

「住みやすいでしょう？」

「まずまずです。ときどきは寂しいし、台風の時は、ちょっと怖いです。もうちょっと商売がうまくいったら、屋根とサッシはつけかえたいですね」

寂しいというのは、わかるような気がした。いつでも済州島を坡州の反対のイメージでとらえていたけれど、草と花と樹木が違うだけで、人が少なく交通が不便な町に共通した雰囲気があった。雪の降る坡州に対して私が持っている怖れ、済州島の人たちは風の吹く日にそれを感じるのかもしれない。ある土地は、いくら長く住んでもなじめない。風景が美しいのとは別の問題だ。なじめないから、美しく見えることもあるのだ。アイゴ、なじめない。私は祖母の口調を真似て、心の中でつぶやいた。なじめないから寂しいのだろうか。

帰りの飛行機は、秋の台風に遭ってジェットコースターよろしく何度も降下し、また上昇した。

ソンイの飛行機も台風で欠航した。中部地方まで追いかけてきた台風のせいで、ソンイはいったん空港まで行ったのに引き返してきた。再び空港に行く時には私が見送りに行った。ソンイの両親は、娘たちが外国に行ったり来たりしていることくらいは何とも思っていないから、出迎えも見送りもしないのだそうだ。たいしたことではないという態度、適切な距離感のようなものが、家族の健康の源なのだろうか。ソンイは、流行しかけの、あるいはもう有名なのに私が知らないブランドの、蛍光色のトランクをごろごろと転がしながらやって来た。蛍光色がうれしくて、笑ってしまう。

「リラに会ったよ」

私が済州島に行っている間、リラに会ったと言う。リラって誰だっけ。頭の中で一瞬検索できなかったけれど、それが改名したスミの新しい名前であることを思い出した。リラという名が自然に出るほど、ソンイはしょっちゅう会っていたのだろうか。私とジュヨンはスミに会うことができない。私たち二人はスミに会えば、情緒のかけらもない冬の山に、ジュワンが埋められようとしていた場面を連想せざるを得ない。すべてはスミのせいではなかったが、スホや叔父さんを思い出さずにスミを考えることができない。スミを放り出したのでも、切り捨てたのでもなく、ただ、もう会うことができなくなっただけだ。スミの話を聞くと私には亀裂が入り、ジュヨンは爆発する。爆発のほうが怖かったのか、ソンイはジュヨンのいない時にだけ、スミのことを話した。

スミはソウル北西部の女性センターで社会福祉士として働いているらしい。突然家を追われた女性たちの休息場所だそうだ。病気で働けないのに世話をしてくれる家族がいない人もいれば、家出少女や、破産して家を失った家庭の女性たちだけが、男性たちと別れて入所するケースもある。いつかまた一緒に暮らせるだろうという希望がある人は、まだいい。DVの被害者たちは、被害者でありながら、加害者に家を奪われて帰る所がない。スミがそこの職員だそうだ。自分が入所してもおかしくないのに、そこでほかの人を世話する立場だと聞いて、ほっとした。

ソンイは、スミが自分の経験を乗り越えてちゃんと生きていることがうれしいと言った。そんなに理路整然と話したわけではないが、内容を整理してみると、うれしいと言っているようだった。私はスミの経験もさることながら、結局はミヌンの言葉がスミを救ったのだと思う。ひどい家に生まれたなら、愛さなくてもいい。そんな無駄な努力なんかしないでも構わない。家族ではない、ほかのものを探せばいいんだ。スミは今もあの言葉に従って生きている。

ひょっとしたらその言葉を広めているかもしれない。

ミヌンが知ったら気が楽になるだろうが、ミヌンには話せない。傷つけたけれど、それでもあんたが救っただなんて、言えない。話せないことが増え続けて、私はいつまでも健康になれそうもない。

「今度いつ帰るの。もうちょっといられないの。ずっといられるようになるのは、いつ？」

ソンイが、ここがいやだとはっきり言って出て行ったのを知っていながら、出国ゲートの前に来ると、私は食虫植物のように食らいついた。

「おばあさんになったら」

そうしたら、帰国して暮らすだろうと言った。私とジュヨンと三人で、一緒に同じ老人ホームに入ろうと言った。フィリップはどうするの。あたしの彼は？　私はその時まで彼らが私たちのそばにいないだろうと思いつつも、尋ねた。

「先に死ぬよ」

確かに男の平均寿命は六、七年短いよね。私はソンイの言葉にうなずいた。ほんとうに、私と同じ老人ホームに入るために帰ってきてくれたら、感激するだろうな。ジュヨンは間違いなく最高級の施設を選ぶはずだ。書斎があり、上等のスピーカーがあり、ゴルフコースやダンス教室、手入れされた芝生のある、そんな施設でなければ満足しないだろう。ソンイと私は、ジュヨンが満足するような施設に入ろうと思えば、やっぱりお金をたくさん稼いでおかなきゃいけないねと言いつつ、二人だけで計画を立てた。

三人でゴルフをするのは想像がつかなかったが、ゲートボールくらいはできそうだ。それぞれの好みに合う帽子まで想像することができた。つまらないことほど、細部まで想像が膨らむ。

0045.MPEG

リビング。祖母が洗濯物をたたんでいる。テレビではホホジロザメを扱ったドキュメンタリーが放送されている。祖母はあまり熱心に見てはいないようだ。

テレビの音声　ホホジロザメの顎は頭蓋骨とは分離していて、噛む力はワニより弱いけれども獲物に出会えば素早く前に飛び出て大きくなります……全身の骨格はほとんど軟骨でできており、尾の部分は約九〇パーセントが筋肉です……消化器官は直線に近く、三つの肝臓のうち、最も大きいものは成人女性くらいの大きさがあります……じっとしていると呼吸ができないため、泳いでいないと死んでしまいます……一生のうちに三万本の歯が生え、一本の歯が生えるのには一日あればじゅうぶんです……思考を担当する脳は非常に小さくとも、感覚を担当する脳は肥大しています……体の側面にある側線と、前面にある電磁波探知器官によって情報を収集します……。

私（ナレーション）ほんとうに素敵な動物だと思った。今度生まれたら、あんなふうに強くて感覚だけがある動物になりたい、と思ったのだが。

祖母（まともに見もせずに）あれ、切り身にしてフライパンで焼いたらおいしいよ。

＊　＊　＊

祖母は、私がどこで誰と暮らしているのかを後になって知り、怒り狂った。私に怒りたいのに私がいないから、父や母に怒った。娘が「自分の身を滅ぼそうと」しているのに、親が何をのんきにしてるんだと、祖父の生前に怒ったみたいに、怒った。溶岩のごとき祖母の怒りを避けるため、母は同窓生たちと一緒に二週間の海外旅行に行ってしまい、父はスポーツクラブのカフェで食事をすませた。後に厨房のおばさんたちは、その時はほんとうに働きづらかったと告白し、ククスが妙に辛くなったとも証言した。

「あいつ、僕の言うことなんか聞きませんよ」

父はそう言って、祖母に麺棒でひどく殴られたそうだ。私にしたところで、おばあちゃんが元気でうれしいと言うよりは、やっぱり怖かったから、しばらく坡州には近づけなかった。麺棒は凶器だ。

結局、祖母に「サトイモのスープを作った」と呼ばれて実家に帰った。祖母が作るサトイモのスープは、私だけが好んだ。父も母もあまり好きではなかった。父方の祖母に最もよく似るのは孫娘であるという研究結果があるそうだが、ほんとうかもしれない。怒りの調味料が利いたのか、味が濃かった。

「おばあちゃんも、おじいちゃんとちょっと暮らしてから結婚したのよ。結婚さえすればいいの」

祖母が悲壮な口調で言った時、笑ってはいけないのに、瞬間的にこみあげる爆笑を抑えきれなかった。父と母はその前に祖母から苛《さいな》まれていたため、笑う気力も残っていないようだった。どうして笑わないんだろう。おばあちゃんは自分だって同じようなことをしていたのに、いったい何を怒っているのかな。祖母は幸い、私には怒りの麺棒を振り上げることなく、再び説得にかかった。

「うん、あの子、人当たりがよさそうだね。家族によくしてくれて、変なことはしそうにない。家庭的な男は、ひと目見たらわかるよ。おばあちゃんにはわかる」

その時、気乗りしないようすでサトイモスープを食べていた母が、さりげなく尋ねた。

「それなのに、何でまたお義父さんのような人と結婚したんですか」

母はほんとうに知りたかったらしい。祖母にたてついたり、からかったりするつもりはなく、その質問は純粋に好奇心から出たものだったが、祖母は勢いをそがれてしまった。今度は父が結構なハイトーンで大笑いしてしまった。父は分別ってものがないのだ。

「いや、変な意味じゃなくて、ひと目でわかるって言うから、気になって聞いたんですよ」

あわてた母が事態を収拾しようとしても、無駄だった。年を取れば取るほど、母と祖母は気兼ねがなくなってくるらしい。

「じゃあ、どこがよかったんです」

今度は父が聞いた。

「賢かった。あんたの父さんは賢かった。どんな計算でもできたし、どんな詩でも知ってた」

祖母が元気のない声で答えた。祖父はいつも孤独を計算していた。詩を口ずさむのも、祖母のためではなかっただろう。もしその時代に私が、若く男を見る目のなかった祖母と出会っていたら、友達になれただろうか。いや、やっぱり怖かっただろう。娘時代にも激しい性格だったに違いないから。私が「あの人とは別れなさいよ」と忠告すれば、きっぱり絶交されてしまっただろうと思う。

分別のない父が、満面の笑みをたたえて言った。

「ほらごらん、賢くたって、そんなの一つも役に立たない。僕みたいに家庭的な男が最高なんだよ」

あんたもたいしたことないわ、と母がやり返した。結局、両親も祖母も落ちこんでしまった。

サッカーを見ている父の横で果物を剥いた。

「喧嘩はしないのか」

「うん、しない」

「喧嘩しても、帰ってくるなよ」

「来ちゃだめなの？　パパ、すねてる？」

「知らん。来るな」

そう言って父が私を見つめた。それはまるで「これから話すことをよく聞くんだぞ」と言っているようだった。

「意味のないパスはないそうだ」

「えっ？」

「ずっとやり続けていれば、何かにつながる。手放したり、諦めたりしないでやっていれば、自分でも気づかないうちに何かになるんだ。だから、意味のないパスはないんだよ」

小さいボール専門の父が、大きなボールについて語っていた。こんな時には私も、「パパの言いたいことはちゃんとキャッチしたよ」と顔つきで答えるのが正解だ。

父とはいい雰囲気だったので、母や祖母が見ていないうちに、家の食べ物をごっそり盗んだ。高級なティッシュペーパーやキッチンタオル、歯ブラシ、歯みがき、電池、綿棒もリュックに入れた。

「北ソ軍みたいな娘だな」

背後で父が舌打ちした。私は、何それ、と聞いた。

「北朝鮮に進駐したソ連軍。そこいらにある物、全部持ってけ」


重い荷物を引きずって帰り、どれくらいお金を稼いだら実家で泥棒しないですむのか、と悩んだ。両親は私みたいな娘を持って、何て運が悪いんだろう。親から盗まないと生活が維持できないくらいなら、別の仕事を探すべきではないか。次の仕事はいつ入ってくるのかな。

気分がくしゃくしゃしているところに、連絡が来た。

何かの短編映画祭で佳作に入賞したから授賞式に出席しろと言う。出品した覚えもないのに、何のことですか。電話をかけてくれた人をあわてさせるようなことを言っているうちに、はっとした。

ハ・ジュヨンだ。あいつが、私がジュワンのグレーのTシャツを盗んでいる時に、私のUSBから動画を盗んだのだ。

0046.MPEG

西村《ソチョン》を歩いている。ジュヨンはトレンチコートを着ている。ベルトはちゃんと締めず、両端をポケットに突っこんでいる。

ジュヨン　あんた、ワープの原理を知ってる?

私　ワープ?

ジュヨン　ほら、SFで宇宙船がするやつ。ヒューッて乗り超えるやつよ。

私　わからない。

ジュヨン　設定はいろいろだけど、たいていは次元を引き裂くの。だから終われば、宇宙船に乗った人たちは成功したワープだけを覚えているけど、数えきれないほどほかの次元では失敗して、宇宙船も人間もこなごなになってるのよ。

私　変な気分だろうね。

ジュヨン　でも、何回でもワープするの。怖ろしい次元を限りなく残していながら、あまり気にしない。人間はすごいよ。自分がある次元ではバラバラになって死んでも、大丈夫なんだから。

ベルトの一方の端が、ポケットからこぼれ落ちた。

＊　＊　＊

噂は妙な広まり方をした。ジュヨンが外国に行ったことは、あちこちで噂になっていたが（ジュヨンさん、外国にいるんでしょ。会社に辞表を叩きつけたんだって?）、三カ月の研修を終えて戻ってきたことはあまり噂にならなかったから、長く留学していたみたいに思われてしまった。ジュヨンは、敢えて誤解を解こうとはしなかった。海外経験を偏重する風潮をあざ笑いつつも、干潟のカニが泡を吹いて自分を大きく見せるように、否定はせず、すまし顔で生きていこうと決心した。

ジュヨンは先輩たちの始めた企画協同組合という、何だかよくわからない会社に入った。文化産業全般のいろんな企画に関わって、この分野の人をあっちに持っていき、あの分野の人を全然関係のないところに紹介し、出版社のするような仕事は全部していながら、それでも出版社ではなかった。どうしてお金になるのかよくわからないが、とにかくそれで食べていた。一度、もうちょっと説明してほしいと頼んだところ、「エージェンシーでもあり、不動産屋でもあり、電話交換手でもある」と言い、「夢見る若者とホラ吹きが半々ずつ混ざっている」のだと答えた。よけいわからない。気の強い人たちがそれぞれ自分の机を確保して、がやがやと、平等に働いているという言葉で、職場の風景はだいたい想像がついた。ジュヨンはそこで誰にも指示されずに翻訳し、プロジェクトを立て、おしゃれなパンフレットやポスターを作り、イベントの台本を書き、知人たちをイシモチの干物みたいにヒモでひとくくりにして、お金を出してくれる会社に売るというのだが、私にわかるのはイシモチの干物だけだ。

「本を作る仕事が恋しくなったりしない？」

「ときどき、本という物体が恋しい。でも今は家が狭くて電子書籍を使っているから、どっちもどっちだよね。何を読んでも、好きな作家の本なら、やっぱりその作家たちの声が聞こえる。声を知っているということだけで、じゅうぶん。満足してる。何より、都心に住むのはいいね」

会社も家も光化門《クァンファムン》の近くだった。二重になったロの字型マンションの内側の角部屋だから日当たりも悪いし、夜には騒音がコロッセウムのような反響効果を出すけれど、それでも満足なのだそうだ。

最初はジュヨンに腹を立てそうになった。いくら親しいといっても、なんであんなに大胆に切り捨ててしまえるんだ。一時間以上あった動画は、二十五分になっていた。私は短編映画祭のサイトにあったそのバージョンを見ながら、あきれていた。よくもまあ、こんなにちょん切ってくれたね。

ところが、見終わってみると、よかった。

私が決してできないようなやり方で、「アンダー、サンダー、テンダー」はフィクションに仕立てられていた。切るだけでフィクションにしてしまうとは。

「そりゃ、あたしが最高級の編集者だってことよ」

ジュヨンは厚かましく答えた。自分は、原稿に手を加え過ぎることを怖れる丁重な編集者であるが、作品の圧縮率にも敏感なのだそうだ。主として「ここからここまで三分の一にして下さい」と頼むのが仕事のほとんどだった。さらに、既に物故した大家たちの作品だって、自分が編集者だったら、もっといい作品になったはずだとまで豪語した。逆に、「数分間で語りつくせる考えを、五百ページにわたって長々と書くのは無駄」であるというボルヘスの言葉を指針にしろと私に忠告までした。問い詰めようとしていたのに、言葉を失ってしまった。

私もジュヨンのイシモチの干物のうちの一匹であったことは、もう少し後になって気づいた。束ねられてあちこちに売られてからのことだ。私は映画美術家として、また短編映画監督としても、何度か売られた。

短編映画とは言っても、たいていは例の、何だかよくわからないプロジェクトの映像記録を担当する仕事だった。あちこちついて回りながらいろいろな人に会い、動画を撮り、編集した。最初の何回かはジュヨンが分量を五分の一に縮めたが、私もすぐに果敢な編集ができるようになった。もともとあだ名が「ハサミ女」だっただけに、慣れるのも早かった。

みんなが寝静まった時間に一人で映像を見ていると、映像の中の人々は、知っているように見えた。人々は、「私はいつかこの瞬間を懐かしく思うだろう」と予感しているような表情をしていた。現在を生きながら、やがてくる懐かしさを先に知っている人たちは特異な存在に思えるけれど、私の周りにはそんな人が多かった。

いるのかいないのかわからないみたいに生きて亡くなった人、いたけれどいなくなった人、いてもいなくても構わない人、いなくてもいるみたいに感じる人、いたりいなくなったりする人、いてくれたらいいなと思う人、いなくってくれればいいのにと思う人、いないよりましだとも思えない人、いるべき時はいる人、いないと思っていたのにいた人、どこにでもいた人、どこにもいなかった人、いると同時にいない人、ひたすら存在する人、全然いない人、存在を認めさせてくれる人、いないことを認めさせてくれる人、いるべき所にいない人、いてはならない所にいる人……いつだって私たちはその中の一つか二つに該当した。

先週、坡州に行った時は雨が降っていた。ぺしゃんこになったカタツムリや、まだ生きているカタツムリたちを踏んづけないように注意しながらバス停に行った。町から出るバスは三台。そのどれに乗っても構わない。長く待つ必要はないだろう。

人のいないバス停には匂いだけが残っていた。なじみのある匂いだけれど、名前を知らない。風船ガムの匂いだけを残したのは誰だろう。なぜだか、知っている人のような気がした。

原注　参考図書

ゲイ・ロビンス『エジプトの芸術』（カン・スンイル訳、民音社、二〇〇八）
ワード・プレストン『映画美術監督の世界』（パク・ジェヒョン訳、チェククァキル、二〇〇九）
パク・ヒョヨプ『不穏な神話を読む』（クルハンアリ、二〇一一）
ホン・ソンミン『趣向の政治学』（ヒョナムサ、二〇一二）

＊1【ビビンククス】麺に肉や野菜などの具を加え、コチュジャン（唐辛子味噌）主体のソースで和えて食べる料理。骨董麺《コルドンミョン》、ビビン麺《ミョン》ともいう。字義的には「混ぜた（ビビン）、麺（ククス）」の意。

＊2【自由路《チャユロ》】京畿道《キョンギド》高陽市《コヤンシ》と坡州《パジュ》市を結ぶ道路の名。京畿道北西部に位置する坡州市は軍事境界線を隔てて北朝鮮に接しており、市内に非武装地帯がある。市内を横断する臨津江《イムジンガン》は下流で漢江《ハンガン》と合流し、黄海に流入する。坡州郡は一九九六年に市に昇格し、二〇〇〇年頃の南北緊張緩和により安全保障上の制約が緩んだことをきっかけに大規模な企業団地や高層マンションが多数造成され、ソウルのベッドタウンとして発展した。二〇一五年二月現在の人口は約四十二万三千人である。坡州出版団地には出版社のほか印刷、製本など、出版に関係する企業二百社以上が進出している。市内にある臨津閣《イムジンガク》、烏頭山《オドゥサン》統一展望台などは北朝鮮側が見渡せる観光地として知られる。

＊3【東京留学の経験もあり、……南にやって来た】第二次世界大戦末期、アメリカ軍とソ連軍は北緯三十八度線を境にして、日本が植民地としていた朝鮮半島を分割占領した。一九四八年には大韓民国（韓国）と朝鮮民主主義人民共和国（北朝鮮）という二つの政府が成立したが、それぞれが朝鮮半島の覇権を主張し、一九五〇年六月二十五日に激しい紛争が勃発した（朝鮮戦争）。一九五三年に停戦した時も、ほぼこの線に沿って軍事境界線（休戦ライン）が引かれ、事実上の国境となった。現在では自由な往来は不可能だが、三十八度線が引かれた当初は取り締まりがそれほど厳重ではなかったため、北から南、南から北へ移る人も少なくなかった。

＊4【離散家族再会】朝鮮半島が南北に分断されたために離散してしまった家族を再会させる事業で、二〇〇〇年以降行われるようになった。対象者は希望者の中から抽選で選ばれる。

＊5【楊柳観音図】柳の枝を手に持ち、人々の病気を治すことを本願とする楊柳観音を描いた仏画。

＊6【金剛山《クムガンサン》】軍事境界線の北朝鮮側にある山。名山とされ、古くからの観光名所である。二〇〇二年以降、南北離散家族の再会は金剛山で行われるようになった。

＊7【新郎であった祖父、……小さかった】朝鮮には古くから早婚の風習があった。婚姻時の年齢などは時代や地方によって違うが、十代、あるいはそれよりも幼い少年少女が親の決めた相手と結婚させられた。新婦が新郎より年上であることも多かった。

＊8【雄宝香《オタカラコウ》】山で採れる野草で、葉はフキの葉に似ている。ナムルとして食される。

＊9【祭祀《チェサ》】先祖を祭る儀式のこと。日本の法事と同じように、親戚一同が本家に集まって儀式を行い、飲食をする。

供え物や料理の準備、親戚の接待などは、長男の妻にとってたいへんな負担になる。

＊10【弘大《ホンデ》】ソウル市麻浦《マポ》区にある私立大学、弘益《ホンイク》大学の略称。近辺の学生街は流行の先端を行くファッション関係の店、飲食店などが多いことで知られる。「弘大前」は地下鉄の駅名で、この一帯を指す。

＊11【No Brain】一九九六年に結成されたパンクロックバンドの名。初期には弘大前の小さなクラブでライブ活動をしていた。

＊12【坡州《パジュ》】訳注2参照。

＊13【ミュウミュウ（Miu Miu）】プラダが展開するレディスファッション専門ブランドの名前。

＊14【キバノロ】シカ科の動物で、ニホンジカよりかなり小さい。角がなく、オスには牙がある。

＊15【頭髪検査】規則は学校によって違うと思われるが、作者の通った学校では、女子は髪の長さが耳の下三センチまで、男子は頭皮から五センチまでのスポーツ刈りで、耳が隠れず、制服のカラーに届かない長さにするという規定があり、男女ともヘアカラーやパーマは禁止されていたという。

＊16【アパート】日本で言う「マンション」に相当する集合住宅。

＊17【非平準化地域】入試をせず、地域別に高校を指定し、生徒が入学する高校を抽選で指定する「高校平準化制度」が実施されていない地域。

＊18【連合考査】中学の教科内容を理解しているかを評価するための試験で、その結果が高校入学に反映される。

＊19【ドブ龍】「ドブから龍が生まれる（劣悪な環境から優れた人物が輩出される）」ということわざからつけられたあだ名。

＊20【動物福祉卵】家畜の飼育や屠畜に際してできる限り苦痛を与えないようにすべきだという考え方にしたがって飼われた鶏の卵。

＊21【秋夕《チュソク》】陰暦八月十五日（中秋節）。旧正月と並ぶ重要な祭日で、前後二日を含む三日間が祝日となっている。この前後に祖先の祭祀や墓参りを行う。

＊22【道《ド》】韓国の地方行政区画の一つ。日本の「県」のようなもの。

＊23【アドーニス】ギリシア神話に登場する美少年。美と愛の女神アプロディーテに愛されたとされる。

＊24【ジュリアーノ・デ・メディチ】一四五三〜一四七八。ルネサンス期フィレンツェ共和国の政治家。美男子で名高かったが若くして暗殺された。彼の頭部をかたどった石膏像は「メディチ像」と呼ばれ、デッサンに使われる。

＊25【安藤忠雄】一九四一〜。世界的に有名な日本の建築家。打ちっぱなしのコンクリートなど近代的な素材を使い

つつも光や影、風などの自然と調和する建築をデザインすることで知られる。
＊26【アイアンマン】二〇〇八年のアメリカ映画「アイアンマン」の主人公。自ら発明した熱プラズマ反応炉アーク・リアクターと鋼鉄のパワードスーツを装着すると、力の強いアイアンマンに変身する。
＊27【ラッシー】アメリカの小説『名犬ラッシー 家路』（エリク・ナイト著、一九四〇）の主人公となったコリー犬の名前。この小説をもとにした映画、テレビドラマ、アニメなども多数制作されている。
＊28【ユーレイルパス】ヨーロッパ旅行に使用される、期間限定で鉄道が乗り放題になる乗車券。旅程に合わせたさまざまな種類がある。
＊29【バウハウス風】バウハウスは一九一九年にドイツに設立された美術と建築のための学校。近代的なデザインの基礎をつくり、多方面に大きな影響を与えた。シンプルで美しく、合理的で大量生産可能なデザインを特徴とする。
＊30【ロング・ヘアード・レディ】ポール・マッカートニーが妻リンダのことを歌にした楽曲。一九七一年に発表された。
＊31【オッパ】韓国には、自分より少し年上の親しい人をお兄さん、お姉さんと呼ぶ習慣がある。「オッパ」は女性が使う「お兄さん」という言葉で、男性が年上の男性を呼ぶときは「ヒョン」と言う。女性が年上の女性を呼ぶ「お姉さん」に相当する言葉は「オンニ」で、男性は「ヌナ」と言う。
＊32【ＭＴ66】シャープ製ポータブルＭＤレコーダーの商品名。
＊33【コングクス】冷たい豆乳にククスを入れた料理。
＊34【チートス】アメリカに本拠を置くフリトレー社が発売しているスナック菓子の名前。
＊35【チャガルチ】韓国の農心社が発売しているスナック菓子の名前。
＊36【ＭＡＸ3】ソニー・ミュージックが発売した洋楽ＣＤシリーズＭＡＸの第三集。ＭＡＸは一年の間にヒットした、さまざまなアーティストの楽曲を一枚のＣＤに収めたコンピレーション（特定の方針に基づいて編集したアルバム）で、一九九四年から二〇〇三年まで続いた。一九九六年に発売されたＭＡＸ3にはマライア・キャリー、オアシス、ジャミロクワイなどの曲が収録されている。
＊37【珍島犬《チンド》】韓国原産の犬の品種。全羅南道《チョルラナムド》の珍島で発見されたためにこう呼ばれる。
＊38【ホームスクーリング】さまざまな理由により、子供が学校に行かずに家で学習すること。保護者が教師の役割をする、インターネットで授業を受けるなどの形態がある。
＊39【密陽《ミリャン》アリラン】アリランと呼ばれる朝鮮の民謡は、

地方によってさまざまな種類が伝わる。密陽は慶尚南道《キョンサンナムド》東部の地名で、密陽アリランは同地を発祥地とするアリラン。

＊40【ピンク・マルティーニ】一九九四年にアメリカに拠点を置いて結成されたジャズオーケストラ。

＊41【頼母子講《たのもしこう》】グループでお金を出し合い、共同で運用する互助組織。

＊42【活命水《ファルミョンス》】韓国の同和《トンファ》薬品が発売している瓶入り液体消化剤の商品名。

43【ベアジェ】韓国の大熊《テウン》製薬が発売している消化剤の商品名。

＊44【ホットウィング】鶏の手羽先を唐揚げにし、辛いソースで味付けした料理。

＊45【葦と雪しか覚えてない】葦はイネ科の多年草で、水辺に群生する植物。秋になるとススキに似た穂をつける。

＊46【バットカー】映画「バットマン」シリーズで主人公バットマンが愛用する高性能の特殊車両。

＊47【ヘテ】獅子に似た想像上の動物。善悪を見分け、火事や災難を退ける能力があるとされる。ヘテの石像は魔除けとして建物の前などに置かれる。

＊48【汝矣島《ヨイド》】汝矣島はソウルを流れる漢江の中州で、国会議事堂や証券取引所が置かれ、63ビルなどの高層建築が立ち並んでいる。かつてはKBS、MBC、SBSという韓国の三大放送局すべてがここに本拠を置いていた。

＊49【ウォン・カーウァイ（王家衛）】一九五八〜。香港の映画監督、脚本家。代表作「恋する惑星」、「天使の涙」、「ブエノスアイレス」、「花様年華」など。

＊50【王菲《ワンピ》】一九六九〜、中国出身の歌手、女優フェイ・ウォンの漢字名を韓国式に発音したもの。

＊51【申師任堂《シンサイムダン》】一五〇四〜一五五一。書家、画家。儒学者李栗谷《イユルゴク》の母で、良妻賢母の鑑とされる。文章、裁縫、刺繍を能くした。

＊52【カウボーイビバップ】日本のSFアニメーション作品のタイトル。

＊53【ムン・グニョン】一九八七〜。女優。映画「マイ・リトル・ブライド」の主役などで知られる。

＊54【ペ・スジ】一九九四〜。歌手、女優。二〇一〇年にアイドルグループMiss Aのメンバーとしてデビュー。映画「建築学概論」などに出演。

＊55【まるでヒヤシンスのように……死んでしまうことになるのにも気づかず】ギリシア神話に登場する美少年ヒュアキントスは、太陽神アポロンと円盤投げをしていて、額に円盤が当たって死んでしまう。ヒュアキントスの流した血に咲いた花がヒヤシンスだとされる。

＊56【あいつ、……くれてやろうっていうんだ】「チュリラ〈주리라〉」は、「与えるであろう」という意味になる。

＊57【夜間自律学習】放課後も学校に残って自習すること。

なかば強制的であることが多い。

＊58【「ウォレスとグルミット」】イギリスのクレイアニメーション。発明家ウォレスと、犬のグルミットが主人公として活躍する。

＊59【ピングー】スイスのクレイアニメーションのタイトル。また、その主人公であるペンギンの名前。

＊60【弘大駐車場通り……ロデオ通り】ここに列挙されているのは、いずれもソウルにある人気スポットである。弘大近辺や明洞は流行を追う若い世代に人気のあるエリアであり、新村は延世《ヨンセ》大学、梨花《イファ》女子大学などのある地域一帯を言う。COEX《コーエックス》モールは江南《カンナム》にあるコンベンションセンターCOEXの地下にある大規模ショッピングモールで、衣料、化粧品、飲食店以外にも映画館、水族館などの娯楽施設が充実している。BANGBANG交差点はテヘラン路にあり、ファッションブランドBANGBANGの建物があるためにこう呼ばれる。カロスキルは新沙洞《シンサドン》にあるファッションストリート。カロスは「街路樹」、キルは「道」を意味する。ロデオ通りは江南の狎鴎亭《アプクジョン》のメインストリート。高級な衣料品店、飲食店が立ち並ぶことで知られる。

＊61【学校郵便】作者の通った高校で実施されていたシステムで、係の生徒が校内で手紙の集配に当たった。生徒同士のコミュニケーションを図るために設けられた制度だったと思われる。

＊62【ザ・モファッツ】兄弟四人で結成されたカナダのバンド。

＊63【ハンソン】兄弟三人で結成されたアメリカのバンド。

＊64【李仲燮《イジュンソプ》】一九一六～一九五六。画家。植民地時代に東京に留学し、文化学院で美術を学んだ。不遇な生涯を送ったが、死後、一九七〇年代に再評価された。

＊65【マーズ・ポーラー・ランダー】アメリカ航空宇宙局（NASA）が開発した火星探査機。一九九九年一月に打ち上げられ十二月に火星に達したが、着陸に失敗した。

＊66【ストレートネック】頸椎が自然な湾曲を失ってまっすぐになり、肩こりや頭痛の原因となる症状。

＊67【死海】アラビア半島北西部、イスラエルとヨルダンの間に位置する塩湖。塩分濃度が高く、魚などが生息することは難しい。浮力が大きいため、人間が死海に入ってもなかなか沈まない。死海の塩分を含んだ泥は高濃度のミネラルを含んでおり、化粧品などに利用される。

＊68【テイザーガン】スタンガンのこと。テイザー社のものが有名であるため、アメリカなどではテイザーガンなどと通称される。

＊69【妓生《キーセン》】朝鮮に古くから伝わる、日本の芸者のような職業の女性を意味する言葉だが、現代の韓国においては、単に酒の席で接客をする女性についても使われる場合がある。

＊70【完然】意味は「完全」に同じ。
＊71【書堂《ソダン》】朝鮮王朝時代の初等教育機関。日本の寺子屋のような私塾で、主に漢文を教えた。
＊72【『周易』】中国で周代に大成された占いの本。『易経』とも。
＊73【ＳＰＡ】Speciality store retailer of Private label Apparel の略。独自のブランドを持ち、企画、生産、販売を一体化して行う衣料品の製造小売業。
＊74【ワカモレ】アボカドなどをつぶして作るディップ。メキシコ料理で使われる。
＊75【ナチョス】トルティーヤに溶かしたチーズや辛いソースなどをかけたメキシコ料理。
＊76【ボードゲームが映画になるなんて（……）あの世で喜んだだろう。】一九三一年に発表されたバトルシップは紙とエンピツを使って二人で遊ぶ推理ゲームだったが、後にプラスチックのボードゲームとして発売された。
＊77【湖水公園】京畿道高陽《コヤン》市の一山ニュータウンに造成された公園で、人工の湖の周囲に広場、自転車道、アスレチック、噴水、森などがあり、市民の憩いの場となっている。
＊78【纖纖玉手《ソムソムオクス》】細くてかわいい女性の手を言う四字熟語。
＊79【抜け殻は去れ】詩人申東曄《シンドンヨプ》（一九三〇〜一九六九）の有名な詩のタイトル。

＊80【マイケル・ケンナ】一九五三〜。アメリカ在住のイギリス人写真家。白黒の風景写真で知られる。
＊81【除雪箱】融雪剤や雪かきの道具などを入れておく箱。
＊82【碧蹄《ピョクチェ》】京畿道高陽市の地名。火葬場がある。
＊83【ジューシークール】韓国ピングレ社が発売している清涼飲料水の商品名。
＊84【王子になった少女たち】二〇一三年の韓国映画。一九五〇年代に人気を博した女性劇（宝塚のように男装した女性が男役を務める大衆演劇）と、その熱烈なファンたちを追ったドキュメンタリー。
＊85【開城《ケソン》工業団地】南北経済協力事業の一つとして、韓国に最も近い北朝鮮の都市・開城の経済特別区に造成された工業地帯。北朝鮮が土地と労働力を、韓国が資金や技術力を提供する。
＊86【十人のインディアン】英語圏の伝承童謡「マザー・グース」の中の一篇“Ten little Indian boys”。十人の子供が一人ずつ死んでゆき、最後には誰もいなくなるという内容の歌。
＊87【説往説来】理非を明らかにするため言い争うこと。
＊88【多多益々《ますます》弁ず】多ければ多いほどよい。
＊89【鶏肋《けいろく》】たいして役に立たないが、捨てるには惜しい。
＊90【冬夏青青《とうかせいせい》】松の木はいつでも青々としているところから、孤高に節操を守ることを言う。

＊91【ハンピ】インド南部にある村の名。十四世紀から十六世紀にかけて存在していたヴィジャヤナガル王国の首都で、都市の遺構はユネスコ世界遺産の文化遺産に登録されている。

＊92【ベイビー、ベイビー、イッツ・ア・ワイルド・ワールド】イギリスのシンガーソングライター、キャット・スティーブンスの作った「ワイルドワールド」という歌の一節。

＊93【白石《ペクソク》】一九一二～一九九六。詩人。平安北道《ピョンアンブクト》出身。東京の青山学院に学んだ。一九三六年刊行の詩集『鹿』において、方言や民俗を採り入れつつも独自のモダニズム詩の境地を開いたと評価される。戦後は北にとどまった。

＊94【ナターシャ】白石が恋人につけたあだ名。

＊95【テイ・ディグス】一九七一～。ドラマ、ミュージカル、映画などで活躍しているアメリカの俳優。

＊96【チムタク】鶏肉を野菜などと一緒に甘辛く煮込んだ料理。

＊97【麻浦《マッポ》】ソウル市の中西部にある区の名前。弘大前を始めとする学生街や繁華街がある。

＊98【チャ・テヒョン】一九七六～。韓国の俳優。親しみやすい容姿と、コミカルな演技で幅広い層に人気がある。映画「猟奇的な彼女」「過速スキャンダル」などで主役を務めた。

＊99【イモ】母親の姉妹のことを言う「おばさん」に相当する言葉だが、母親の女友達に対しても、親しみをこめて「イモ」と呼ぶことがある。

＊100【コモ】父親の姉妹のことを言う「おばさん」に相当する言葉だが、父親の女友達に対しても、親しみをこめて「コモ」と呼ぶことがある。

＊101【訳官】高麗末期や朝鮮王朝時代の官吏で、翻訳や通訳を担当した。

＊102【バーバパパ】アネット・チゾンとタラス・テイラーによる絵本シリーズ、およびそれに登場するキャラクターの名前。最初にフランスで制作され、その後世界中の言語に翻訳された。

＊103【色温度】光の色を数値で表現するもの。単位はK《ケルビン》。

＊104【板橋《パンギョ》】京畿道城南《ソンナム》市盆唐《ブンダン》区に造成された板橋ニュータウンのこと。住宅や商業施設のほか、ＩＴ関連の研究機関などが置かれている。

＊105【紅参《ホンサム》】六年根の高麗人参を皮ごと蒸して乾燥したもの。

＊106【ヘイリ芸術村】坡州市に設けられたアート村。作家、美術家、映画関係者、建築家、音楽家などが住んでおり、アトリエ、美術館、博物館、ギャラリー、音楽ホールなどの文化施設のほか、カフェやレストランなどがある。

＊107【百年草】サボテンの一種で、赤い実を食用にする。済州島名物の一つ。

訳者あとがき

本書の著者チョン・セラン(鄭世朗)は、一九八四年生まれの女性作家である。本作は第七回チャンビ長編小説賞を受賞し、韓国では『これくらい近くに(이만큼 가까이)』(チャンビ、二〇一四)というタイトルで出版された。韓国版のタイトルは編集者のつけたものだそうだが、日本語版のタイトルは、作者が最初に考えていた『アンダー、サンダー、テンダー』に戻した。

物語の舞台は、俗に三十八度線と呼ばれる軍事境界線を隔てて北朝鮮に接する、いわば国境の町・坡州《パジュ》。現在では近代的な建物の立ち並ぶ都市に変貌しているけれど、もとは開発が遅れ、ソウルから近いわりには交通の不便な地域だった。冬はものすごく寒い。なぜだか妙に不穏な空気が蔓延していた二十世紀末の坡州で、主人公である「私」を含めた個性豊かな六人の仲間たちは、同じおんぼろバスに乗って高校に通っていた。

そんなある日「私」は、仲間の一人であるジュヨンの家で、ジュヨンの兄ジュワンに出会う。学校にも行かず、ずっと家にひきこもってホームシアターで映画ばかり見ている、繊細で知的で美しい、謎めいた男の子。「私」とジュワンの恋は、無彩色の風景の中の小さな灯のようにほんのりと明るい。しかし束の間の幸福は、思いがけない事件によって暗転してしまう。

時が過ぎ、かつてのバス仲間はそれぞれの別の道を歩んでいた。それぞれに挫折し、傷つき、それを乗り越え、あるいはトラウマを抱えたまま自らの生き方を模索していた彼らも、いつしか三十を越えた。映画美術の仕事に携わっている「私」は、再び集まって語り合うようになった友人たちや、自分の家族の姿を短い動画に記録し、やがて一つのファイルにまとめる。ファイル名は、ジュワンが自分の部屋の壁に貼りつけていたたくさんのメモのうちの一枚に書かれていた言葉「アンダー、サンダー、テンダー」だ。


「どうしてアンダー、サンダー、テンダーなの」

ジュヨンが青い画面の上に小さく出たファイル名をキャッチしていたらしい。そしてそのファイル名がどこからきたのかも、すぐにわかったはずだ。

「ある年齢じゃないかな」

「年齢？」

「アンダーエイジ、サンダーエイジ、テンダーエイジ」

（二八三頁）

英語の辞書によると「アンダーエイジ（underage）」は「未成年の」という意味の形容詞（名詞だと「不足」という意味になる）、「テンダーエイジ（tender age）」は「幼少」だが、ここでは別の意味で使われているようだ。このタイトルにこめられた意味を作者チョン・セランさんに尋ねると、次のような返事が返ってきた。

「アンダーエイジとは、資質や才能、癒すべき傷、優れていたり、劣っていたりする部分がまだはっきり表に現れていない年齢のことです。自分なりの何かを見つけようと挫折を繰り返すアンダードッグ（負け犬）のようなニュアンスもあります。サンダーエイジは、私のつくった言葉で、文字通り稲妻のような年頃です。十代で経験することはすべてにおいて圧倒的であり、音楽も十代で聴けば切実に感じられるし、雨に降られても体中の細胞がすべて反応するような気がするでしょう。そんな感覚の強烈さをサンダーと表現してみました。テンダーエイジは、あまりにも優しく柔軟でまだ固まっておらず、また自らを守れる年齢ではないために社会の暴力に無防備にさらされている十代を表した言葉です」

ファイルに収められているのは過去数年間の断片的な動画だが、そこに登場する、もう大人になった仲間たちが分かち合う思い出は、暗い二十世紀末に過ごした、未熟で、強烈で、柔らかな十代の日々にまで遡る。物語は、ショックで精神のバランスを崩した「私」が友人や新しい恋人の助けを得て少しずつ回復し、おそらく自らの天職になりそうな仕事を見出すまでの過程を主軸に、友人たちそれぞれの彷徨を描いている。市内に非武装地帯を抱える坡州は、韓国の中でも特殊な地域だと言えるだろう。しかし、そこで繰り広げられる青春の群像はきわめて普遍的なものだ。読後感の爽やかな、成長小説として読んでいただけるものと思う。

＊

この作品の翻訳出版を企画したクオンの金承福《キムスンボク》社長、短期間に見事な編集手腕を発揮した藤井久子さん、翻訳者のしつこい質問に、いつも素早く返信してくれた作者チョン・セランさん、チョン・セランさんと共通する問題意識を抱えている作家であり、推薦の言葉を書いてくれた朝井リョウさん、そのほかにも、この本に関わってくれた方々にお礼の言葉を申し上げます。

二〇一五年四月　まだ寒い春の日に

吉川　凪

チョン・セラン　鄭 世 朗

1984 年ソウルに生まれ、郊外の一山《イルサン》でニュータウンの発生と発展を観察しつつ
成長した。パジュ出版都市にある出版社に編集者として 2 年余り勤務。
小説家としては 2010 年、『ファンタスティック』誌に発表した短編ファンタジー
「ドリーム、ドリーム、ドリーム」を皮切りに本格的な創作活動を始め、
本作『アンダー、サンダー、テンダー』（原題『これくらい近くに』）によって
第 7 回チャンビ長編小説賞を受賞した。純文学からロマンス、SF、ホラーまで
ジャンルの境界を越えた小説を書くことで知られる。
他の作品に『フィフティピープル』、『保健室のアン・ウニョン先生』
（以上、斎藤真理子訳、亜紀書房）、『屋上で会いましょう』（すんみ訳、亜紀書房）、
『地球でハナだけ』、『八重歯が見たい』、『声を差し上げます』などがある。

吉川凪　よしかわ なぎ

仁荷大学国文科大学院で韓国近代文学専攻。文学博士。
著書に『朝鮮最初のモダニスト 鄭 芝溶《チョン ジ ヨン》』、
『京城のダダ、東京のダダ――高漢容《コ ハニョン》と仲間たち』、
訳書として『申 庚 林《シンギョンニム》詩選集 ラクダに乗って』、
パク・ソンウォン『都市は何によってできているのか』、
呉圭 原《オ ギュウォン》 詩選集『私の頭の中まで入ってきた泥棒』、
チョン・ソヨン『となりのヨンヒさん』、朴 景 利《パクキョン ニ》『完全版　土地』、
崔仁勲《チェイヌン》『広場』などがある。金英夏《キムヨン ハ》『殺人者の記憶法』で第四回日本翻訳大賞受賞。

アンダー、サンダー、テンダー　　新しい韓国の文学 13
2015 年 6 月 30 日　初版第 1 刷発行
2020 年 10 月 20 日　第 2 版第 1 刷発行

著者　チョン・セラン（鄭世朗）
訳者　吉川凪
編集　藤井久子
ブックデザイン　文平銀座＋鈴木千佳子
カバーイラストレーション　鈴木千佳子
ＤＴＰ　アロン デザイン
印刷　大日本印刷株式会社

発行人　永田金司　金承福
発行所　株式会社クオン
〒 101-0051
東京都千代田区神田神保町 1-7-3 三光堂ビル 3 階
電話　03-5244-5426
FAX　03-5244-5428
URL　http://www.cuon.jp/

ISBN 978-4-904855-31-7　C0097